INSTINCT DE SANG

DE JAMES PATTERSON
CHEZ LE MÊME ÉDITEUR

Run, Rose, Run, avec Dolly Parton, 2023.
Insoluble, 2022.
Noces sanglantes, 2022.
Tu mens ? Tu meurs !, 2021.
Diamants de sang, 2021.
Pile ou face, 2020.
Alerte rouge, 2020.
Plus jamais, 2019.
Jeu de massacres, 2019 ; rééd., 2020, sous le titre *Instinct*.
Incontrôlable, 2018.
Lettres de sang, 2018.
La Villa rouge, 2017.
Tue-moi si tu peux, 2017.
Menace sur Rio, 2016.
Invisible, 2016.
Lune pourpre, 2015.
Le Sang de mon ennemi, 2015.
Un si beau soleil pour mourir, 2015.
Week-end en enfer, 2014.
Tapis rouge, 2014.
Moi, Michael Bennett, 2014.
Zoo, 2013.
Dans le pire des cas, 2013.
Les Griffes du mensonge, 2013.
Copycat, 2012.
Private Londres, 2012.
Œil pour œil, 2012.
Private Los Angeles, 2011.
Qui a tué Toutankhamon ?, 2011.
Bons Baisers du tueur, 2011.
Une ombre sur la ville, 2010.
Dernière Escale, 2010.
Rendez-vous chez Tiffany, 2010.
On t'aura prévenue, 2009.
Une nuit de trop, 2009.
Crise d'otages, 2008.
Promesse de sang, 2008.
Garde rapprochée, 2007.
Lune de miel, 2006.
L'amour ne meurt jamais, 2006.
La Maison au bord du lac, 2005.
Pour toi, Nicolas, 2004.
La Dernière Prophétie, 2001.

JAMES PATTERSON
& HOWARD ROUGHAN

INSTINCT DE SANG

traduit de l'américain
par Philippine Voltarino

l'Archipel

Ce livre a été publié sous le titre
Killer Instinct
par Little, Brown and Company, New York.

Notre catalogue est consultable à l'adresse suivante :
www.editionsarchipel.com

Éditions de l'Archipel
92, avenue de France
75013 Paris

ISBN 978-2-8098-4536-5

À Joe et Joan Garrett,
ainsi qu'en mémoire de
Scott Edwin Garrett (1964-2011)

Prologue

Tchin-tchin !

1

Le professeur Jahan Darvish ajuste ses épaisses lunettes noires pour examiner le contenu du minibar de sa luxueuse suite au cœur de Manhattan, tout en s'efforçant d'ignorer les tarifs proprement scandaleux des consommations. Vingt-huit dollars la minuscule bouteille de vodka ? Sérieusement ?

Mais en réalité, Darvish s'en moque. Le vol depuis Boston, l'hôtel hors de prix, les repas plus plantureux les uns que les autres, tout est aux frais du Massachusetts Institute of Technology. Après tout, le détail de ses consommations n'apparaîtra pas sur sa note. Comment les gens de la compta, de retour à Cambridge, sauront-ils qu'il a sifflé plusieurs Diet Cokes et ouvert un paquet de pistaches ? Que dis-je : un paquet de pistaches *plus* une boîte de noix de cajou. Et puis tiens, un Red Bull, allez. Il faut bien ça pour plancher une partie de la nuit sur sa grande intervention du lendemain au colloque sur le nucléaire.

— Tout va comme vous voulez, professeur ?

Elle est assise derrière lui dans un confortable fauteuil.

Darvish sourit. Il aime être appelé « professeur ». Enfin une femme qui sait ce qui importe vraiment chez un homme : la matière grise. C'est ce qui s'appelle le destin.

En temps normal, jamais il n'aurait fait le premier pas – la crainte d'être éconduit. Mais elle était seule au bar tout à l'heure, en train de lire devant un verre de pinot noir. Le même livre qu'il venait justement de finir : *L'Alchimiste*, de Paulo Coelho. Ajoutez à cela qu'ils sont originaires du même pays, ce qu'ils n'ont pas tardé à découvrir. Si ce n'est pas le destin, ça y ressemble. Incroyable. Il n'y a qu'en Amérique qu'il pouvait rencontrer l'Iranienne de ses rêves.

Elle s'appelle Sadira et elle est belle à tomber.

Mieux encore, elle se contrefiche qu'il ne soit pas beau, lui. Ils ont discuté de *L'Alchimiste* et, de fil en aiguille, d'un tas de choses, la politique, le réchauffement climatique, le cinéma français, l'opéra italien. Elle n'a pas arrêté de lui dire combien son intelligence l'impressionnait. Ça n'a pas eu l'air de la déranger qu'il soit en surpoids de dix bons kilos, qu'il commence à perdre ses cheveux et que sa cravate à rayures jure avec sa chemise à carreaux, laquelle jurait avec son costume brun froissé. Sadira ne s'est pas arrêtée à ces détails. Elle a su voir le Darvish intérieur.

— Oui. Tout va mieux que bien, répond Darvish en continuant à inspecter le contenu du minibar, avec sa rangée de petites bouteilles d'alcool sagement alignées. On ne sait vraiment que choisir, ajoute-t-il d'un air préoccupé.

— Ça m'est égal, pourvu que ce soit fort, répond Sadira. Au cas où vous ne l'auriez pas remarqué, je suis un peu nerveuse.

Darvish se retourne, hausse un sourcil touffu. Non, il n'a rien remarqué. C'est plus fort que lui, il ne peut s'empêcher de rétorquer :

— Nerveuse ? C'est plutôt à moi d'être nerveux. Vous êtes tellement…

— Ne le dites pas, l'interrompt-elle.

— Pas quoi ?

— Belle.

— Mais vous *êtes* belle. Vraiment belle. Ne me dites pas que vous l'ignorez.

— Bien sûr que je le sais. C'est juste que tout le monde…

Elle n'achève pas, mais Darvish comprend. Sadira ne veut pas être appréciée sur sa seule apparence. C'est malin, il se sent coupable maintenant. Limite lourdaud.

— Je comprends. Je suis sincèrement désolé.

Il se retourne et s'empare de deux bourbons. Le choix des boissons a soudain perdu toute espèce d'importance. Prestement, il verse le contenu des deux mini-bouteilles dans les verres, près du seau à glace vide.

— J'espère que vous l'aimez sec.

— Parfait, dit-elle en se levant. Dans les règles de l'art.

Elle vient à lui, ses doigts effleurent doucement les siens comme il lui tend son verre. Darvish sourit. Comment ne pas sourire ? Cette façon qu'elle a de le regarder. Cette espèce d'adoration dans ses yeux. Qui le fait se sentir tellement vivant. Si puissant. Ce soir, il est bien plus qu'un simple professeur du MIT. Il est un super-héros. Invincible.

— À quoi buvons-nous ?

Sadira n'a pas une seconde d'hésitation. C'était écrit.

— À nous qui nous voyons pour ce que nous sommes vraiment.

Darvish regarde Sadira qui avale son bourbon d'un trait. Soif de courage liquide ? Peut-être est-elle réellement nerveuse, après tout.

— Un autre ?

— Non, j'ai eu mon compte… Pour ce qui est de la boisson, s'entend, ajoute-t-elle avec un sourire enjôleur.

L'anglais n'est pas la langue maternelle de Darvish. Ni même sa deuxième langue. Plutôt la troisième, loin derrière le farsi et l'arabe. Mais il est prêt à jurer qu'il y a là un sous-entendu hautement suggestif.

Sadira lui tend son verre et vient blottir sa tête contre son épaule. Ses longs cheveux bruns sentent la lavande.

— Avez-vous déjà eu les mains liées, professeur ?

Les mains liées ? Darvish trébuche un peu.

— Seulement au sens figuré, je le crains.

Sadira entreprend de défaire sa cravate.

— Vous n'avez pas peur ?

Le professeur est sans voix. Excité comme jamais, mais sans voix. Sadira se met à rire.

— Oh, vous auriez dû voir votre tête ! dit-elle en pointant sur lui son index.

Elle n'était pas sérieuse. Bien sûr que non. Elle n'a pas vraiment eu l'intention de lui attacher les poignets.

— Vous m'avez bien eu, dit-il.

— Ah oui ?

Les lèvres de Sadira effleurent les siennes, puis elle lui murmure à l'oreille :

— Croyez-moi, je vais avoir besoin que vous puissiez vous servir de vos mains.

Elle abandonne sa cravate et se tourne vers le lit, en lui faisant signe de le suivre.

Darvish fait un pas en avant et s'immobilise. Que se passe-t-il ? Quelque chose ne tourne pas rond. La chambre se met à bouger. À tourner. Doucement, puis de plus en plus vite. Il essaie de rester concentré, mais sa vue se brouille, comme si ses lunettes étaient enduites de buée. C'est à peine s'il distingue encore Sadira ou quoi que ce soit d'autre. Il est pris de vertige, de nausées. Ses genoux se dérobent.

— Quelque chose ne va pas, articule-t-il avec peine.

— Au contraire, lui répond Sadira en attrapant son sac à main sur la chaise pour en extraire une paire de gants en latex qu'elle enfile. Tout se passe exactement comme prévu.

Les médicaments qu'elle a glissés dans son verre, au bar, pendant qu'il était aux toilettes, commencent enfin à produire leur effet – et quel effet. Des versions plus puissantes de l'OxyContin et du diclofénac qu'il a l'habitude de prendre, additionnées d'une grosse poignée de sildénafil, autrement dit du Viagra.

Darvish s'approche de Sadira, les deux verres vides lui tombent des mains.

— Aidez-moi, supplie-t-il. Aidez-moi…

Il lui reste environ deux minutes de conscience. Trois tout au plus.

Sadira ne demande pas mieux que de l'aider. À atteindre le lit, pour commencer. C'est là qu'elle veut qu'il soit. Après avoir tiré les couvertures et chiffonné un peu les draps, elle l'aide à s'allonger.

— Voilà, dit-elle en lui calant la tête contre les oreillers.

Qu'il ait l'air d'avoir regardé la télévision.

Jusqu'ici, rien à dire. Mais il reste beaucoup à faire.

Sadira nettoie consciencieusement son verre, ne laisse pas une trace et le replace près du seau à glace. Puis elle pose celui de Darvish sur la table de nuit, près de lui.

Sans ôter ses gants, elle prend la télécommande pour programmer un film. L'hôtel propose une sélection de six pornos. Le choix du professeur Darvish n'est pas follement original : *Lycéennes en chaleur.*

Curieusement, alors que le détail des consommations n'est pas précisé sur les factures de l'hôtel, les films sélectionnés le sont. Titres compris.

Et Darvish, où en est-il ? Dans les pommes, officiellement inconscient.

Il est temps d'en finir.

Elle défait la ceinture du professeur, déboutonne son pantalon et le fait glisser jusqu'aux chevilles. Puis elle le retourne sur le ventre et s'empare d'une des petites bouteilles de bourbon.

Ces gants de latex n'avaient pas pour seule fonction de ne pas laisser d'empreintes.

— Santé, professeur, susurre-t-elle.

Puis elle fait disparaître la mignonnette dans son rectum. Tout entière.

Pour cette seule raison que les meurtres parfaits ont tous un point commun : ils ne ressemblent pas à des meurtres.

Première partie

Rien n'est sacré, nul n'est en sécurité

1

Entrer dans une salle bourrée à craquer de plus d'une centaine d'étudiants, et pas un seul qui ait l'air heureux de vous voir. Si je ne savais à quoi m'en tenir, je crois que je le prendrais mal.

— Bonjour à toutes et tous, bienvenue à votre examen final d'analyse des comportements déviants, seul moyen que le professeur Dylan Reinhart, votre serviteur, ait trouvé de secouer un peu vos tendres méninges pour s'assurer que vous ayez retiré quelque chose de concret de ce magnifique semestre. Conformément à la légende, sachez que je ne donne jamais deux fois le même sujet, ce qui signifie que j'épargne à chacun d'entre vous le déjà-vu d'un examen passé, notamment celui qui reste à jamais mon préféré : vous demander d'écrire et d'interpréter un rap original sur la théorie de la séduction de Sigmund Freud.

J'observe une pause pour permettre l'inévitable objection du courageux quoique téméraire étudiant qui s'imagine pouvoir ainsi me faire changer d'avis.

Comme prévu, une main se lève. Celle d'un jeune homme à l'air consterné, vêtu d'un polo de rugby.

— Oui, une question ?

Il est assis au troisième rang et, autant que je puisse en juger, n'a pas pris de douche depuis trois jours. À Yale, la semaine des examens est fatale à l'hygiène corporelle.

— Ce n'est pas juste, professeur Reinhart.

J'attends qu'il plaide son cas posément, mais il n'a rien d'autre à dire. Absence du petit discours bien rodé sur les autres professeurs qui préparent leurs élèves à l'examen final en leur fournissant une méthode, des pistes, ou en leur expliquant au moins à quoi ils doivent s'attendre.

— C'est tout ? Rien de plus que : « Ce n'est pas juste » ?

— Je trouve qu'on aurait pu nous préparer à cet examen, c'est tout. La seule chose que vous nous ayez dite, c'est qu'on aura besoin de nos téléphones.

— Je vois. Cas flagrant d'injustice.

Il est encore un peu tôt ce matin pour laisser libre cours au sarcasme reinhartien. Mais ces gamins ne me laissent pas toujours le choix.

— Ceux qui partagent le point de vue de votre éminent camarade, levez la main, dis-je en m'adressant à l'ensemble de la classe. Combien êtes-vous à penser que je suis injuste ?

Toutes les mains ou presque se dressent.

J'adore quand ils me simplifient la tâche.

— Très impressionnant... Quelle belle unanimité. Un pour tous, tous contre un !

Au troisième rang, le polo de rugby brandit le poing en signe de victoire.

— Est-ce à dire que vous avez changé d'avis, professeur ? Vous reportez l'épreuve ?

Pauvre nigaud.

— Non, ça signifie que l'épreuve vient tout juste de commencer. Maintenant, sortez vos téléphones et posez-les devant vous. Nous allons voir si vous êtes toujours aussi solidaires que ça.

2

J'observe et attends quelques secondes, le temps qu'ils sortent tous leur portable.

Puis je me retourne vers le tableau noir, prends une craie et commence à écrire. Mon numéro de téléphone. C'est tout.

— Bien. Prenez vos téléphones et envoyez-moi par texto la note que vous souhaitez voir sanctionner votre examen de fin d'année, soit A, soit B. C'est celle que vous aurez.

J'essuie la craie sur mes mains, rajuste les revers échancrés de mon blazer en batiste et me dirige gaiement vers la sortie.

Tous en chœur :

— Eh, attendez ! ATTENDEZ !

Je m'arrête.

— Oui ? Un problème ?

Réponse unanime :

— C'est tout ? On n'a rien d'autre à faire ?

Et autres variations sur le même thème.

Je me frappe le front.

— Bon sang, où avais-je la tête… J'ai omis de vous préciser une chose. Non, deux. La première, c'est que je crains fort de ne pouvoir donner un A à tout le monde. Au moins dix d'entre vous devront se contenter d'un B.

Tous ensemble, refrain :

— Ce n'est pas juste !

— Encore cette histoire d'injustice, hein ?

— Qui voudrait se contenter d'un B ?

— C'est le second point dont j'ai oublié de vous parler. Voici qui devrait peut-être vous faciliter la tâche. Si dix d'entre vous au moins ne demandent pas un B, alors vous serez tous notés C. Tous, autant que vous êtes. Je dis bien « C ». Toute la classe. Sans exception.

Je n'aurais pas obtenu plus d'effet en apprenant à des élèves de cinq ans que le père Noël n'existe pas. Que dis-je : que j'ai assassiné le père Noël – ainsi que son petit copain poilu, le lapin de Pâques. Choc. Rage. Incompréhension. *Comment pouvez-vous nous traiter de cette façon, professeur Reinhart !*

Magnifique.

Mille excuses, Sigmund, je crois que je tiens une nouvelle épreuve favorite de fin d'année. Ils ont tous donné dans le panneau. Attendons maintenant que la poussière émotionnelle se redépose. Ils vont tous commencer à réfléchir. D'abord individuellement, puis collectivement. Ensuite il y aura...

— Une question ?

C'est encore le polo de rugby au troisième rang qui a levé la main.

— Oui, dit-il, je me demandais... est-ce qu'on peut se concerter avant de vous envoyer nos notes ?

Je feins d'y réfléchir un instant, en me grattant le menton pour plus d'effet.

— Je crois bien que oui, dis-je. Mais à condition que vos délibérations n'excèdent pas une certaine durée. Dix minutes devraient suffire.

Passé le grognement des mécontents qui auraient souhaité plus de temps, je lance en regardant ma montre :

— Nous disons donc, neuf minutes et cinquante secondes.

Bousculade et mêlée générale. Ils apprendront plus tard qu'ils sont les cobayes d'une expérience en vue de mon prochain livre et que les mini-caméras et les micros installés un peu partout dans la salle enregistrent tout ce qu'ils disent et font.

Comment le prendront-ils ? Mal, bien sûr. Jusqu'à ce que je leur annonce qu'ils auront tous un A pour avoir accepté de jouer le jeu. Je les entends d'ici hurler de joie.

Mais nous n'en sommes pas là. Pour l'instant, ils forment un ensemble d'une bonne centaine d'étudiants en pleine compétition, en train de déterminer collectivement lesquels d'entre eux vont se sacrifier pour le bien commun. Comment vont-ils s'y résoudre ? Le peuvent-ils seulement ? Le meilleur du comportement humain prévaudra-t-il ?

Je me dirige vers la sortie afin de les laisser palabrer à leur aise. Rien ne doit interférer qui puisse fausser les conclusions de l'expérience, surtout pas moi. Donc rien n'interférera, je m'en porte garant.

Imbécile.

À peine ai-je saisi la poignée de la porte que retentit le premier « ding ! ». Aussitôt suivi d'un deuxième, puis de quelques autres. Et tous les téléphones de s'allumer. Même le mien.

Alerte info. Quelque chose de terrible vient d'arriver. Quelque chose d'épouvantable. Le pire du pire du comportement humain.

New York, ma ville, vient de subir une nouvelle attaque.

3

L'aiguille est dans le rouge avant même d'atteindre la voie rapide. Une de mes mains étrangle l'accélérateur de ma vieille Triumph TR6 Trophy 1961, cependant que l'autre essaie pour la millionième fois de joindre Tracy, mon compagnon. Fouetté par le vent, le téléphone plaqué contre l'oreille. Au diable le casque.

Encore et toujours la messagerie. J'appuie sur « rappeler ». *Tracy, décroche, je t'en supplie!* Jamais nous n'aurions dû résilier notre ligne fixe. Je ne peux même pas l'appeler à la maison.

Les alertes et les tweets qui faisaient flasher tous les téléphones en classe rapportaient l'explosion de plusieurs bombes à Times Square. On redoute la mort d'au moins deux cents personnes.

Comme tout le monde, j'ai senti une onde de choc me parcourir l'échine. Suivie d'un coup encore plus violent en plein cœur.

Tracy m'a dit ce matin qu'il avait prévu d'emmener Annabelle au Disney Store, au beau milieu de Times Square. Notre fille adoptive sud-africaine, qui vient à peine de fêter son premier anniversaire, est déjà raide dingue de cet endroit. La musique, les couleurs, tous ces personnages dont elle ignore encore les noms la font sourire d'une oreille à l'autre. C'est simple, elle préfère le Disney Store à sa tétine, au bain moussant et même aux singes du zoo de Central Park.

130 km/h. Ça y est, je pleure.

Je slalome dans le trafic comme un fou et je sens la colère prendre le dessus. Mes années londoniennes, mes années de CIA. Toutes consacrées à livrer une guerre ingagnable. Le terrorisme n'est pas une simple tactique de l'ennemi ; c'est le fondement même de son idéologie. On ne peut guère que le contenir. Ces gens-là *croient* dans la destruction. Ils *désirent* la mort. Pour eux, aucune victime n'est innocente.

Pas pour nous.

Au bout d'une demi-heure, je renonce à tenter d'appeler Tracy. Une demi-heure encore et j'aperçois les gyrophares rouges des voitures de police à l'entrée du Henry Hudson Bridge. Collées pare-chocs contre pare-chocs, elles interdisent tout accès aux trois voies de circulation vers le sud. Impossible de passer.

Impossible également de passer des appels, me dit un policier. Du moins, pas depuis un portable.

— Tous les opérateurs ont reçu ordre de fermer leurs réseaux, m'apprend un autre policier comme je descends de mon engin.

Le premier policier m'a déjà oublié. Trop occupé à dévier la circulation, un vrai festival de manœuvres, tous les véhicules qui cherchaient à entrer dans Manhattan contraints de faire demi-tour vers le nord. Manœuvres d'autant plus délicates que la chaussée est partiellement défoncée par de récents travaux. *Serait-ce trop demander que de disposer d'un seul pont vers Manhattan qui ne soit pas livré aux marteaux-piqueurs ?*

— Il paraît que les terroristes se sont servis de téléphones pour déclencher les explosifs, explique le second policier. Il est à craindre que ce ne soit qu'un début.

— Je dois absolument me rendre en ville, lui dis-je. Comment faire ?

Il me regarde comme si j'étais sourd.

— Vous n'avez pas entendu ? Personne ne passe !

Vous m'avez mal compris, monsieur l'agent. Je. Dois. Me rendre. En ville !

Je le dévisage un instant, dans l'espoir qu'il me reconnaisse. Il n'y a même pas un an, j'ai connu mon quart d'heure de célébrité en aidant Manhattan à se débarrasser d'un tueur en série qui se faisait appeler le Dealer[1]. Moyennant quoi j'y ai gagné mes propres surnoms, notamment Dr Death. On m'interpellait au moins une fois par jour dans la rue. « Eh, mais je vous reconnais, vous êtes le type qui… » Ça ne m'arrive plus qu'une fois par mois.

« Toute gloire est éphémère », disait le général Patton.

Rien à faire, ce flic ne me reconnaît pas. Lui rafraîchir la mémoire ? Plaider ma cause, lui parler de Tracy et Annabelle ? Peine perdue. Il a reçu des ordres et ne fait que les exécuter. Et puis, j'ai déjà changé mes plans.

Assez perdu de temps.

1. *Jeu de massacres*, L'Archipel, 2019.

4

Je retourne à ma moto sans courir. Ne pas attirer l'attention. J'enfile mon casque, arrache la plaque d'immatriculation que je glisse dans mon blouson.

Je vérifie le kill-switch, tourne la clé, écrase l'embrayage et démarre. Un petit zig vers la gauche, un zag résolu vers la droite, la voie est libre. Ce qu'il faut maintenant, c'est prendre de la vitesse.

J'accélère à fond. En une poignée de secondes l'aiguille est de nouveau dans le rouge.

Le premier flic, éberlué, me voit passer en trombe en le frôlant. Le second, à qui j'ai parlé, comprend parfaitement à quoi je suis en train de jouer, sans pouvoir aucunement m'en empêcher. Il me regarde avec incrédulité foncer vers le tas de gravats, à trois mètres environ des voitures qui barrent le chemin.

Tas de gravats ou tremplin ?

Je viens le percuter violemment, cramponné aux poignées.

Tant pis pour le style, ça sera moche. Il n'y a que Steve McQueen, sur le même engin, pour qui c'était un jeu d'enfant dans *La Grande Évasion.*

Mon pneu arrière effleure le capot de la première voiture et déjà j'entends craquer l'essieu de ma roue avant au contact de la chaussée. La logique voudrait que j'aille valser dans le décor, mais, Dieu sait comment, je parviens à me rétablir.

Je m'engage à tombeau ouvert sur la voie déserte sans un regard en arrière, direction Manhattan. Je suis déjà bien trop loin pour que les deux flics songent à me prendre en chasse. Tout au plus sont-ils en train de prévenir par radio le barrage mis en place quelque part dans le sens sud-nord, plus pour se couvrir mutuellement que pour me mettre le grappin dessus.

À la première sortie, je quitte la voie rapide pour m'engouffrer vers Dyckman Street et m'enfoncer dans l'Upper West Side. Un quartier que Tracy, Annabelle et moi appelons « chez nous ». Comment ne pas imaginer l'inimaginable : les deux personnes qui me sont les plus chères au monde, sans lesquelles je ne puis concevoir de vivre… disparues à jamais ? *Mon Dieu, dites-moi que c'est un simple cauchemar…*

Je me faufile dans le trafic en ignorant carrément les feux rouges, à peine conscient du moment présent. J'entends au loin des sirènes d'ambulances, plus stridentes les unes que les autres, répercutées en écho dans mon pauvre crâne. La bande-son d'un cauchemar éveillé.

Me voici enfin au pied de notre immeuble. J'abandonne la moto en plein milieu du trottoir et me précipite ventre à terre dans le hall, droit vers l'ascenseur. Je suis stoppé dans ma course par la vision de Bobby, le concierge, assis sur une banquette le long du mur, vissé à l'écran de son téléphone. Sans doute en train de regarder les dernières infos sur l'attentat. Hors d'haleine, je l'interpelle :

— Vous les avez vus ?

Il me regarde d'un air ahuri.

— Qui ça ?

Je n'aurais pas été moins surpris à sa place.

— Tracy et Annabelle. Les avez-vous vus ce matin ?

Bobby – que tout le monde appelle Lobby Bobby, sauf en sa présence – me dévisage comme si je venais de lui demander de résoudre un problème de physique quantique. Mon air paniqué ne fait qu'ajouter à sa confusion.

— Oh. Euh… non, pas vus. Attendez… si, en fait. Ils sont sortis plus tôt que d'habitude ce matin. Juste avant la prem…

Mes mots se bousculent :

— Et depuis ? Vus rentrer ?

— Je crois bien que non. Pourquoi, il y a un problème ?

Mais il parle à mon dos. J'ai déjà rejoint l'ascenseur. Besoin d'en avoir le cœur net. Bobby a dû manquer d'attention. Comme d'habitude. Il est toujours en train de discuter avec d'autres résidents ou de signer des bons de livraison. C'est ce qui a dû se passer. Sûrement. Tracy et Annabelle sont à la maison. Sains et saufs.

Dans un instant, j'ouvrirai la porte de notre appartement en lançant, comme d'habitude : « Anna-banana, es-tu là ? » J'attendrai d'entendre le bruit merveilleux de ses petits pieds sur le plancher, suivi de son apparition dans l'entrée et de sa course éperdue jusque dans mes bras.

Mais aucun son ne suit l'ouverture de la porte. Pas de petits pieds trottinant dans le couloir. Appartement désert.

Tracy et Annabelle ne sont pas là.

5

— Bon sang, qu'est-ce que vous fichez ici, Needham ?

Elizabeth reste bouche bée devant son nouveau boss. L'aurait-elle mal compris, dans tout ce chaos ? Hélas non. Evan Pritchard semble vraiment furieux de la voir.

— À votre avis ? répond Elizabeth. Je suis venue prêter main-forte.

— Si vous vouliez vous rendre utile, vous n'aviez qu'à rester à Boston, où vous êtes *censée* vous trouver. C'est là que je vous avais envoyée. Vous ne vous souvenez pas ?

Il ne parle pas sérieusement ?

Elle se retourne lentement vers la scène de désolation qui les environne, comme si cette vision pouvait ramener Pritchard à la raison, tout au moins le rendre plus compréhensif. Le pays vient de subir la pire attaque survenue sur son sol depuis le 11 septembre, et cela dans la même ville de New York.

Times Square n'est plus Times Square. C'est devenu une zone de guerre. Plusieurs explosions coordonnées de plastic C-4 ont réduit les boutiques et les théâtres à l'état de carcasses fumantes, de métal tordu et de vitres brisées. Il a fallu des heures pour dégager et évacuer les centaines de blessés, ce qui revient à dire que les morts sont toujours sur place, couverts de draps tachés de sang. En trop grand nombre pour faire le décompte, et c'est pourtant ce qu'il importe de faire. Ça et un million d'autres choses utiles pour l'enquête. Nul doute que l'unité d'élite new-yorkaise des JTTF, les Forces conjointes antiterroristes, ait déjà mobilisé tous ses moyens humains. Y compris sa dernière recrue en date, l'agent spécial Elizabeth Needham.

— Monsieur, j'ai entendu les nouvelles et aussitôt j'ai pensé que mon devoir…

— Vous avez *pensé*, hein ? Mais qu'en savez-vous, au juste ? Voilà votre problème, Needham. Vous *pensez* mieux savoir que tout le monde.

Un quart de seconde, Elizabeth se prend à regretter les trois dernières heures et demie de sa vie, passées au volant de sa voiture à rouler comme une folle de Boston jusqu'à Manhattan. Mais un autre quart de seconde lui suffit pour savoir qu'elle le referait et cent fois plutôt qu'une.

Ce n'est pas elle, le problème. C'est Pritchard. Il ne l'a toujours pas avalé. Mais alors pas du tout. Presque deux mètres et plus de cent kilos d'irritation qu'il ne cherche même pas à cacher, attaque terroriste majeure ou pas. Son nouveau boss entend lui faire savoir qu'elle n'est pas la bienvenue. Cette unité d'élite, il en a recruté chaque membre, depuis toujours et sans exception. Du moins, jusqu'à ce que le maire de New York lui passe ce coup de fil pour lui annoncer qu'une inconnue était affectée à l'unité d'intervention. C'est ainsi que l'inspectrice Needham est devenue l'agent Needham. Pritchard n'a même pas eu son mot à dire. Une décision venue d'en haut. Il ne l'a pas supporté, elle en est bien consciente. Normal qu'il ne puisse pas la souffrir. Pas plus compliqué que ça.

Mais elle se retient de lâcher les quelques mots bien sentis qu'elle a sur le bout de la langue. Elle sait quelle attitude adopter avec Pritchard. Prendre son mal en patience, en tout cas tenir jusqu'au bout de cette horrible, tragique, épouvantable journée. Dire à ce connard ce qu'il a envie d'entendre et se débrouiller pour se rendre utile quand même. Faire quelque chose. N'importe quoi. Chercher des rescapés. Des fragments d'explosifs.

— Je vous présente mes excuses. J'ai seulement voulu…

— Pigé. Mais regardez autour de vous, Needham. Regardez ces agents du Bureau et de l'antiterrorisme déjà sur place. Tous cherchent la réponse à la même foutue question : qui a fait ça ? Et savez-vous ce qu'ils ont d'autre en commun ? Pas un seul n'était en mesure d'empêcher ça, moi compris. Alors si vous voulez vraiment vous rendre utile, retournez à Boston. Même s'il n'y a qu'une chance sur cent que vos investigations aboutissent à quelque chose, nous pourrons peut-être empêcher que ce quelque chose se produise.

Dur à admettre, mais Pritchard vient de marquer un point. N'empêche, pourquoi ne pourrait-elle pas faire les deux ? Se rendre utile aujourd'hui et retourner à Boston demain ? Elle n'a pas le temps de formuler cette idée que déjà l'attention de Pritchard se détourne vers un sachet qu'une main lui tend, contenant un fouillis de fils électriques roussis. Il est passé à autre chose. L'agent Needham, cadeau du maire, est invitée à en faire autant.

Elizabeth s'éloigne. Elle a assez d'expérience pour ne pas s'apitoyer sur son sort. Ce serait déplacé, avec tous ces corps qu'il lui faut littéralement enjamber. Bien malgré elle, elle ne peut détourner le regard de ces draps ensanglantés, laissant deviner la forme des cadavres qu'ils recouvrent.

Soudain, elle s'immobilise. L'un des draps s'est légèrement soulevé, sans doute sous l'effet d'un souffle de vent. Elle aperçoit le bras d'un enfant, une fillette. Une toute petite main, avec une montre rose Hello Kitty au poignet. Comme elle a dû être heureuse le jour où on la lui a offerte, comme elle devait être fière de la porter ! Jamais elle ne s'en serait séparée, même pour dormir. Voilà à quoi songe Elizabeth, glacée à la pensée de cette fillette dont les jambes ne courront plus. Elle lève les yeux au ciel, incapable d'autre chose. Toutes ces années dans la police, ces crimes atroces qu'elle a vus, ont mis à l'épreuve sa foi en Dieu, à tel point qu'aujourd'hui elle ne saurait dire s'Il existe ou non. *Y a-t-il un dieu assez cruel pour souffrir la mort de cette gamine ? Et pour souhaiter la souffrance de ceux qui l'aimaient ?*

Elle sent monter ses larmes. Mais au lieu de pleurer, elle pousse un cri.

Du coin de l'œil, elle vient d'apercevoir quelque chose. Ils sont dans le ciel. Nombreux. Qui se dirigent droit sur elle. Droit sur eux tous.

L'attaque n'est pas finie.

6

— Planquez-vous !

Elizabeth hurle à s'en crever les poumons, bras pointé vers le sommet du One Times Square, au nord, là où chaque 1er janvier la boule horaire descend le long d'un mât pour marquer l'an nouveau.

Autour d'elle les têtes se tournent et les cous se tendent dans la direction qu'elle indique et d'où s'approche ce qui ressemble à un vol d'oies en formation. Mais ce ne sont pas des volatiles. Ce sont des drones. Chacun porteur d'une bombe artisanale qu'ils s'apprêtent à lâcher. Du sol même on distingue les fils électriques.

Descendez-les ! Tous !

Personne n'a eu besoin de crier.

Elizabeth se saisit de son arme, comme tous ceux qui en ont une, et vide le chargeur de son Glock 19. Le ciel s'emplit de plomb. *Pop ! Pop-pop-pop-pop !*

Boum !

La puissance de l'explosion la projette violemment au sol. Puis une seconde déflagration – *boum !* – l'y maintient plaquée, tandis que s'abat sur elle une pluie de vitres brisées quelque trente étages plus haut. Pas le temps de se mettre à l'abri. Elizabeth roule sur le dos, remplace son chargeur et reprend le tir. *Encore combien ? Trois ? Quatre ?*

Celui qui guide ces drones semble avoir compris la situation : à peine le premier d'entre eux a-t-il été touché que les autres se ruent en tous sens. Elizabeth se contorsionne pour ne pas en perdre un de vue. Il y en a un qui fait du surplace juste au-dessus d'elle.

De simples cartouches n'en viendront pas à bout. Impossible de tous les descendre avant qu'ils…

Et merde!

Le drone lâche sa charge à l'instant même où elle vient de tirer la dernière cartouche de son chargeur sans faire mouche. Clouée au sol en plein cœur de cible, immanquable.

Les clics à vide de son arme, comme elle continue à presser sur la détente, sont comme un compte à rebours avant la mort. Elle n'a que le temps de se rouler sous un fourgon FedEx garé à proximité. Pas la meilleure des protections, mais toujours mieux que rien. Puis elle ferme les yeux.

Boum!

Le souffle et la chaleur de la déflagration lui lacèrent le visage et les mains, tandis que le fourgon, plié par l'explosion, manque l'aplatir au sol. La douleur est insupportable, mais c'est une douleur salvatrice puisqu'elle en est consciente. Preuve qu'elle est en vie. *Par quel miracle?*

À croire que Dieu existe, tout compte fait.

7

Elle se glisse hors de sa cachette pour comprendre ce qui l'a sauvée – mais pas avant d'avoir entendu ce son. Le son de la fusillade. Ce n'est plus le même, quoique assourdi par ses tympans meurtris. Le *pop-pop-pop* a laissé place au sifflement métallique des mitraillettes. La cavalerie vient d'arriver à la rescousse sous la forme du SWAT, les forces d'intervention du FBI, qui a maillé tout le secteur autour de Times Square. L'un de ces hommes a touché la bombe en vol juste au-dessus d'Elizabeth. Un fameux carton qui lui a sauvé la vie.

Disposée en double formation en coin, l'unité du SWAT continue à faire feu tout en progressant sur Broadway. Un drone, puis un autre, sont neutralisés avant d'avoir pu lâcher leur charge explosive. Elizabeth sent ses genoux se dérober, s'écroule. Ses oreilles sonnent comme des tambours. Elle n'entend plus rien. Ne peut plus bouger.

Au bout d'un moment, le commandant du SWAT agite sa main en l'air en hurlant. Les hommes de l'unité suspendent le feu. Et quiconque n'est pas déjà à court de munitions les imite.

Tous les regards sont levés vers le ciel. Dix secondes passent, qui en paraissent vingt ou trente. Une éternité.

L'une après l'autre, les épaules se relâchent. Les armes rejoignent leur holster. Les canons des fusils-mitrailleurs Heckler & Koch UMP du SWAT s'abaissent.

Elizabeth sent qu'on lui tape sur l'épaule et se retourne. C'est un secouriste, il lui dit quelque chose, mais elle ne voit que ses lèvres bouger. Elle ne récupère que tout doucement l'audition et parvient quand même à deviner certains mots et à compléter les blancs. Il lui demande comment ça va.

— Ça va, ment-elle.

À vrai dire, elle n'en sait trop rien. Elle a mal partout.

Il lui montre un alignement de tentes médicales dressées dans une rue adjacente. Insiste pour qu'elle soit examinée par un médecin. Elle hoche la tête, incapable d'un effort supplémentaire, mais parvient à mettre un pied devant l'autre, à sa propre surprise. Jusqu'à la première tente, du moins. Elle remonte sans hâte ses jambes de pantalon dont le tissu gluant de sang lui colle aux mollets. Un pansement ne suffira pas à épancher certaines des entailles causées par les éclats de verre. Elle voudrait remercier la personne qui lui a sauvé la vie, mais les hommes du SWAT se ressemblent tous dans leur harnachement et sont trop occupés à sécuriser la zone. Le fait d'avoir déjoué cette deuxième attaque ne signifie pas qu'il n'y en aura pas une troisième. Ils évacuent les gens vers la bouche de métro, au coin de la 42ᵉ Rue et de la 7ᵉ Avenue. Journalistes et badauds sont invités à circuler, mais aussi les policiers en tenue non requis par les investigations. Elizabeth met un moment à repérer Evan Pritchard remontant ce flot en sens inverse, tel un saumon. Il est en train de parler par téléphone satellite, comme indifférent à tout et à tous. En apparence.

Elle hausse les épaules et se dirige vers les tentes, s'immobilise brusquement. Ce bruit presque imperceptible, comme un vrombissement lointain. On dirait un moteur de tondeuse à gazon qui ne veut pas démarrer. Elle regarde de tous côtés, cherchant la source de ce bruit. Et finit par l'identifier. Il est là, en plein milieu de l'avenue. Un drone abattu, mais dont la charge intacte n'a pas explosé. *Encore active.*

Ses douleurs annihilées par une puissante décharge d'adrénaline, Elizabeth se met à courir. Pas pour fuir : au contraire, elle va droit vers la bombe en hurlant :

— Pritchard !

Il se dirige vers l'engin, inconscient du danger.

— PRITCHARD !

Tout le monde peut maintenant l'entendre hurler. La voir faire de grands signes affolés pour qu'ils s'écartent. Les hommes du SWAT s'élancent pour la couvrir, tout en dirigeant les derniers civils vers l'escalier du métro.

Pritchard, nom de Dieu !

Elle dépasse l'engin, prend autant de vitesse qu'elle peut avant d'aller percuter son boss. Une armoire à glace, mais qu'importe. Elle lui rentre littéralement dans le lard, l'entoure de ses bras, et tous deux s'en vont rouler dans le caniveau. Tout ce qu'il comprend, c'est qu'elle commence à l'énerver sérieusement.

Pas le temps de lui expliquer : elle se redresse, entraîne Pritchard jusqu'à l'entrée du métro et le pousse sans ménagement dans l'escalier.

— Nom de Dieu, qu'est-ce qui vous prend, Needham ? aboie Pritchard en s'écrasant trois mètres plus bas contre le sol de la station.

Il l'a saisie à deux mains et la secoue comme un prunier.

— Vous êtes complètement folle ! Vous voulez ma mort ? Nom de Dieu, vous avez failli me t…

Boum !

8

J'essaie désespérément de joindre Tracy. Mais son téléphone ne répond pas.

Tourner en rond seul dans l'appartement ne rend la situation que plus pénible. Je ne peux pas rester là sans rien faire. Le pire, c'est que je sais exactement ce qu'il faudrait que je fasse. Et que je n'en reste pas moins là à perdre mon temps, scotché aux flashs d'info, comme si… comme si quoi ? Comme si je ne savais pas où se trouve Times Square ?

Hein ? Quoi ? Une nouvelle attaque. Quand ça ? Où ça ? Oh bon Dieu…

Me revient comme un flash l'image de Bobby, dans le hall. Je l'ai mitraillé de questions, c'était plus fort que moi. J'étais si inquiet d'avoir des nouvelles de Tracy et Annabelle que je l'ai interrompu avant qu'il puisse achever. « Avant la première… *attaque* », voilà ce qu'il a voulu me dire.

Pas besoin de réfléchir plus longtemps pour s'arracher à la télé. Un pas, puis un autre en direction de la porte. Le palier. L'ascenseur.

En prenant le temps de la réflexion, j'aurais vite compris que me rendre à Times Square, ou du moins m'en approcher le plus possible, ne m'avancerait à rien. Ça ne m'apprendra pas si Tracy et Annabelle sont sains et saufs. Tout au plus me serai-je rapproché du lieu éventuel de leur mort éventuelle.

La porte de l'ascenseur s'ouvre sur le hall. Je redresse la tête en entendant soudain ce mot magnifique, extraordinaire, le plus beau que j'aie entendu prononcer de toute ma vie :

— Pa-pa !

Annabelle. Dans sa poussette, suivie de Tracy. Notre petite fille, tout sourire, ses quenottes aussi blanches que des Tic Tac à la menthe. Grosse émotion.

— Anna-banana !

Je sors de l'ascenseur et mets un genou à terre pour pouvoir l'embrasser et l'embrasser encore. Puis je me redresse pour étreindre Tracy, façon ours brun. Dieu sait quel spectacle je donne, même si personne ne peut nous voir derrière le coin où se trouve l'ascenseur.

— Où étiez-vous passés ?

Seul m'importe, en réalité, de savoir où ils n'étaient pas. Je suis si soulagé de les retrouver que je n'ai pas vraiment pris le temps de bien regarder Tracy. Lui aussi est heureux de me voir, mais à l'évidence quelque chose ne va pas. Il semble hébété. Secoué, pour mieux dire.

— Nous étions censés être là-bas. Nous nous serions trouvés à Times Square juste au moment des explosions.

— Que s'est-il passé ?

Tracy s'ébroue. Il n'en revient toujours pas lui-même.

— J'avais oublié mon portefeuille, me répond-il si bas que je ne suis pas certain d'avoir bien compris.

— Ton portefeuille ?

— On a pris un Uber, on était presque arrivés au Disney Store quand je me suis aperçu que je l'avais oublié à l'appartement.

Il se penche au-dessus de la poussette pour regarder Annabelle qui fouille son petit sachet de Cheerios.

— Comme tu sais, impossible de sortir du Disney Store sans emplettes. J'ai dit au chauffeur de faire demi-tour. Quelques minutes plus tard, alors que nous aurions déjà dû nous trouver dans les allées du magasin, on a entendu les explosions. Je suis encore sous le choc.

Comme si ça ne se voyait pas.

— Tu es allé faire un tour à l'Aiguille ?

L'Aiguille de Cléopâtre : l'autre nom de l'obélisque de Central Park. Là où Tracy se rend toujours quand il a besoin de s'éclaircir les idées. Le plus vieux monument de la ville, œuvre des anciens Égyptiens. Sa contemplation lui rappelle que ses soucis ne sont qu'une poussière à l'échelle des siècles. Ou encore, pour citer un poète persan, qu'ils ne dureront pas plus que le reste.

— Oui. Mais c'est bien la première fois que l'Aiguille ne joue pas son rôle. Je me sens encore tout chose.

— J'ai essayé de te joindre, tu sais.

— Moi aussi.

— Mais il n'y avait plus de réseau.

— Je suis allé dans cette vieille cabine, tu sais, sur la 83e, pour essayer de t'appeler au campus. On m'a répondu que tu étais parti dès que tu avais entendu les nouvelles.

— Mais tu m'as bien dit que vous alliez…

— Au Disney Store. Oui, je t'ai dit ça.

Sourires. Voilà ce que c'est de se moquer de ces couples où chacun finit les phrases de l'autre. Nous en sommes un. Je le serre à nouveau dans mes bras.

— Quelle journée. Quelle journée atroce.

— Racontez-moi, fait une voix toute proche.

Une voix reconnaissable entre toutes, sans avoir à se retourner. Même Annabelle l'a reconnue. C'est celle de sa « tata » favorite, quoiqu'elle écorche encore un peu son nom. En la circonstance, elle n'aurait mieux su le prononcer :

— Liz-bet !

9

C'est le milieu de l'après-midi, mais pas le moment de prendre un thé ou un café. Même l'idée d'une bière ne nous traverse pas l'esprit. Non, une fois montés à l'appartement, Elizabeth, Tracy et moi passons directement au whisky. De généreuses rasades de Johnnie Black.

Et, pour Annabelle, un jus de pomme sans sucre ajouté, servi dans son gobelet favori.

— Vous êtes sûrs que ça ne vous dérange pas si je reste un peu ? demande Elizabeth en s'installant avec nous à la table de cuisine.

C'est peu dire qu'elle se déplace avec peine, tant ses gestes sont lents. Ses jambes et ses bras, assez sévèrement tailladés, sont couverts de bandages, et elle a des côtes abîmées. À vrai dire, tout son corps n'est que contusions.

— Parfaitement sûrs, répond Tracy. Reste aussi longtemps que tu voudras.

Quand je pense que Tracy, il n'y a pas si longtemps, s'interrogeait sur mes sentiments pour Elizabeth. Aujourd'hui, ils sont les meilleurs amis du monde.

— Encore quelques heures à attendre, et après ils me ficheront la paix. Ils seront passés à autre chose.

L'attaque terroriste, ou plutôt les attaques de Times Square vont occuper les médias pendant des semaines et des mois, marquant les mémoires à jamais. Mais Elizabeth fait allusion à une vidéo qui tourne en ce moment en boucle dans les bulletins d'info, sur YouTube et partout ailleurs. Un cameraman amateur a réussi, Dieu sait comment, à filmer le sauvetage d'Evan Pritchard, faisant d'elle l'héroïne du moment, si bien que toutes les chaînes n'ont plus qu'une obsession : lui planter une caméra sous le nez.

— Ils campaient littéralement au pied de mon appartement, une bonne demi-douzaine de cars-régies. J'ai demandé au taxi de continuer à rouler.

— Pourquoi ne nous as-tu rien dit, pour ton nouveau job ?

— Parce que je n'ai pas eu le temps de dire « ouf ». Lundi matin, j'étais dans le bureau de Deacon, à l'hôtel de ville ; l'après-midi, j'étais engagée dans les JTTF. Apparemment, ce maire a le bras long. Je n'ai pas cherché à comprendre.

C'est à la suite de l'affaire du Dealer qu'Elizabeth a été promue détective de première catégorie, mais le maire, Edward « Edso » Deacon, voulait faire plus. Et je ne m'étais pas privé de l'y encourager.

— Il avait promis de te donner un coup de pouce.

— Et il a tenu parole. Qui l'eût cru ?

— Maintenant je suppose qu'il va te presser le citron jusqu'à la dernière goutte ? demande Tracy.

Simple question rhétorique.

— Bien sûr, mais qu'il ne compte pas sur moi pour lui servir de panneau électoral.

Heureux hasard, Edso Deacon n'a aucune échéance électorale en vue dans un futur proche. Les campagnes pour la mairie de New York, c'est du passé.

— Une chance que l'on ne puisse faire que deux mandats, dis-je en levant mon verre pour trinquer.

Nous nous penchons pour entrechoquer nos verres. Ce simple mouvement arrache à Elizabeth un gémissement de douleur. Les côtes. Je lui ressers une rasade.

— Tiens, encore un peu de médicament.

— J'ai l'air d'aller si mal ?

J'ai toujours été diplomate pour deux, Tracy ayant la fâcheuse habitude de mettre les pieds dans le plat. Mais, whisky aidant, il me prend de court :

— Si tu te voyais, ma pauvre. Une vraie merde, dit-il avec un coup d'œil vers Annabelle.

Il a vraiment le chic pour proférer des insanités devant la petite et sait bien que je ne lui en tiens pas rigueur, tant qu'il ne me couvre pas d'insultes.

Mais Annabelle s'en fiche, elle avale goulûment son jus de pomme d'un air béat. Je bénis le ciel qu'elle soit encore trop petite pour comprendre ce qui s'est passé aujourd'hui dans sa ville adoptive.

Ce monde dans lequel elle grandit me fait carrément flipper. Est-elle réellement plus en sécurité ici que dans son township de Nyanga, au Cap ?

J'y réfléchirai une autre fois car voici que mon téléphone m'alerte de l'arrivée d'un flot de textos et de messages, imité à quelques secondes d'intervalle par celui de Tracy, puis celui d'Elizabeth. Le réseau est rétabli.

Nous voilà aussitôt collés à nos écrans, tels des ados, mais il suffit d'un mot soudain prononcé par Elizabeth pour que je la regarde, elle. Un simple mot d'une syllabe.

Il est peu de chose que je ne sache au sujet d'Elizabeth Eliot Needham. L'essentiel comme l'anecdotique.

L'essentiel : elle a été élue reine de la fête de son lycée à Crosspointe, Virginie – plutôt à contrecœur – et est sortie major de l'université du Maryland, spécialité criminologie, où elle pratiquait la course de relais. Elle a une sœur jumelle, son aînée, qui vit à Boston. Sa mère, Brenda, habite à Seattle, et son père vit « quelque part » depuis qu'il a trompé Brenda, lorsque Elizabeth était encore ado. Un sujet tabou, comme j'ai pu m'en rendre compte lors de nos conversations – tabou en soi éloquent sur la nature des relations d'Elizabeth avec son père. Je n'ai pas cherché à creuser.

L'anecdotique : sa méticulosité – tout doit toujours être ordonné, parfaitement net et bien aligné. Elle aime la pizza, mais déteste les tomates. Elle éternue sans presque faire de bruit. Oh, et puis, elle récite l'alphabet à l'envers sans effort, aussi simplement qu'à l'endroit. Moi, j'ai beau essayer, essayer encore, pas moyen.

Mais au-delà de ça, une particularité l'emporte chez elle sur toutes les autres : Elizabeth ne vit *que* pour résoudre des affaires. Raison pour laquelle rien ne pique son intérêt plus qu'un détail susceptible de l'y aider. Elle vient de recevoir quelque chose sur son téléphone. Quelque chose qui ne lui a inspiré qu'une simple syllabe :

— Hum.

10

— Qu'y a-t-il ?

Elle pèse sa réponse, mais je crois l'avoir devinée. Les JTTF, c'est un peu comme Las Vegas : rien de ce qui s'y passe ne doit en sortir. Impossible pour elle de parler de quoi que ce soit qui concerne son unité. C'est la règle.

Oui, mais c'est moi qui lui pose la question. Moi, un ancien de la CIA, qui lui ai fait confiance. La CIA qui était déjà comme Vegas avant même que Vegas soit Vegas. J'ai présenté Elizabeth à Byrdman – Julian Byrd, le plus reclus des hackeurs, l'équivalent de J. D. Salinger dans sa catégorie. Vladimir Poutine tuerait de ses propres mains pour être mis en contact avec lui. Après tout, les comptes bancaires de Poutine à l'étranger et ses portefeuilles de cryptomonnaies ne se sont pas évanouis comme par magie après que les Russes ont mis leurs pattes dans nos élections. *Patience, Vlad. Tu ne perds rien pour attendre.*

Est-elle disposée à me parler ? Le fera-t-elle devant Tracy ? Difficile d'oublier que c'est lui qui a insisté pour qu'elle reste avec nous le temps que les cars-régies déguerpissent de sous ses fenêtres. Elizabeth est notre invitée. Et puis, à qui donc Tracy irait-il raconter ça ?

— Oh, et puis zut.

Après avoir lampé une autre gorgée de Johnnie Black, elle consent à évoquer son petit voyage à Boston et la première affaire qu'on lui a confiée dans le cadre de sa nouvelle affectation. Ou plutôt, la « prétendue affaire ». Dont elle se serait bien passée.

Un chercheur iranien en physique nucléaire, enseignant au MIT, est mort accidentellement au cours d'une séance autoérotique qui a mal tourné. Façon très policée de dire qu'il a succombé à une attaque cardiaque après s'être logé une petite bouteille d'alcool dans cet endroit du corps qui ne voit jamais la lumière du jour.

— Et quel est l'objet précis de ton enquête ? demande Tracy.

— Si je le savais... Mon nouveau patron – qui ne peut pas me souffrir, soit dit en passant – s'est contenté de me dire que les mots « iranien » et « nucléaire » ont le don de le faire tiquer. Alors, quand un chercheur iranien en physique nucléaire passe soudain de vie à trépas, c'est plus fort que lui, il faut qu'il y mette son nez, même si la police est certaine qu'il s'agit d'une mort naturelle.

— Et toi ? En es-tu certaine aussi ?

— Ce chercheur était en train de visionner un porno dans sa chambre d'hôtel et on a retrouvé des quantités astronomiques de Viagra dans son organisme. Il prenait aussi de l'OxyContin et des anti-inflammatoires sur ordonnance. C'est extrêmement troublant, surtout si on ajoute cette mignonnette transformée en sex-toy, mais insuffisant pour être suspect. Quant aux collègues et voisins que j'ai interrogés à Boston, tous m'ont dit la même chose. L'Iran était sa terre natale, mais son pays, c'était ici. Ce gars aimait l'Amérique. Tout indique qu'il était seul dans sa chambre lorsqu'il est mort. Vu à quoi il était occupé, ça ne fait presque aucun doute.

— Bien, mais qu'y a-t-il de nouveau ? dis-je en montrant son téléphone. Pourquoi ce « hum » ?

— Les caméras de surveillance de l'hôtel montrent qu'il est sorti ce soir-là pour aller dîner avec des collègues, mais elles n'ont pas enregistré son retour. En tout cas, on n'en a pas trouvé trace. Je peux t'emprunter ton ordi ?

— Tiens, prends le mien, répond Tracy en se levant pour aller chercher son portable dans le salon.

En attendant, Elizabeth me tend son téléphone pour me montrer le texto qu'elle a reçu d'un des enquêteurs chargés de l'affaire : « Un mystère de moins. Un autre de plus. »

Message suivi d'un numéro de dossier rangé dans l'équivalent d'une Dropbox cryptée propre au NYPD, dont se servent flics et enquêteurs pour échanger des documents en toute sécurité. Julian, bien sûr, trouverait le moyen de s'introduire sur le serveur les yeux fermés, mais c'est Julian. Unique en son genre.

Elizabeth se connecte au site sur l'ordi de Tracy, en nous lorgnant du coin de l'œil au moment de composer son mot de passe. Nous nous couvrons les yeux de façon théâtrale pour lui prouver que nous ne l'épions pas, et Annabelle, croyant que nous jouons, nous imite en posant elle aussi sa main sur ses yeux.

— Voilà, fait Elizabeth en tournant l'écran vers nous.

Elle double-clique sur le fichier. L'image tremble avant de se stabiliser.

— C'est lui ? demande Tracy en pointant une silhouette.

— Oui. Le professeur Jahan Darvish.

Images en couleur, mais un peu floues. Rien de surprenant, s'agissant de caméras de surveillance. Mais on y voit distinctement le professeur sortir de l'hôtel par ce qui ressemble à une entrée de service.

Il n'est pas seul.

Une femme est à son bras. Elle porte un décolleté blanc, une jupe noire, des talons aiguilles noirs. Voilà ce que l'on voit.

Le mystère, c'est ce que l'on ne voit pas.

— Hum, dis-je à mon tour.

11

J'étais bien certain de deux choses en allant me coucher : primo, le soleil se lèverait à l'aube comme chaque matin ; secundo, demain serait un autre jour.

Dans la nuit, nous avons regardé les bulletins d'info sur les attaques. Tout le whisky du monde n'aurait pu noyer notre douleur à mesure que de nouvelles victimes étaient identifiées.

Il y avait cette mère et ses jumeaux de neuf ans venus en touristes de Lincoln, Nebraska. Le père était resté à l'hôtel pour passer un appel professionnel, les laissant visiter seuls le musée de cire de Madame Tussaud, un incontournable de Times Square. En un clin d'œil, l'homme était devenu veuf et sans enfants.

Il y avait ce club de théâtre d'un lycée de Flushing en sortie scolaire, venu assister à une comédie musicale au Lyric Theatre. Seuls deux élèves avaient survécu aux explosions. L'un des quatre accompagnateurs, la proviseure adjointe de l'école, n'avait dû d'être encore en vie qu'au fait d'être retournée chercher un pull dans l'autobus. Elle tâchait, tant bien que mal, de répondre aux questions des médias. La pauvre femme était en larmes.

Il était encore trop tôt pour publier la liste des victimes. La police n'était pas en mesure de confirmer ni d'infirmer que telle ou telle personne en faisait partie. En attendant, je ne pouvais qu'inspirer et expirer à pleins poumons à l'idée qu'il s'en était fallu de peu que Tracy et Annabelle ne fassent partie du lot.

— Comment ça va ce matin ? demande Elizabeth.

Debout à la fenêtre du salon, j'observe les premières lueurs de l'aube. J'ai changé Annabelle. Tracy est en train de l'habiller.

La vie continue, aussi cruelle soit-elle parfois.

— Ça peut aller. Dis-moi plutôt comment tu vas, toi ?

— Pas mieux qu'hier, mais ça ira.

Elle n'a pas pu prendre de douche à cause des bandages et est déjà prête à partir.

— Encore merci pour les vêtements de rechange.

Elle porte un de mes vieux sweats gris et une paire de jeans laissés par la sœur de Tracy, qui habite Providence, lors de sa dernière visite. Le tout mériterait de figurer au palmarès des pires ensembles jamais conçus, mais laissons cela au jugement d'Elizabeth.

— Tu reprends le collier direct ?

— Je te tiens au courant s'il y a du nouveau.

Je la sais impatiente de retrouver le bureau pour en savoir plus sur la mystérieuse femme qui accompagnait ce chercheur en physique nucléaire et dont le visage, sur la vidéo, était masqué par un halo blanchâtre. Elizabeth suppose qu'un problème technique s'est produit ou que quelqu'un s'est avisé de la trafiquer. Elle m'a demandé mon avis. Je lui ai répondu que je n'en avais pas.

Je déteste lui mentir.

Ce halo blanc n'est dû ni à un incident technique ni à une falsification.

Il a été causé par autre chose, mais je ne peux pas lui dire quoi.

Pas encore.

Voire jamais.

« Ce qui est fait est fait », a écrit Shakespeare dans *Macbeth*. Quand bien même ce ne serait vrai que pour moi.

Mon passé finira-t-il un jour de me poursuivre ?

En l'occurrence, il s'apprête à me rattraper de plus d'une façon.

12

— Tu vas finir par être en retard, dis-je à Tracy après le départ d'Elizabeth.

— Eh bien soit, je suis en retard, répond-il sans s'arrêter de couvrir de baisers Annabelle, qui joue avec sa poupée Baby Stella sur le canapé du salon. Je suis jaloux. Tu vas rester ici avec notre splendide petite fille toute la journée, tandis que moi...

Sa voix se perd dans un soupir.

Il y a parfois pire pour un acteur que de ne pas avoir de contrat, c'est d'en avoir un et d'y aller à reculons. Dans le cas de Tracy, il s'agit d'une prise de vues pour un film en 3-D. Un demi-service qu'il a accepté de rendre à un ami, Doug Chadwick, ingénieur programmeur dans une boîte de jeux vidéo basée dans le quartier de Hell's Kitchen. Demi-service, car le job est bien payé. Autant qu'on puisse l'espérer pour sautiller toute la journée, vêtu d'un justaucorps vert cousu de balles de ping-pong.

Doug a appelé pour s'excuser. Il a voulu annuler le tournage, eu égard aux attaques, mais la location du studio était déjà payée. Il n'a pu reporter ni se faire rembourser.

Tracy se résout enfin à me tendre Annabelle et se lève pour sortir.

— Allez, en route vers l'Oscar.

Deux minutes plus tard, il est déjà de retour. Du moins je le suppose en entendant frapper. Tracy a pour habitude d'oublier ses clés.

Annabelle dans mes bras, je me dirige vers la porte. Les précédents locataires de l'appartement étaient des fanatiques de la sécurité. Non contents d'avoir disposé des détecteurs de mouvement dans toutes les pièces, ils ont installé une porte d'entrée à verrouillage automatique. Sans doute pas la pire des idées dans un grand immeuble d'habitation de Manhattan, nous l'avons donc conservée.

— Laisse-moi deviner, dis-je en ouvrant.

Loupé...

Devant moi, un homme aussi surpris que je le suis moi-même.

— Je suis désolé, je...

— C'est moi qui suis désolé. Je vous ai pris pour quelqu'un d'autre.

— Êtes-vous Dylan Reinhart ?

Un cerveau adulte renferme en moyenne entre cent et cinq cent mille milliards de synapses. Toutes les miennes, quel que soit leur nombre, se mettent à grésiller en même temps. Quelque chose n'est pas normal.

Un Arabe que je ne connais ni d'Ève ni d'Adam, élégamment vêtu, s'exprimant avec un accent anglais, vient d'apparaître sur mon paillasson. Je mettrais ma main à couper que sa question est de pure courtoisie. Il sait pertinemment que je suis Dylan Reinhart.

Inutile de me cacher derrière mon petit doigt.

— Oui, c'est bien moi. Et cette jeune demoiselle s'appelle Annabelle.

— Elle est charmante.

Sa réserve un peu guindée semble mollir.

— Bonjour, Annabelle.

Annabelle cache son visage dans mon épaule.

— Excusez-la, elle manque encore de savoir-vivre avec les inconnus.

Je n'ai pas eu besoin d'appuyer sur le mot « inconnus » pour obtenir une réaction.

— Oh, bien sûr, où avais-je la tête. Veuillez m'excuser. Benjamin Al-Kazaz, ajoute-t-il en fouillant dans la poche intérieure de sa veste, visiblement coupée sur-mesure, pour me tendre sa carte.

La façon de tendre une carte professionnelle diffère en fonction des cultures. Les Japonais vous la présentent toujours à deux mains. En Inde, on la donnera de la main droite, et uniquement de la main droite. En revanche, ce que l'on fait de cette carte une fois reçue est universel : on la regarde.

BENJAMIN AL-KAZAZ, *avocat.*

Pas d'adresse, un simple numéro de téléphone.

Je le regarde bien en face. Il doit avoir mon âge, peut-être quelques années de plus. Visage soigné, imberbe.

Me frappent cependant ses yeux d'un noir profond, surmontés de sourcils froncés qui en disent long. Il n'est pas venu m'apporter de bonnes nouvelles.

— Puis-je savoir ce qui vous amène ?

— Un de vos vieux amis. Ahmed Al-Hamdah.

Il n'a pas besoin d'en dire davantage. J'ai deviné la suite. La question qui me traverse l'esprit est : *Quand est-ce arrivé ?* Mais je ne peux pas la formuler : ce serait trop en laisser deviner.

Sur moi. Sur mon passé.

Je réponds donc la seule chose que je puisse répondre. Ce qu'Ahmed lui-même aurait répondu si un inconnu avait prononcé mon nom devant lui.

— Je vous demande pardon ? Qui ça ?

Al-Kazaz esquisse un sourire.

— Il m'a prévenu que vous me répondriez cela.

Puis, de nouveau grave :

— Je suis au regret de vous apprendre que votre ami, M. Al-Hamdah, est mort.

13

— Entrez, dis-je en reculant.

— Merci.

Je le conduis vers le salon et l'invite à s'asseoir dans un des fauteuils, face au canapé. Je dépose Annabelle, qui joue toujours les timides, près de la tente de couleur rose qu'elle adore, et lui tends sa poupée Baby Stella qu'elle attrape avec un grand sourire. Tout n'est que bienveillance dans son univers.

Un peu moins dans le mien. Beaucoup moins.

Lorsque j'ai fait la connaissance d'Ahmed Al-Hamdah, il était agent de terrain à Londres. Ma couverture était un poste d'enseignant-chercheur à Cambridge. La sienne, un master de théologie à Oxford. Le MI6 l'avait recruté pour être ses yeux et ses oreilles à la mosquée Baitul Futuh, dans le sud de la capitale, la plus grande d'Angleterre. Nos chemins se croisèrent lors d'une opération conjointe de la CIA et du MI6 pour déjouer un attentat à la bombe à l'abbaye de Westminster. Attentat déjoué, mais j'ai bien failli être tué, ma couverture ayant été découverte. C'est Ahmed, par une nuit glaciale de novembre, qui m'a sauvé la vie.

— Puis-je vous offrir quelque chose à boire ? Un café ?

— Non, merci.

Je m'assieds sur le canapé et, une main sur chaque genou, observe un instant l'inconnu que je viens d'inviter à entrer chez moi. De lui, je ne sais que ce qu'il a bien voulu me dire. Autant dire rien.

Lui, au contraire, connaît mon nom et mon adresse. Il sait aussi qu'Ahmed était à tout le moins un ami. Je ne peux que m'interroger : ce Benjamin Al-Kazaz en sait-il long sur mon passé ?

Je fais l'âne pour avoir du son.

— Voilà des années qu'Ahmed et moi ne nous étions vus ni parlé. Que lui est-il arrivé ? Un accident ? Était-il malade ?

Je sais pertinemment qu'Ahmed n'a jamais cessé d'être un agent, même s'il était passé à la CIA. L'Agence n'en fait guère la réclame dans ses brochures de recrutement, mais la probabilité pour un agent de mourir dans l'exercice de ses fonctions est d'environ 28 %. Et, pour peu que vous soyez musulman, cette probabilité grimpe à 44 %.

— Ahmed a été tué hier à Times Square, m'apprend Al-Kazaz.

Inutile de feindre la surprise.

— Comment le savez-vous ?

— Je le sais.

— *Comment ?*

— Je veux être honnête avec vous, professeur. J'ignore en quoi consistaient au juste les activités d'Ahmed. J'en avais quelque idée, mais ce n'était pas à moi de l'interroger à ce sujet. Ahmed m'a dit qu'il était cadre dans les assurances lorsqu'il a fait appel à mes services voilà des années, quoique j'aie connu peu d'assureurs qui m'écrivaient des textos quotidiens pour me confirmer qu'ils étaient toujours en vie.

— Comment ça ?

— Un protocole peu habituel, qui m'a d'ailleurs conduit à vous. Tous les jours, à midi précisément, j'envoyais à Ahmed un message d'un seul mot. S'il y répondait d'une certaine façon convenue entre nous, je savais que c'était bien lui et qu'il était en vie.

— Puis-je vous demander quel était ce mot ?

— C'était un nom. Gary.

— *Gary ?*

— Oui. Et tous les jours au cours des trois dernières années, sans faute, Ahmed m'a adressé la même réponse dans les soixante secondes.

— Cooper.

Un réflexe. Ahmed adorait les westerns. *Le train sifflera trois fois* était son préféré. Après quelques pintes de Guinness, il me rebattait les oreilles sur la coolitude de Gary Cooper.

Al-Kazaz opine.

— Sauf qu'hier, il n'y a pas eu de « Cooper ». Sachant ce qui venait d'arriver à Times Square, j'ai aussitôt eu un sale pressentiment. J'ai appelé un de mes amis qui est dans la police. On avait retrouvé le portefeuille d'Ahmed sur l'un des corps.

— Je n'y comprends rien, dis-je sans mentir tout à fait. Mon nom se trouvait-il également dans son portefeuille, ou ailleurs ?

Je sais pertinemment que c'est impossible. Mais je n'arrive pas à relier les points. Comment cet avocat est-il arrivé jusqu'à moi par Ahmed interposé ?

— Hormis le fait de lui envoyer un texto tous les jours à midi, j'avais une autre responsabilité, m'explique Al-Kazaz. Il m'a donné votre nom et votre adresse. S'il venait à mourir, j'étais censé vous contacter sans délai.

— Pourquoi ?

— Pour vous remettre ceci, me dit-il en plongeant sa main dans sa poche.

14

— Qu'est-ce que c'est ?

— Je l'ignore, dit-il en exhibant une enveloppe. Et je crois que je n'ai pas à le savoir. Mais vous, si.

Il se penche par-dessus la table basse pour me la tendre. C'est une enveloppe blanche de format classique, sans aucune inscription d'un côté ni de l'autre.

Scellée.

— Pendant combien de temps m'avez-vous dit que vous aviez observé cette consigne ?

— Trois ans au total, mais Ahmed m'a quelquefois redemandé l'enveloppe. Pour apporter des modifications, je suppose. Peut-être des mises à jour. Il m'en remettait toujours une autre à la place un ou deux jours plus tard.

— Vous rappelez-vous quand Ahmed vous l'a réclamée pour la dernière fois ?

— Il doit y avoir six semaines, répond Al-Kazaz après un instant de réflexion.

— Et jamais il ne vous a dit ce qu'elle contenait ? Pas la moindre idée ?

— Non, aucune. Ça m'intriguait, évidemment ; mais une partie de moi-même n'était pas certaine d'avoir envie de savoir. Vous comprenez ?

— Bien sûr. Vous êtes avocat. Ce que vous ignorez ne peut être retenu contre vous, n'est-ce pas ?

— On peut le dire comme ça.

— Ahmed semble avoir eu toute confiance en vous. Vous étiez bons amis ?

— En fait, non. Pas le moins du monde.

— Pas si absurde. Un ami aurait posé des tas de questions. Parfois, il est plus commode de faire confiance à un inconnu.

— Bien raisonné.

— Cela dit, ce n'est pas comme si vous n'aviez rien en commun. Deux Saoudiens, l'accent britannique : j'ai peine à croire à une coïncidence.

— Comment savez-vous que je suis saoudien ?

— Votre nom, pour commencer.

Al-Kazaz semble impressionné.

— Hmm. La plupart des Américains ne sont pas si perspicaces.

— La plupart des Américains ne sont jamais sortis des États-Unis.

Disons la moitié. Par conséquent, la plupart ignorent jusqu'à la définition du mot « xénophobie ».

— C'est là que vous avez rencontré Ahmed ? À l'étranger ?

— Oui, en Angleterre. Nous suivions tous deux des études. Il y a quelques années, nous avions prévu de nous revoir en Arabie saoudite, mais ça n'a pas pu se faire. Je crois me rappeler qu'Ahmed devait assister à une conférence à Genève. Et vous ? Y êtes-vous retourné récemment ?

— En Arabie saoudite ? Non, pas depuis des années.

— Comment vous le reprocher ? Votre pays n'est guère enclin à dérouler le tapis rouge aux Benjamin, je me trompe ?

Regard vide d'Al-Kazaz.

— Oh, mon Dieu, vous sentez cette odeur ? dis-je en me tournant vers Annabelle. J'aime autant croire que non. Je vous prie de m'excuser, quelqu'un ici a besoin d'être changé de toute urgence…

Al-Kazaz attrape la perche.

— Je n'ai que trop abusé de votre temps, dit-il en se levant.

Je hisse Annabelle dans mes bras et lui serre la main.

— Tristes circonstances pour faire connaissance, mais j'apprécie que vous ayez respecté les volontés d'Ahmed. Et merci pour l'enveloppe.

— Je vous en prie.

Je le raccompagne jusqu'à la porte et le regarde regagner l'ascenseur au bout du couloir. Annabelle le regarde aussi. Je la presse contre moi et lui murmure à l'oreille :

— Merci pour ta collaboration, Anna-banana.

L'odeur que j'ai sentie n'était pas celle de sa couche. C'était l'odeur infecte de cet Al-Kazaz. Si tant est que ce soit son vrai nom.

Qui qu'il soit, il vient de me jouer un numéro presque parfait. Pour un peu, je serais même tombé dans le panneau. Mais il a commis une toute petite erreur.

15

— Félicitations, Needham, lance un agent à Elizabeth comme elle sort de l'ascenseur.

Elle ne connaît même pas son nom.

— Merci.

Il lui faut encore distribuer une bonne dizaine de « merci » avant d'atteindre le bureau d'Evan Pritchard, à l'angle arrière du bâtiment des JTTF. C'est le proverbial lendemain matin, quand tout le monde a le nez dans le guidon et cherche des pistes en épluchant les notes des renseignements, mais tous ont trouvé le moyen de voir la vidéo d'Elizabeth sauvant leur boss d'une mort certaine. Ils savent aussi qu'elle a été la première à repérer les drones de la seconde attaque.

— Ô merveille, serait-ce le cauchemar de mon existence qui vient nous rendre visite ? s'exclame l'assistante de Pritchard.

Gwen a la cinquantaine bien tassée, un mètre et demi sous la toise, mais cinquante kilos de sarcasme et de culot.

— Quelle mouche vous a piquée, hein ? Vous teniez à lui sauver la vie pour qu'il puisse continuer à pourrir la mienne ?

La situation ne prête aucunement à rire, mais Gwen s'en fiche. Son frère travaillait pour la banque Cantor Fitzgerald et se trouvait au cent cinquième étage du World Trade Center le matin du 11 septembre. Si un trait d'humour peut l'aider à repousser le souvenir de ce jour funeste qui ne demande qu'à la submerger, pourquoi pas.

— Il y aurait moyen d'y mettre un pied quelques minutes dans la matinée ? demande Elizabeth en désignant du menton la porte de Pritchard, entrouverte d'un demi-centimètre.

— Faites-la entrer ! beugle une voix. Et si vous voulez ma mort, Gwen, il faudra vous en charger vous-même.

Clin d'œil de Gwen à Elizabeth :

— Enfin un but dans ma vie. Entrez, il est à vous.

Elle entre. C'est la deuxième fois seulement qu'elle pénètre dans ce bureau. La première, c'était pour s'entendre dire qu'elle devait partir à Boston. Elle n'a même pas encore de bureau à elle dans ce bâtiment.

— Intéressant ? demande Pritchard de but en blanc.

— Intéressant quoi ?

— Ce que vous avez à me dire, Needham. Car j'ose croire que vous n'êtes pas venue pour m'entendre vous remercier encore une fois de m'avoir sauvé la vie.

— Non, une fois m'a suffi.

— Quoi qu'il en soit, merci encore. L'esprit en alerte, réactive dans l'urgence : c'est le genre de profil dont j'ai besoin, dont cette unité a besoin. Bien, qu'est-ce qui vous amène ?

Elizabeth cligne plusieurs fois des yeux, le temps de déglutir ce surprenant accès d'humanité. Jusqu'à quel point joue-t-il son numéro ? Pritchard est loin d'être aimé dans le milieu de la police, mais il est unanimement respecté. Révéré, même. Gwen n'est pas sérieuse lorsqu'elle prétend souhaiter sa mort. En réalité, elle est en adoration devant son boss.

— La Terre appelle Needham.

— Ah oui, désolée.

Revenant à elle et au boulot, elle le rebranche sur le dossier du professeur Darvish, raccompagné à son hôtel par une mystérieuse inconnue.

Sur son ordinateur, Pritchard met la vidéo sur pause et observe la tache blanche sur le visage de cette femme.

— Hum. À votre avis ?

— Soit il s'agit d'un problème technique, soit quelqu'un s'est avisé de la trafiquer.

— Mouais. On va demander aux geeks du labo d'examiner ça.

— Qui dois-je appeler pour ça ?

— Personne.

— Pardon ?

— Je vous retire le dossier, Needham.

16

— Pourquoi ?

— Réfléchissez, Needham.

— Je ne fais que ça. Je repense à ce que vous m'avez dit hier à propos de la *prochaine* attaque qu'il s'agit de prévenir et de vos agents qui doivent être mobilisés sur tous les fronts.

— Ils le sont. Mais vous êtes désormais *spécifiquement* affectée aux attaques d'hier.

Avec un accent particulier sur « spécifiquement ».

— Cette décision n'est pas la vôtre, je me trompe ?

— Encore une fois, réfléchissez.

Elizabeth comprend.

— Le maire ? grimace-t-elle.

— Difficile de lui en vouloir, répond Pritchard. J'ai beau haïr la politique, comment ne pas voir que la conjoncture lui est on ne peut plus favorable ? Il laissera fuiter que c'est lui qui vous a missionnée. Autrement dit, c'est lui et personne d'autre qui m'a sauvé la vie.

— Quand Deacon vous a-t-il appelé ? Si vous voulez, je peux…

— Needham, ce n'est pas en attendant un appel du maire que je suis arrivé là où j'en suis. Autant qu'il sache, vous êtes sur le coup depuis le début.

Elizabeth acquiesce. Elle a compris. Deacon, elle ne le connaît que trop. Sa jolie protégée est devenue Miss Bravoure lors de ce que la presse n'appelle plus que « le massacre de Times Square ». Si Deacon vient à apprendre qu'on ne l'a pas chargée de démasquer les cerveaux de l'opération, il est bien certain qu'il décrochera son téléphone pour appeler Pritchard.

Malgré son dégoût de la politique, Pritchard est on ne peut plus conscient de l'un de ses principes fondamentaux : toujours aller au-devant des problèmes potentiels. En d'autres termes, anticiper. Très exactement la qualité recherchée quand votre job est la prévention contre le terrorisme.

C'est on ne peut plus clair pour Elizabeth.

Cependant, il y a ce petit quelque chose qui lui trotte dans la tête. Une image. Ça n'a duré qu'une fraction de seconde, moins qu'un instant. L'expression apparue sur le visage de Pritchard en visionnant la vidéo de Darvish et de la femme. Le halo qui masquait son visage ne semblait pas si énigmatique à ses yeux. À moins qu'elle se fasse des idées ? Fort probable. Un produit de son imagination, une illusion, sûr à 99 %. De toute façon, elle n'est pas en position de le lui demander. Si Pritchard avait voulu lui donner son sentiment sur ce halo, il l'aurait fait, non ?

— Très bien, je lâche le dossier Darvish, dit-elle en bon petit soldat. Donc, Times Square. Sur quoi voulez-vous que je me concentre ?

À peine a-t-elle formulé sa question que la réponse fait irruption dans le bureau de Pritchard sous la forme d'un agent qu'elle n'a encore jamais vu.

— Nous avons une adresse, déclare-t-il.

— Où ça ? demande Pritchard.

— Jersey City.

Pritchard se frotte le menton, puis se tourne vers Elizabeth :

— Que diriez-vous d'aller prendre l'air, Needham ?

17

Les hommes et leurs joujoux...

Elizabeth ouvre de grands yeux sur tout cet attirail, avalanche de gadgets prêts à l'usage, durant la demi-heure que dure le trajet de Lower Manhattan à Jersey City à l'arrière de ce qui, vu de l'extérieur, présente toutes les apparences d'un camion de déménagement siglé « A1 SHLEPPERS ».

À l'intérieur, un centre de commandement ultramoderne, évocateur de ce que pourrait être la police du futur, vue par Hollywood. Certains de ces appareils, grâce à sa formation, lui sont à peu près familiers, comme cette espèce de pistolet à impulsion électromagnétique pour désamorcer à bonne distance des engins explosifs improvisés. D'autres ne lui disent absolument rien. Par exemple, cette gelée vert fluo qu'un gars est en train de touiller.

Au diable Hollywood. Le futur est déjà là.

Elizabeth est l'une des deux seules femmes au sein des quelque vingt-cinq personnes de l'unité mobilisées, un mix d'agents des JTTF et du SWAT, des forces spéciales d'intervention du FBI, augmenté d'une poignée d'agents du FBI récemment détachés de la Division de technologie opérationnelle de Quantico. Elle a été tentée de s'abaisser à demander à Pritchard quel était son plan, mais elle s'est retenue. Il est là, en face, assis de l'autre côté du fourgon, en grande conversation avec un agent à la mâchoire carrée, harnaché de sa combinaison tactique. Un certain Munez, probablement le chef de l'équipe du SWAT.

Le langage corporel de Pritchard pourrait se résumer en trois mots : ne pas déranger.

Elle n'en sait pas plus, pour le moment, que les explications du type qui a fait irruption dans le bureau de Pritchard tout à l'heure. Celui ou ceux qui ont déposé les bombes lors de la première vague d'attaques sur Times Square n'y sont pas allés au petit bonheur. Ils ont fait du bon travail, s'assurant au préalable qu'aucune caméra de surveillance ne pourrait rien capter de suspect. Pas de bagage abandonné. Nulle présence inopinée d'ouvriers inconnus des services municipaux comme d'aucune société privée. Ironiquement, la seule chose dont les terroristes n'ont pas tenu compte, surtout au regard de la seconde attaque, est la mère de tous les drones : un satellite.

Mais comment tenir compte de quelque chose dont on ignore seulement l'existence ?

— L'un de nos satellites de reconnaissance optique, le NROL-71, a repéré un gars sortant du Lyric Theatre sans le manteau qu'il portait en y entrant quelques minutes plus tôt, a appris l'agent à Pritchard. Nous l'avons suivi jusqu'à cette maison de Jersey City. Sauf s'il en est ressorti sans son téléphone, il s'y trouve encore.

— NROL ?

— Le National Reconnaissance Office Launch. Notre programme de satellites espions.

Manifestement, cet agent a planché toute la nuit. Sa barbe de trois jours et son costume froissé parviennent mal à camoufler un garçon séduisant. Peut-être le frère de Ryan Gosling, à supposer qu'il en ait un.

Pritchard a fait les présentations :

— Needham, Sullivan. Sullivan, Needham, qui vient de rejoindre l'unité.

— Vous n'avez pas perdu une minute, a dit Sullivan. Joli plaquage hier.

Encore un qui avait vu la vidéo.

Ce qu'il ne verra pas, en revanche, ce sera les fruits de son travail. Car Sullivan n'est pas à bord du fourgon. Sans doute parce qu'il roule sur les jantes. On ne donne pas l'assaut à la planque d'un terroriste quand on est mort de fatigue. Surtout depuis que les terroristes ont une fâcheuse tendance à ne pas apprécier d'être capturés vivants.

D'où cette abondance de joujoux dans le fourgon.

— Deux minutes ! aboie un agent assis près de l'écran GPS fixé à la paroi derrière le conducteur.

Grand sourire sur son visage. Ce bazar, c'est toute sa vie. La sienne et celle des autres. Et grâce à son nouveau patron, Elizabeth est de la partie.

Pour la première fois, Pritchard lui jette enfin un regard, qu'elle attrape.

Alors, Needham, cette première semaine en unité d'intervention ? On se régale ?

18

Le fourgon finit par s'arrêter. Les choses sérieuses vont commencer. L'un après l'autre, tous les joujoux entrent en action.

Elizabeth tâche d'ouvrir grand ses yeux et ses oreilles. Si elle avait payé sa place, son ticket porterait la mention « sans visibilité ». Mais ce que lui offre à voir l'un des multiples écrans de surveillance, à l'avant du véhicule, lui suffit à se faire une idée de la situation. Et le peu qu'elle voit est complété par ce qu'elle entend.

— Bon Dieu, on se croirait de retour à Bagdad, murmure un des agents, devant sa console, en visionnant les images du quartier saisies par une caméra extérieure.

Aucune chance que Jersey City apparaisse dans le top ten des villes où l'on aimerait vivre, et la maison correspondant à l'adresse ne le rappelle que trop : une masure délabrée des années 1950, dont le zingage a tourné au vert moisi. Quatre fenêtres côté rue, deux de chaque côté de l'entrée. Persiennes baissées.

— Caméra thermique…

Changement d'image, l'écran offre maintenant une vue aérienne de la maison par caméra infrarouge, trop précise pour provenir d'un satellite. Cette ironie n'échappe pas à Elizabeth. *Des drones.*

Voilà qui explique l'allusion à une « camionnette » faite par Pritchard avant de monter dans le fourgon. Apparemment, c'est un véhicule jumeau qui a libéré le drone. Ou les drones, les images infrarouges n'ayant détecté aucun mouvement dans la maison.

— Envoyez le père Noël…

Un autre drone descend par la cheminée et l'écran du moniteur se divise en deux. Sur l'infrarouge, ce second drone n'est pas plus gros qu'un bourdon. Sa caméra, sans doute l'une des plus petites au monde, fournit de chaque pièce des images d'une clarté parfaite. Plus exactement, des pièces où il parvient à entrer, certaines portes étant fermées.

— Passez sur Doppler, vingt kilohertz…

Ce que le drone ne peut voir, il peut le sentir grâce aux ondes acoustiques. Faute de mouvements, il peut encore renifler les odeurs. Un filtre intégré lui permet de détecter des traces d'explosif dans l'air et ses relevés filent tout droit vers le fourgon.

C'est vraiment le couteau suisse des drones.

— Alors ? demande Pritchard, bras croisés, debout derrière les gars à la console.

L'un d'eux, raie impeccable sur la gauche et visage enfantin, se tourne vers lui. Il rappelle à Elizabeth un camarade de lycée, en classe de chimie, qui levait toujours la main quand le professeur posait une question.

— Je revérifie le zonage, dit-il en tripotant frénétiquement son clavier pour accéder aux dossiers d'urbanisme de la ville. C'est bien ça, ni sous-sol ni combles. Il y a une chaufferie derrière la cuisine.

Puis, l'air sûr de lui :

— La maison semble inoccupée, monsieur.

Pritchard se tourne vers Munez, debout près de lui, qui saisit la balle au bond.

— OK, on entre. D'abord : présence d'explosifs ? Quatre hommes sur le périmètre, un de chaque côté. Williamson, Foltz, Hernandez, Meyer : soyez prêts.

Les quatre gars se dressent comme un seul homme. On dirait un cabinet d'avocats, mais avec des physiques de rugbymen. Chacun muni d'une arme à impulsion électromagnétique – pas vraiment l'équipement standard – et tous dehors par la porte latérale.

Quelques minutes plus tard, ils sont déjà de retour. Rien à signaler, la voie est libre.

Ils sont suspendus à la décision de Pritchard. Munez se tourne vers lui, imité par tous les autres, Elizabeth incluse.

Pritchard hausse les épaules.

— Allons nous dégourdir les jambes, dit-il.

19

Dans le fourgon, chacun a saisi le sens de ces paroles. *Tout le monde dehors!*

Entraînements, exercices tactiques, simulations, mises en situation et même expérience d'assauts réels, tout se réactive en un instant et le fourgon se vide avec une précision chorégraphique. Peu leur importe combien de drones et d'instruments leur ont dit qu'il n'y avait personne dans cette maison. L'humain aura toujours un avantage majeur sur la machine: l'aptitude au doute.

— Bon Dieu, qu'est-ce que vous attendez, Needham?

— Comment ça?

Pritchard la regarde comme il regarderait un chien qui court après sa queue. Non, plus durement. Le chien, au moins, ne resterait pas sans bouger. Tandis qu'Elizabeth est plantée là, sans trop savoir quoi faire.

— Il faut vous envoyer une invitation? Attrapez une veste et bougez-vous!

Elle enfile à la hâte un gilet pare-balles, emboîte le pas à Pritchard, franchit le cordon extérieur des hommes du SWAT, dos tourné à la maison, qui sécurisent le périmètre. Elle doit presque courir pour le suivre et passer le second cordon qui sécurise chaque angle de la maison, devant, derrière, tout en couvrant les binômes emmenés par le chef d'unité. Les hommes de Munez sont massés devant la porte d'entrée.

Forcément, Pritchard va entrer le premier avec un autre, n'importe qui, songe Elizabeth en dégainant son arme. Ses doigts picotent un peu, comme toujours lorsqu'ils se posent sur son Glock.

Elle observe Pritchard. Elle s'est trompée. Il dépasse le chef d'équipe et frappe à la porte, sans un soupçon d'hésitation. Impressionnant. Il ne prend même pas la peine de se protéger en se postant sur le côté de la porte.

Il frappe encore. Aucune réponse.

— Qui a le Push Pop?

Derrière Elizabeth un autre agent s'avance en tendant ce qui ressemble en effet à une sucette Push Pop. Goût algues vertes.

L'agent positionne le tube pile en face de la serrure et y injecte la pâte. En un clin d'œil, elle durcit dans le cylindre en prenant la forme exacte de la clé. Voilà, la porte s'ouvre. Propre, net, sans bavures.

Et sans traces.

Le mandat FISA le plus instantané au monde entre en action.

Les deux cordons autour de la maison s'immobilisent comme Pritchard se saisit de son bon vieux SIG Sauer P228 et pousse la porte.

Il laisse passer un ange avant d'entrer, façon de ne pas insulter l'infime probabilité qu'il y ait quand même quelqu'un à l'intérieur. À trois, il entre tranquillement, comme si c'était chez lui.

— À vous de jouer, Munez.

Juste derrière lui, le chef d'unité du SWAT enjoint à quatre de ses hommes – deux au rez-de-chaussée, deux à l'étage – d'inspecter une pièce après l'autre. Une minute plus tard, tous sont de retour dans le salon.

Petite maison, mais vraie poubelle. Des restes de plats à emporter un peu partout. Elizabeth est saisie en entrant par un mixte d'odeurs écœurant. Des falafels à demi consommés gisent près de la cheminée, grouillants de fourmis.

Pas l'ombre d'un suspect, et aucun indice que cette maison ait pu servir à fabriquer des explosifs. De ce point de vue, l'endroit est propre comme un sou neuf.

— Alors ? demande Munez, entouré de quatre hommes.

— Localisez-moi son téléphone dans un rayon de vingt mètres, répond Pritchard.

Munez attrape sa radio, lance une recherche. Après quelques secondes, un *ding !* se fait entendre du côté du seul endroit où s'asseoir dans ce salon, un canapé marron délavé dont deux coussins sont éventrés, entre lesquels, à peine visible, est logé le téléphone qui les a mis sur la piste.

— Ça explique qu'il ne soit pas là, déclare Pritchard en tirant une manche sur sa main pour prendre le téléphone sans y déposer ses empreintes.

Puis il s'assoit sur le canapé.

— Et maintenant ? demande Munez.

— On retourne au fourgon et on attend. Une heure ou à peu près. S'il ne se montre pas, on mettra en place une surveillance et…

Pritchard s'interrompt, incline lentement la tête. Regard oblique vers le sol, les yeux fixés sur le tapis persan taché et loqueteux, juste sous les pieds d'Elizabeth.

Il rapproche son index de ses lèvres. *Chhhhut.*

20

Pritchard retrouve l'usage de la parole pour réfléchir à la mise en place d'une surveillance de la maison vingt-quatre heures sur vingt-quatre et à la composition des équipes.

Mais personne ne l'écoute. Ce qu'il a vraiment à leur dire, ses mains s'en chargent.

Il leur montre une légère courbure du plancher sous le tapis. Son autre main fait signe à deux hommes de déplacer la table basse posée dessus. Quant à la façon de procéder, ça tombe sous le sens : *le plus silencieusement possible.*

Elizabeth fait un pas en arrière en lorgnant le plancher. Les lattes sont incurvées, mais c'est une vieille bicoque. Cette déformation peut être due à l'alternance des hivers et des étés, des années durant.

Ou pas. Il peut y avoir une autre explication. Pritchard a la sourde sensation que la seconde explication est la bonne.

La table basse dégagée, il agite l'index en désignant le sol. Sans cesser de parler à haute voix pour couvrir les pas des hommes qui roulent le tapis

Tous s'arrêtent pour regarder ce qu'il y a en dessous. Une trappe, sans aucun doute possible.

Un cercle pas plus grand qu'une plaque d'égout, manifestement découpé à la scie sauteuse et d'une main assurée. L'interstice est assez large pour y glisser un doigt et soulever le disque.

Mais pourquoi un cercle et pas un quadrilatère ? Elizabeth le sait. Et elle sait que les autres le savent aussi. Question classique en entretien. *Pourquoi les plaques d'égout sont-elles rondes ?*

Pour qu'elles ne puissent pas tomber dans le trou.

— Les gars, vous avez vu les Yankees hier soir contre les Angels ? interroge Pritchard en tendant la main. Ma parole, ce Mike Trout n'a pas son pareil au lancer, je suis bien forcé de l'admettre.

Tous d'acquiescer, y compris Elizabeth, qui ne s'y connaît pas plus en baseball qu'en poésie russe du XVIIe siècle.

Pritchard fait signe qu'il a besoin d'un autre joujou.

Il semblerait que cette maison sans sous-sol, d'après le zonage et le cadastre, en ait un quand même. En tout cas, il y a quelque chose là-dessous. Quelque chose d'assez humide et profond pour soustraire la chaleur d'un corps à l'imagerie thermique. C'est le moment de passer au plan B.

Ou plutôt au plan R.

21

Le chef du SWAT, Munez, attrape le radar Range-R fixé à sa hanche gauche et le tend à Pritchard. Ce cousin très évolué du détecteur de colombages, mais pas plus gros, permet de déceler le moindre mouvement derrière un mur en émettant des ondes à fréquence échelonnée. Derrière un mur ou, au besoin, sous une trappe.

Pritchard continue à parler base-ball tout en collant l'appareil contre le plancher. Ses yeux n'ont pas quitté l'écran de lecture du radar. Il finit par secouer la tête. Pas un mouvement sous leurs pieds.

Munez fait sauter le capuchon d'un stylo et griffonne quelque chose dans sa paume. Un mot : *Rover ?*

Pritchard fait non de la tête. Risque calculé ou stupide excès d'impatience ? La trappe pourrait très bien avoir été piégée, mais les robots démineurs n'ont qu'une vitesse : lente. Et il n'a pas envie d'attendre.

Ni lui ni personne. Spontanément, les deux hommes qui ont roulé le tapis prennent position de part et d'autre de la trappe, prêts à la soulever. Les autres forment un cercle assez large, armes pointées vers le trou.

— Sortez, murmure Pritchard à Elizabeth.

Elle se pince. A-t-elle bien entendu ?

— Pardon ? murmure-t-elle en retour.

— Je vous dis d'aller m'attendre au camion.

Attendre dehors ?

— Pas question.

Jamais elle n'a été plus certaine de prendre la bonne décision. Pritchard sourit. Il dresse trois doigts l'un après l'autre. *À trois…*

La trappe se soulève, aussitôt éjectée sur le côté tel un vulgaire frisbee. Les doigts se serrent sur les crosses. Yeux et oreilles et aux aguets. Mais rien.

— Perche.

L'agent à la droite de Pritchard lui tend aussitôt son miroir d'inspection. Pritchard déploie l'ustensile qui s'apparente à une perche à selfie de luxe, oriente le miroir, tandis que Munez braque une torche dans le trou. D'où elle se trouve, Elizabeth distingue une portion d'échelle.

— Alors ? demande Munez.

Pritchard ne répond pas. Il tend le miroir à Elizabeth et descend par l'échelle.

Quelques instants plus tard, on entend sa voix résonner avec un léger écho :

— Ça explique l'absence de mouvement.

Elizabeth comprend qu'il n'y a rien là-dessous. Quelle autre explication ?

Puis elle jette un œil au miroir. Il y a quelque chose aux pieds de Pritchard. Voilà l'autre explication.

Les morts ne bougent pas.

22

Landon Foxx me serre la main et ne perd pas plus de temps pour me dire le fond de sa pensée.

— Vous n'avez rien à faire ici, Reinhart.

— Comme c'est étrange. J'aurais juré que vous m'aviez donné l'adresse.

— Oui, je sais. N'empêche, vous n'avez rien à faire ici.

Et voilà résumé, mesdames et messieurs, ce que cela signifie de travailler pour la CIA. Une contradiction continuelle, qui trouve pourtant le moyen de rimer à quelque chose.

Certaines choses ne changent jamais.

Le *ici* où je ne suis pas censé me trouver est un couloir faiblement éclairé près d'une salle d'autopsie, au sous-sol d'un lieu sûr, quelque part à Brooklyn, faisant actuellement office de morgue. Foxx, le chef de la section new-yorkaise de la CIA, a accepté que je m'y rende – en violation de toutes les règles et du protocole, sans compter qu'il ne m'apprécie guère – car il sait quels liens d'amitié m'attachaient à Ahmed Al-Hamdah.

Il sait aussi qu'Ahmed m'a sauvé la vie, jadis, à Londres. La moindre des choses était que je lui rende un dernier hommage. Même si c'est contraire aux usages.

Le décompte des victimes de Times Square se monte officiellement à deux cent seize. C'est du moins ce que répètent en boucle les médias. Mais le décompte réel est de deux cent dix-sept.

Il était dit qu'Ahmed ne serait jamais pris en compte, dans tous les sens du terme. Il savait à peine marcher lorsque ses parents moururent dans un accident d'avion. C'est une tante qui l'éleva à Londres, avant de mourir à son tour d'un cancer lorsqu'il était étudiant à Oxford. Elle n'a jamais su que le MI6 l'avait recruté. D'ailleurs, personne ne l'a jamais su.

Ahmed avait reçu consigne de cesser tout contact avec ses camarades d'école. Et de ne nouer aucune relation amicale en dehors du travail. Les mêmes règles continuèrent à s'appliquer, plus tard, à la CIA. Si nous étions malgré tout devenus amis, c'était en raison d'une douleur commune. À moi aussi, le cancer avait enlevé un être cher. Le même cancer que celui de sa tante, qui plus est : pancréas. Ma mère y avait succombé quatre mois après avoir été diagnostiquée. J'avais treize ans.

Lorsqu'il s'installa aux États-Unis, Ahmed était devenu un véritable homme de l'ombre. Ceux qu'il lui arrivait de croiser « en dehors des heures de service » le connaissaient sous un faux nom. Mais ces occasions étaient rares. Si rares, en fait, qu'il en plaisantait : « Combien d'années leur faudra-t-il pour se rendre compte qu'ils ne m'ont pas vu depuis des années ? »

Une chose est sûre aujourd'hui : ils ne sont pas près de le revoir. Ni de comprendre pourquoi. Seule une poignée d'individus sur terre saura qu'il a péri dans la première attaque de Times Square, ayant fait le sacrifice de sa vie pour tenter de l'empêcher.

Oh, la belle vie d'agent de la CIA…

— Il était infiltré dans une cellule liée à une autre cellule impliquée dans l'attaque, m'explique Foxx.

— Plusieurs cellules ?

Qu'il y en ait une active dans les parages n'est déjà pas rassurant. Alors deux…

Foxx redresse ses larges épaules, acquiesce. La cinquantaine entamée, pas un gramme de graisse superflue, accro aux salles de gym et aux marathons : sa façon à lui de conjurer le stress du boulot. Bien plus sain que d'user un tabouret de bar.

— Plus nous sommes malins, plus ils le sont. Imaginez des capos qui bosseraient pour un seul parrain, mais qui ne se connaîtraient pas l'un l'autre et ignoreraient jusqu'à l'identité du boss. Voilà à quoi nous sommes confrontés.

Bien plus malin, en effet.

— En d'autres termes, pas un seul n'est à même de faire capoter toute l'opération.

— Exactement. Sauf qu'Ahmed, lui, était sur le point de réussir. Il avait infiltré une de ces mini-cellules et venait d'en percer une autre. Celle qui a conduit l'attaque. Il était littéralement en train de courir vers Times Square, dans l'espoir de désamorcer au moins l'une des bombes, quand il a été abattu. Démasqué.

Foxx me regarde tressaillir. Il n'ignore rien de ce qui m'est arrivé à Londres. Repéré sur le coup monté de Westminster Abbey. Ahmed a pu abattre le type qui devait me tuer juste avant que ce salopard ne le fasse.

— Apprenez-m'en plus.

— Je ne peux rien vous dire et vous le savez. Je ne vous ai déjà que trop parlé.

Ça, c'est ce que tu crois, Foxx. En vérité, tu ne fais que commencer. Mais tu ne le sais pas encore.

Je fais crisser mon talon. Le bruit résonne dans le couloir. Le timing, voilà le secret.

— Oh, j'allais oublier. Vous ai-je dit qu'un type est passé me voir hier ?

— Un type ? Quel type ?

— Un type qui fait partie de la cellule.

23

Foxx croise les bras, roule des yeux et pousse un profond soupir d'exaspération.

— Vous ne pouviez pas le dire plus tôt, Reinhart ? Et vous vous demandez encore pourquoi vous m'êtes odieux ?

— Je ne me le demande pas. Je sais parfaitement pourquoi vous ne pouvez pas me souffrir.

— Vous avez été imprudent.

— Non. J'ai pris des risques.

— Vous avez caché des informations à l'Agence.

— Je ne disais pas n'importe quoi à n'importe qui.

— Vous vous êtes toujours cru plus malin.

— OK, un point pour vous. Je plaide coupable. Bon, maintenant, ce que j'ai à vous dire sur ce type vous intéresse-t-il ou pas ?

Sans rien lui cacher, je raconte à Foxx la visite de Benjamin Al-Kazaz – ou plutôt de l'homme se faisant passer pour un avocat nommé Al-Kazaz. Et qui est parvenu, Dieu sait comment, à faire le lien entre Ahmed et moi, mais ignore manifestement si je suis de la CIA ou si je ne suis qu'un ancien camarade d'études.

D'où sa petite mise en scène.

— Comment savez-vous qu'il mentait ? me demande Foxx.

— Son pseudo. Très mal choisi.

— Al-Kazaz ?

— Non, son prénom. Je l'ai chambré au sujet de son retour en Arabie saoudite, en lui disant que les Benjamin n'y sont pas particulièrement les bienvenus ces temps-ci. Il n'a pas du tout saisi l'allusion.

— Moi non plus.

— Il y a quelques années, le gouvernement saoudien a interdit un certain nombre de prénoms pour les nouveau-nés. Environ une cinquantaine. Pas un Saoudien ne l'ignore. L'un de ces prénoms, si ce n'est le premier de la liste, était Benjamin.

Pas besoin d'explication. C'est d'autant plus clair pour Foxx qu'il a été affecté en Israël durant le premier mandat d'Obama.

— Vraiment ? À cause de Bibi ?

— Tout juste.

Les jeunes parents saoudiens ne peuvent plus appeler leur bébé Benjamin à cause de Netanyahou, le Premier ministre israélien.

Il n'y a pas de haine, il n'y a que des preuves de haine.

— Donc ce type, Al-Kazaz, ou Dieu sait quel est son vrai nom, n'est pas saoudien. Et il sait qu'Ahmed est mort. Pourquoi a-t-il voulu vous faire croire qu'il était son avocat ?

— À cause de ceci, dis-je en ouvrant ma main.

Foxx observe la petite clé USB au creux de ma paume.

— C'est lui qui vous l'a donnée ?

— Oui, dans une enveloppe scellée. Qu'Ahmed lui aurait demandé de me remettre en cas de malheur, prétendument. S'il venait à mourir…

— Probablement un cheval de Troie. Un phishing pour s'introduire dans vos fichiers et en apprendre plus sur vous.

— Pas probablement. Indubitablement.

— Attendez. Vous n'avez pas…

— Bien sûr que si. Ainsi que l'aurait fait un gars qui n'a jamais travaillé pour la CIA, pas vrai ? J'ai juste veillé à l'insérer dans un vieil ordinateur. Des notes de lecture, de la documentation pour mon prochain bouquin… Le type n'aura accès qu'à la vie très ordinaire d'un prof d'université, c'est tout.

— Avait-il contrefait une lettre d'Ahmed à votre intention ?

— Non, pas si bête. Il s'est contenté de glisser un fichier qui refusait de s'ouvrir. Pendant ce temps, le virus s'est installé le plus discrètement du monde. Quant au numéro de téléphone sur sa fausse carte de visite, hors-service.

— Des empreintes ? Sur l'enveloppe qu'il vous a tendue ? Sur sa carte ?

— Pas la moindre. Je suppose qu'il avait des protège-doigts.

Autrement dit, des embouts ultrafins en silicone qui recouvrent les sillons de la peau. Les poseurs de bombes en raffolent.

Foxx continue de me soumettre à la question, tel un inquisiteur. C'est son truc.

— Des caméras de surveillance dans votre immeuble ?

— Il n'y a que ça. Mais il portait une casquette dans le hall et dans l'ascenseur.

— Pas le moindre début de piste, alors ?

— Je me console en me disant qu'il n'en a pas non plus. J'ai une famille et il sait où j'habite.

Le bruit d'une porte que l'on ouvre interrompt notre conversation. Une tête apparaît dans l'embrasure. Les imams travaillant secrètement pour la CIA dans le monde se comptent sur les doigts d'une ou deux mains. C'en est un.

— OK, dit-il sans plus.

— Allez-y, fait Foxx en se tournant vers moi. Prenez quelques minutes.

— Merci.

Je sais à peu près à quoi m'attendre en entrant. Ahmed m'a tout appris des rituels funéraires musulmans. Le corps est d'abord lavé, puis enveloppé dans trois draps. L'imam s'est permis une légère entorse aux traditions en laissant le visage d'Ahmed découvert jusqu'à ce que j'aie pu lui faire mes adieux.

Mais savoir à quoi s'attendre ne prépare pas toujours à ce qu'on découvre.

Me voilà devant le corps d'Ahmed, à regarder son visage. La tristesse m'envahit comme une lame de fond. Je me sens engourdi.

Puis vient le sentiment de culpabilité. Irrationnel, mais intense. Ahmed m'a sauvé la vie autrefois. Et je n'ai pu sauver la sienne.

La seule chose qui me vienne à l'esprit à cet instant est ce goût d'Ahmed pour les westerns. Plus compréhensible que jamais. Les meilleurs westerns mettent toujours en scène un type solitaire dans l'Ouest sauvage. Un gars qui ne recherche ni la lumière ni à s'attribuer le mérite d'avoir fait son devoir.

J'ai quitté l'Agence avec d'excellentes raisons. Je n'ai aucun regret. Mais, debout dans cette pièce auprès de mon vieux camarade, je n'arrive pas à penser à autre chose. Je dois lui faire justice.

Que ferait Gary Cooper à ma place ? Hein, Ahmed ?

À ce stade, je n'ai bien sûr aucune idée de ce que je vais découvrir. Le grand moment approche.

Deuxième partie

Mascarade

24

Il règne dans cette pièce une touffeur atroce. Un relent de sueur, de moisi et pire encore.

De peur.

C'est lui. Il est là.

L'homme suprêmement élégant que tous appellent le Mudir, le « patron », vient d'apparaître avec un sac marin nonchalamment jeté sur l'épaule, comme s'il revenait de la laverie. Rien qui laisse soupçonner en lui un tueur de masse.

Sans un mot de salutation pour les treize hommes assis sur des chaises pliantes dans le sous-sol de cette mosquée, il dépose son sac sur une table métallique aux coins rouillés et fait lentement glisser la fermeture Éclair. Une par une, il en sort les armes – toutes de fabrication russe et choisies pour un usage spécifique, en fonction de caractéristiques censées garantir le plus grand nombre de victimes.

Le Mudir ouvre enfin la bouche.

— Six d'entre vous se serviront de l'AS Val, dit-il en brandissant l'un des fusils d'assaut favoris des Spetsnaz, les forces spéciales russes. Son silencieux intégré retardera la première vague de panique. Moins les gens courront en tous sens, plus vous en abattrez.

Puis le Mudir leur présente l'AK-47. Six autres hommes, leur explique-t-il, seront affectés aux trois escaliers principaux reliant le niveau inférieur au hall principal. Soit deux hommes par escalier, positionnés au milieu des marches de façon à empêcher quiconque de fuir d'un niveau vers l'autre.

— Les deux tireurs se tiendront côte à côte. L'un tourné vers le haut, l'autre vers le bas. Un jeu d'enfant.

Tous ces hommes ont servi dans l'armée américaine pendant près de cinq ans. Ils maîtrisent les idiomatismes et l'argot américains. Tous parlent anglais couramment. Aucun n'est marié. Tous ont un travail. Telles étaient les conditions.

Pour finir, le Mudir exhibe le MP-443 Grach, le pistolet semi-automatique standard de l'armée russe. Les douze hommes, explique-t-il, en seront équipés, en plus de leur fusil d'assaut.

— Ça sera votre arme de secours si votre fusil s'enraye.

Voilà pour la présentation des armes. Le Mudir peut maintenant passer à la partie minutage et transports. Tout en parlant, il constate les premiers signes de ce qu'il attendait. Quelques-uns jettent des regards à travers la pièce en se dénombrant mentalement. Le compte n'est pas bon.

Le Mudir a mentionné les douze hommes qui mèneront l'attaque, or ils sont treize dans cette pièce. L'un d'entre eux va-t-il se voir attribuer un rôle encore non spécifié ?

La réponse est oui.

— Y a-t-il des questions ? demande le Mudir.

L'un des hommes lève la main. Un signe de tête du Mudir l'autorise à prendre la parole.

— Pourquoi sommes-nous treize ici, s'il n'y a besoin que de douze hommes ?

Le Mudir sourit. Pour transformer des hommes en assassins, la technique consiste à leur montrer le peu de contrôle qu'ils ont sur leur propre destin. Combien la vie a peu de prix. N'a rien d'exceptionnel. N'est rien du tout.

Et, pour peu que vous croyiez sincèrement à ce que vous faites – à votre dieu, à votre cause –, libre à vous d'ôter la vie à qui bon vous semblera, quand bon vous semblera.

Pour radicaliser autrui, le mieux est d'avoir soi-même des idées radicales.

— J'ai mal entendu, dit le Mudir en s'approchant de l'homme qui a levé la main. Pouvez-vous répéter votre question ?

Non, il ne peut pas répéter sa question. Tout ce qu'il peut, c'est fixer le canon du MP-443 Grach dans la main du Mudir, avant de se pisser littéralement dessus sur sa chaise pliante.

— Je suis désolé, finit-il par articuler.

— Pas moi, répond le Mudir.

Qui lève son arme et loge une balle du pistolet semi-automatique juste entre les yeux du treizième homme. Lequel n'a pas le temps de tressaillir que déjà le sang s'écoule de l'arrière de son crâne comme d'un robinet.

Le Mudir retourne près du grand sac posé sur la table, observe les douze hommes restants qui mèneront l'attaque du 4 juillet à la gare.

— Y a-t-il d'autres questions ?

25

Tracy secoue la tête avec un petit rire en trempant son rouleau de printemps dans la sauce piquante.

— Reconnais que c'est plutôt comique, dit-il.

— Qu'est-ce qui est comique ?

— Ça, répond-il en embrassant notre salon du regard. Nous.

— Eh bien quoi, nous ? demande Elizabeth.

— Une fille hétéro chez deux homos blancs, pères d'une petite Sud-Africaine noire, et qui mangent chinois. On dirait une pub Benetton ou le pilote d'une sitcom un peu lourdingue.

Tracy n'a aucun soupçon de l'endroit où je suis allé cet après-midi, mais l'occasion qu'il m'offre ainsi de rire après mon dernier hommage à Ahmed est la bienvenue. Elizabeth pouffe aussi en absorbant ses nouilles sautées, opération qui la fait redoubler de rire. Elle est encore cabossée et contusionnée, mais quel plaisir d'entendre ça. À la voir entrer tout à l'heure, on comprenait qu'elle avait passé une journée plus accablante que la mienne. Le fait que des reporters soient toujours en faction en bas de chez elle n'est sans doute pas pour arranger les choses.

Nous avons couché Annabelle et dînons de plats à emporter, assis à même la moquette en regardant les infos. Un jour et sept heures après l'attaque, place à la traque des terroristes. Et, bien entendu, à la désignation des coupables. La police ? Le FBI ? La CIA ? La NSA ? La Sécurité intérieure ? Qui a manqué à sa mission ?

— Veux-tu que je change de chaîne, Elizabeth ?

— J'aimerais bien, mais non. Je dois regarder, que ça me plaise ou non.

Elle a raison. Ça fait partie de son nouveau job.

La seule chose qu'elle nous ait dite – qu'elle ait été autorisée à nous dire –, c'est qu'elle a été affectée à l'enquête sur les événements de Times Square. Tracy et moi n'avons réclamé aucune info confidentielle, Elizabeth a suffisamment de métier pour tenir sa langue. Mais je m'interroge. Que sait-elle d'Ahmed et du fait qu'il était infiltré dans la cellule terroriste ? Le saura-t-elle jamais ?

Autre chose. Elizabeth a obtenu ce qu'elle voulait. Elle a été dessaisie de l'affaire du professeur Darvish. Mais lorsqu'elle nous l'a appris, elle n'avait pas l'air enchantée. Qu'est-ce qui peut bien la contrarier ?

Les pleurs d'Annabelle, au bout du couloir, interrompent ma réflexion.

— J'y vais, dis-je en me levant.

— Non, moi, coupe Tracy, plus rapide. C'est mon tour.

Devenir parent est le plus long des apprentissages, mais Tracy et moi maîtrisons plutôt bien le partage des tâches. Non qu'un tour de rôle ait été institué pour s'occuper d'Annabelle. Nous ne tenons pas le compte de qui fait quoi. C'est plus instinctif. Lui comme moi sentons quand c'est à notre tour de prendre la relève. Quel autre moyen d'être de bons parents ?

— Pas touche à cette dernière boulette, ajoute Tracy en désignant l'une des barquettes.

À peine est-il entré dans la chambre d'Annabelle qu'Elizabeth se tourne vers moi.

— Je peux te poser une question ?

— Bien sûr, dis-je, regrettant presque aussitôt ma réponse.

— Avant que Pritchard ne me réaffecte ce matin, je lui ai montré la vidéo de Darvish et de l'inconnue.

— Et ?

— Et Pritchard a feint de n'avoir aucune idée de ce que pouvait être ce halo blanchâtre qui masque son visage.

— Qu'est-ce qui te fait dire qu'il l'a feint ?

— L'expression de son visage. Très fugace, ça n'a duré qu'un instant, mais je l'ai remarquée. J'en suis certaine.

— Quel genre d'expression ?

— La même que la tienne quand je t'ai montré la vidéo hier soir. Tu connais la cause de ce halo.

— Ah oui ? Vraiment ? À cause d'une simple expression ?

— À vrai dire, je n'en aurais pas juré avant d'entrer chez toi ce soir. Ça a été le déclic.

D'emblée, je sais que je suis coincé. Je déteste qu'elle me rappelle à quel point elle est brillante. Et j'adore ça.

— Je t'écoute…

— Pas une fois tu n'as fait allusion à cette vidéo. Tu ne m'as pas demandé comment s'étaient passées mes retrouvailles avec Pritchard, ce qu'il pense de ce halo, rien.

— Rien de tout ça, en effet.

— Parce que tu ne veux pas en parler.

— Ou peut-être parce que je ne *peux* pas en parler.

— Trop tard. Que ne veux-tu pas me dire, Dylan Reinhart ?

26

Je jette un œil vers le couloir, perçois des bribes de la comptine que Tracy chantonne à Annabelle. « Penny Lane », l'une de ses préférées.

Dès les premiers jours, nous avons compris qu'elle était à peu près imperméable aux berceuses. Même les plus classiques, comme « Dodo, l'enfant do », ne semblaient pas avoir d'effet sur elle. Un soir, à court d'idées, nous avons frénétiquement parcouru la playlist iTunes de Tracy. À notre grand soulagement – et sans déplaisir –, nous avons découvert que notre petite fille était fan des Beatles.

— Tracy a vraiment une jolie voix. Tu ne trouves pas ?

— Tu cherches à gagner du temps, rétorque Elizabeth. Voilà ce que je trouve.

Elle a sciemment attendu que nous soyons seuls pour m'interroger au sujet de ce halo. Je n'en suis que plus embarrassé. Car elle connaît mon secret le mieux gardé. Tracy, lui, l'ignore.

J'ai acquis un savoir-faire certain pour cacher à Tracy tout ce qui concerne mon passé à la CIA. Mais mon choix de ne jamais lui en parler – résolu depuis des années et, j'en reste convaincu, pour son propre bien – continue à peser sur ma conscience. À l'instant présent, on dirait un énorme rocher branlant sur une corniche, alors que la terre tremble. Et moi, je suis juste en dessous, des semelles en plomb à mes pieds.

Je sais qu'Elizabeth ne se contentera pas d'un « *No comment* » pour toute réponse.

— La cause de ce floutage s'appelle Halo.

— Halo ? Voyons, par où commencer… Quel est le principe ? Qui l'a conçu ?

— Le procédé a été mis au point par le labo de la CIA, du temps où j'étais à Londres. Quant au principe scientifique… que je sois damné si j'en comprends tous les ressorts.

Clin d'œil incrédule d'Elizabeth.

— Tu avoues ton ignorance ?

— Je dis simplement que je ne sais pas *tout*. C'est un dispositif, parfois dissimulé dans un collier, qui réfléchit les ondes infrarouges, ainsi qu'une partie des rayons lumineux, et déforme n'importe quelle image de vidéosurveillance. Le résultat, c'est cette tache blanche que tu as vue.

— Avec un simple collier ?

— Ça, c'est le côté « waouh ». Ils ont réussi à produire le même effet avec ce qui ressemble à de simples perles.

Dans cinq secondes, elle aura oublié l'aspect scientifique et ne verra plus que les implications. On parie ? Cinq, quatre, trois, deux…

— Mais alors… ça veut dire que cette femme qui accompagnait Darvish… est de la CIA ?

— Possible.

— Se pourrait-il qu'elle ait assassiné le professeur et qu'elle ait maquillé ça en accident ?

— Possible aussi.

— Pritchard pourrait-il être au courant ?

— Il est hautement improbable que quiconque de ton unité le soit, pas même ton boss.

— Mais il peut avoir connaissance du programme Halo, n'est-ce pas ?

— Possible, là encore. Mais impossible de le demander à Pritchard car…

— Toi et moi n'avons jamais eu cette conversation. Compris. D'ailleurs, j'ai été dessaisie du dossier.

— Tu pourrais aussi bien m'avoir mené en bateau…

— Tu m'en voudrais ? Il faut pourtant qu'on sache qui est cette femme.

— *On ?*

— Tu n'as pas envie de savoir ?

— Pas forcément. Si cette femme est un agent, j'ai des raisons de croire qu'elle disposait de renseignements fiables – informations que personne de l'Agence ne voudra me communiquer.

— Et dans le cas contraire ?

— Si ses renseignements n'étaient pas fiables ?

— Non. Si elle n'est pas de la CIA.

Bonne question. La technologie Halo existe depuis une dizaine d'années, mais ne sert qu'à une poignée d'agents triés sur le volet. Ce qui ne veut pas dire que personne d'autre n'ait pu s'en emparer. À mauvais escient.

— À quelle heure ferme Bergdorf?

Je n'aurais pu poser question plus farfelue à Elizabeth à cet instant précis. Son air ahuri me le confirme.

— Bergdorf? Pourquoi ?

Je cherche les heures d'ouverture du grand magasin sur mon téléphone. Il est déjà 19 heures passées.

— Allons faire un peu de shopping. Puis nous aurons besoin d'une grande faveur.

27

— Dire que je vais devoir les rendre. J'en suis malade, gémit Elizabeth, un carton à chaussures posé sur ses genoux, dans le taxi qui nous ramène de Bergdorf.

On s'est accordé un break. Le week-end, le magasin reste ouvert jusqu'à 20 heures.

— Qui a parlé de les rendre ?

— Oui, c'est vrai ! dit-elle en éclatant de rire.

Avant de se rendre compte que je suis très sérieux.

— Dylan, ne dis pas n'importe quoi. Je ne peux pas les garder.

— Et pourquoi donc ?

— Premièrement, parce qu'elles coûtent plus de neuf cents dollars.

— Exact. C'est quoi, ce rapport des femmes aux chaussures ? Vous savez que c'est de l'arnaque, mais vous achetez quand même. Une vraie drogue. Quoi qu'il en soit, ce n'est pas une raison pour les rendre.

Elizabeth ouvre le carton, prend une des Louboutin et la contemple d'un air extasié. Amoureux, même. Avant de secouer la tête pour s'arracher à sa rêverie.

— Je vais te donner une meilleure raison de les rendre. C'est qu'elles risqueraient de rester enfermées dans mon placard.

— Justement, j'allais t'en parler…

Gros yeux d'Elizabeth.

— Ne te fatigue pas à me dire que je ferais bien de me trouver un petit copain. Ce sermon, ma sœur me le sert déjà une fois par mois.

— Pas très convaincante, la frangine, hein ?
— Non, c'est moi qui suis pathétique.
Je ne trouve rien à répondre. Grand tort de ma part, semble-t-il.
— Pour info, ajoute Elizabeth en m'envoyant son coude dans les côtes, tu es censé répliquer que je ne suis pas du tout pathétique, mais que je travaille beaucoup trop.
— Oh, ce vieux cliché de la nana mariée à son boulot ?
— Par exemple.
— OK, allons-y, dis-je en m'éclaircissant la gorge. Tu-n'es-absolument-pas-pathétique. Tu-travailles-trop-c'est-tout.
— Très convaincant.
— Pourquoi le serais-je ? Tu n'y crois pas toi-même.
— Penses-tu sincèrement que ma carrière me sert d'excuse pour ne pas faire de rencontres ?
— En fait, non. Je pense plutôt que ton excuse, c'est que ton père trompait ta mère.
— Eh bien ! On sent que tu as longuement réfléchi à la question.
— Il ne fallait pas me la poser.
— Je te propose un marché. N'essaie pas de me psychanalyser et je t'épargne la vanne sur les gays qui s'y connaissent mieux en chaussures à talons que la plupart des femmes.
— Un cliché encore plus énorme que celui de la nana mariée à son boulot.
— N'est-ce pas ? glousse Elizabeth.
Elle contemple la semelle rouge de la chaussure, marque de fabrique de Christian Louboutin.
— Dis-moi plutôt si ton idée a la moindre chance de marcher, ajoute-t-elle.
— Ça ne coûte rien d'essayer.
Quelques rues plus loin, nous nous arrêtons devant un des entrepôts réhabilités de Hell's Kitchen, près de

l'intersection 44e Rue ouest-10e Avenue. Au-dessus de la porte, une enseigne : « SILVER KEY STUDIOS. »

Doug Chadwick, l'ami de Tracy, nous attend dans l'entrée. Je lui serre la main et lui présente Elizabeth.

— Encore merci de votre aide, Doug.

— Attendez, je n'ai encore rien fait, répond-il. Mais Tracy a dit le mot magique.

— Quel est-il ?

J'essaie de me rappeler ce que j'ai entendu Tracy dire à Doug au téléphone, lorsqu'il l'a appelé de l'appartement. Je ne crois pas qu'il s'agissait de « s'il te plaît ».

— Tracy m'a dit que vous vouliez tenter quelque chose de quasi impossible, sourit-il d'une oreille à l'autre. L'impossible est ma raison de vivre.

28

Prélevez sur Doug une grosse barbe de bûcheron, un sourcil piercé, des lunettes sans monture, une garde-robe Woodstock revival, remettez-les en place en ajoutant un éternel verre de Single Barrel whiskey, un accent britannique, sans oublier l'attitude « va te faire mettre » du hackeur de haut vol, et vous aurez devant vous, en gros, le frère caché de l'acteur Julian Byrd.

Mais qui n'aurait rien en commun avec Julian Byrd.

Sauf une chose.

Comme Julian, Doug Chadwick déteste s'avouer vaincu. Surtout devant un ordinateur.

— Suivez-moi.

Dans la vie, ce que vous connaissez compte autant que qui vous connaissez. Tracy a été présenté à Doug par une actrice qu'il avait rencontrée sur le tournage d'une pub pour un shampoing. Un an plus tard, Doug l'embauchait pour une prise de vues pour un film en 3-D.

Et ce soir, Doug va nous aider à identifier une femme uniquement d'après sa façon de marcher avec des talons hauts bien spécifiques. En tout cas, c'est l'idée.

Elizabeth et moi devons une fière chandelle à Tracy, qui a tout organisé. Qui plus est, il a eu la bonté de rester à la maison avec Annabelle. Double faveur. Mais la principale, c'est à Doug que nous la devons.

— Combien coûte la location à l'heure ? dis-je en pénétrant dans l'un des studios, tout au bout d'un long couloir.

— Que dalle. L'agent était embarrassé de n'avoir pu annuler au lendemain de l'attentat. Alors cette fois, c'est cadeau.

— Mais j'abuse de votre temps. J'insiste pour vous devoir quelque chose.

— Mais non, ne vous inquiétez pas pour moi. Pour être tout à fait franc, je me sens un peu coupable d'avoir fait sautiller Tracy pendant des heures dans cette ridicule combinaison verte et de ne pas l'avoir mieux payé.

Et, se tournant vers Elizabeth :

— En parlant de combinaison, à vous l'honneur, je suppose ?

— J'en ai bien peur. D'autant que le vert n'est pas vraiment ma couleur.

Le concours de Doug nous oblige à de subtiles contorsions : que pouvons-nous et que ne pouvons-nous pas lui dire ? Nous lui avons déjà transféré les vidéos de l'hôtel, la nuit de la mort de Darvish. Doug est censé aider la police à identifier la femme au bras du professeur. Inenvisageable de lui dire pourquoi nous cherchons à savoir qui elle est, ni pour quelle raison son visage n'est pas visible. S'il nous interroge au sujet du halo, je lui dirai que la vidéo a été trafiquée, mais j'ai dans l'idée qu'il ne posera pas de question.

— Bon, dites-moi un peu ce qui vous amène, demande-t-il en lorgnant le carton que porte Elizabeth.

— C'est très simple. Le visage de cette femme est caché, mais on la voit marcher. Or chacun a sa propre démarche, comme une sorte d'empreinte digitale ou presque.

— Pas tout à fait, réplique Doug.

— Certes, mais suffisamment pour que l'on puisse reproduire la démarche particulière de cette femme. À condition, bien sûr…

— … de porter les mêmes chaussures. Vous êtes vernie, ce sont des Louboutin.

Un petit coup de coude à Elizabeth :

— Tu vois ? Il s'y connaît en chaussures pour femmes, or il n'est pas gay pour un sou.

Elizabeth roule des yeux.

— Faites comme moi, Doug. Ignorez-le.

Elle sort les escarpins de la boîte et les lui tend.

— Je suis sorti une fois avec une fille qui ne jurait que par Louboutin, commente Doug. Elle n'avait pas les moyens de s'en offrir une paire et moi non plus. Êtes-vous certains que ce sont les mêmes ? Des talons plus hauts ou plus bas de quelques millimètres, et tout le calcul serait faussé.

— Ce sont les mêmes, rétorque Elizabeth. Talons de cent millimètres exactement. C'est la seule hauteur disponible.

Arnaque ou pas, on ne peut vendre à près de mille dollars les chaussures de trente-six mille styles différents. Les lanières croisées, le bout ouvert, le talon de vamp réduisent les possibilités à une seule, qu'on le veuille ou non.

Les sandales Louboutin portent des noms comme Fifi, Bibibop ou Doracandy.

Celles-là s'appellent Malefissima.

Du latin *malum* : « le mal ».

Traduction : « La plus méchante. »

29

Elizabeth revient de la salle de bains après avoir enfilé ce justaucorps vert moulant qui donne, même sur elle, un sens inédit à l'expression « peu flatteur ».

— Vous aviez raison, Doug, dit-elle en grimaçant, et pas seulement à cause de ses plaies et de ses hématomes. Vous devriez mieux payer Tracy.

Doug s'empresse de fixer sur ses jambes des marqueurs réfléchissants, également connus sous le nom de « balles de ping-pong ». Elle va maintenant devoir arpenter le plus petit catwalk du monde, aller-retour, sous les regards d'une série de caméras sophistiquées reliées à une batterie d'écrans encore plus sophistiqués.

— En avant, marche !

Derrière sa console, Doug le touche-à-tout vectorise les mouvements de l'accompagnatrice inconnue de Darvish tout en recueillant les cotes captées par les caméras braquées sur Elizabeth. Seul paramètre commun : les chaussures. Tout le reste – l'écart des foulées, par exemple – doit être pris en compte et ajusté à l'aide de divers algorithmes intégrant aussi des données telles que le teint de la peau et la masse corporelle. Et ce n'est que le hors-d'œuvre. Les grands calculs n'ont pas encore commencé.

Rien que d'y penser, j'ai la tête qui tourne. À quoi bon mon doctorat en statistiques du MIT ?

— Toujours pas de fichier ? demande Elizabeth.

Toute l'informatique du monde ne serait d'aucune utilité sans grain à lui faire moudre. Ce fichier, par exemple, que nous attendons – d'autres images de vidéosurveillance captées à l'hôtel dans les jours précédant la mort de Darvish. Les enquêteurs chargés de ce dossier les ont obtenues dans le cadre de leur investigation et les ont même visionnées sans y trouver trace de la mystérieuse inconnue. Mais ils cherchaient une silhouette avec le même halo. Pas nous.

Si l'inconnue est venue en reconnaissance, elle ne s'est sans doute pas fatiguée à utiliser la technologie Halo. Elle est partie du principe qu'elle n'en avait pas besoin.

En se rendant chez Bergdorf, Elizabeth a appelé un des enquêteurs qui lui a dit :

— Comment voulez-vous identifier quelqu'un dont vous n'avez pas vu le visage ?

Elle l'a mis sur haut-parleur. Il était mécontent qu'elle interrompe son dîner, d'autant que cette vidéo n'était pas censée fuiter de leur serveur crypté. Elizabeth n'a pas apprécié. Elle l'a coupé :

— Vous menez une enquête, dois-je vous le rappeler ? En attendant, envoyez ce foutu fichier à l'adresse suivante.

Doug consulte de nouveau sa messagerie. Cette fois est la bonne.

— Voilà. Reçu.

Mais il reste beaucoup à faire avant de l'utiliser. Maintenant qu'il a filmé Elizabeth en Louboutin, il doit encore la filmer pieds nus, pour avoir un élément de comparaison. Après tout, rien ne garantit que l'inconnue portait ses Malefissima lorsqu'elle était en repérage. Car il a bien fallu qu'elle visite les lieux avant d'y retourner avec Darvish. Sinon, nous perdons notre temps.

Beaucoup de temps.

— Vous êtes certains de ne pas vouloir rentrer vous reposer ? demande Doug, qui entreprend d'isoler chacune des femmes visibles sur les vidéos de l'hôtel, soit plus d'une centaine d'heures.

Partir en lui laissant ça sur les bras ? Pas question.

— On se reposera quand vous vous reposerez.

C'est le moins que l'on puisse faire. Ou, du moins, tenter de faire.

Sur le coup de 3 heures du matin, Elizabeth et moi finissons par nous assoupir sur un canapé, derrière les écrans. S'en serait-il rendu compte, Doug n'aurait pas poussé ce hurlement. Qu'importe, jamais je n'ai été aussi heureux d'être réveillé en sursaut.

Depuis six heures, Doug n'a pas levé le nez une seconde de son clavier. Ses yeux sont rouges, ses cheveux en désordre, façon Edward aux mains d'argent. D'où je suis, je vois surtout son sourire. Le même qui éclairait son visage quand nous nous sommes rencontrés, mais plus grand. Beaucoup plus grand.

— Alors ?

— Impossible mon cul !

30

Un vrai travail d'artiste.

Doug a appliqué un algorithme à chacune des images de la vidéo, afin de les comparer à la démarche de l'inconnue avec ou sans talons, extrapolée à partir des captations d'Elizabeth avec et sans ses Louboutin.

En d'autres termes : il a réussi.

Parmi plus d'un millier de femmes, Doug a réduit le champ des possibles au nombre de cinq.

Les deux premières sont blanches, mais avec un teint légèrement mat ou bronzé – sans doute sorti de la cabine à UV.

— Hispano ? me demande Elizabeth en désignant la troisième.

— Possible. Ou philippine.

— Et les deux dernières ? dit-elle en se penchant vers l'écran. Pouvez-vous zoomer ?

Doug presse quelques touches. Mais plus l'image est zoomée, plus elle est pixélisée.

— Difficile à dire. Elle pourrait être sud-américaine, indienne, arabe, ou rien de tout ça. À vous de choisir.

— Non que ça fasse une différence, ajoute Elizabeth.

Tous d'accord sur ce point. Connaître l'origine ethnique de l'inconnue ne nous donne ni son nom ni son adresse.

— Et maintenant ? demande Doug.

— Ça dépend. Bavette ou entrecôte ?

— Hein ?

— Votre morceau préféré ? C'est moi qui invite.

— Merci, mais en attendant vous ne savez toujours pas qui est cette femme.

— Non, certes. Dommage que ce ne soit pas votre ex qui était dingue de Louboutin, pas vrai ?

Il sourit, un peu à contrecœur. Dire qu'il est pleinement satisfait serait un euphémisme. Comment l'en blâmer ? Il nous a menés si près du but. Aurait-il réduit le choix à une seule femme, ça ne nous permettrait toujours pas de l'identifier.

Cette même conclusion est en train de s'imposer à lui quand il fait soudain claquer ses doigts. Il répond à sa propre question :

— Reconnaissance faciale. Voilà l'étape suivante.

Combien de ces femmes allons-nous pouvoir identifier en les comparant à des permis de conduire ou des fiches anthropométriques ? Le NYPD et le FBI disposent l'un et l'autre de logiciels assez sophistiqués pour accomplir cette tâche.

Mais il y a une différence entre passer à l'étape suivante et avoir avancé d'un pas. Ça commence à ressembler à une partie d'échecs.

Combien de chances y a-t-il que notre inconnue apparaisse dans le fichier des immatriculations ou dans une base de données criminologiques ? Bien souvent, les meilleurs agents secrets sont ceux qui se cachent en pleine lumière. Personne ne sait qui ils sont car personne ne les soupçonne d'être différents de ce qu'ils vous donnent à croire.

Parfois, c'est exactement l'inverse. Les meilleurs sont ceux qui sont tellement hors système qu'ils pourraient aussi bien n'avoir jamais existé.

Une chose est sûre, il va nous falloir envisager ces deux possibilités. Ou pire : aucune des deux.

Et si cette femme était le seul spécimen de sa catégorie ?

31

Je n'ai pas aimé faire ce que j'ai fait ensuite. Mais il le fallait.

Elizabeth et moi sommes rentrés à l'appartement en taxi. Elle devait être opérationnelle moins de quatre heures plus tard, chaque minute de sommeil comptait.

— C'est bizarre si je garde les Louboutin pour dormir ? a-t-elle plaisanté avant de nous souhaiter bonne nuit.

À cet instant, elle m'imaginait rampant vers mon lit, aussi épuisé qu'elle. Dans l'ascenseur, j'avais même insisté sur la nécessité de ne pas faire de bruit pour ne pas réveiller Tracy.

Mais je ne suis pas entré dans la chambre.

J'ai simplement jeté un œil dans celle d'Annabelle – si mignonne blottie dans son berceau –, je suis retourné à l'ascenseur et je suis descendu au sous-sol récupérer ma moto. J'ai refixé la plaque d'immatriculation avec de l'adhésif. *Pourvu que ça tienne car c'est le moment de ne pas respecter les limitations de vitesse...*

J'ai envoyé un message à Julian pour lui demander s'il était toujours debout. Pure formalité : Dracula et lui ont les mêmes horaires. Mais pas question de faire irruption sans m'être annoncé. Le secret d'une longue amitié est de ne pas en abuser.

— Alors, où est-on allé fourrer son nez cette fois-ci ? me demande Julian, avec son fort accent britannique, en m'accueillant à la porte métallique de son bunker, trois mètres derrière une autre porte métallique, passé la barrière de sécurité d'un entrepôt à Fort Lee, New Jersey, propriété d'une entreprise de matériel médical dont personne n'a jamais entendu parler, pour la simple raison qu'elle n'existe pas.

— Ai-je l'air d'avoir fourré mon nez quelque part ?

— J'espère bien. Il est 4 heures passées.

Je le suis dans son antre, souris en reconnaissant l'aile de Fokker Eindecker, le plus vieil avion de chasse allemand, qui lui sert de bureau géant.

— Vegas ?

Tous les murs sont couverts d'écrans qui n'en forment qu'un seul. Julian y diffuse en direct ses dernières trouvailles de hackeur. En l'occurrence, la salle de poker animée d'un casino filmée par ses propres caméras de surveillance.

— Non, Macao. J'essaie de récolter des infos sur quelques-uns des habitués. Je m'y rends le mois prochain.

— Je n'aurais pas cru qu'il t'arrivait de prendre des vacances.

— Tu as raison, je n'en prends jamais. Mais assez parlé de moi.

Ne rien dire, ne rien demander. Inutile de chercher à savoir ce qu'il va fabriquer à Macao, il ne répondra pas.

— Tiens, dis-je en lui tendant mon téléphone. Il y a là cinq femmes au total. Celle que tu vois est la première. Glisse vers la gauche pour voir les quatre autres.

— Tu es venu jusqu'ici en pleine nuit pour me faire découvrir Tinder ?

— Connais pas…

Julian examine une à une les cinq captures de la vidéo de l'hôtel. Une première fois, puis une seconde.

— OK. Ensuite ?

— L'une d'entre elles t'est-elle familière ?

— Avant que je réponde à ta question, réponds à celle-ci : qu'as-tu à voir avec ça ?

— Tu te souviens d'Elizabeth, je suppose ?

Julian se pétrit le menton d'un air sarcastique.

— Tu veux parler de cette jolie enquêtrice et unique personne non autorisée – à part toi, bien sûr – qui ait jamais mis les pieds en ce lieu ? Oh, et celle dont les médias ont fait tout un foin parce qu'elle a sauvé la vie à son boss ? Non, aucun souvenir…

— Bon, eh bien, c'est à cause d'elle que je suis ici.

— Mais sans elle. Intéressant. Je suppose que c'est lié à l'éventuelle identité de l'une de ces cinq femmes. Que tu soupçonnes de faire partie de la CIA. Peut-être Elizabeth le soupçonne-t-elle aussi. Or, si l'une d'elles est un agent, Elizabeth ne doit pas l'apprendre.

Un jour, j'ai vu Julian résoudre un Rubik's Cube en moins de quinze secondes. Et d'une seule main, s'il vous plaît.

— Parfait. Assez tourné autour du pot. Tu as reconnu l'une de ces femmes, c'est un agent et donc tu ne peux rien me dire, c'est ça ?

Sourire de Julian.

— Toi et tes questions…

— Je n'en aurai pas d'autre. Tu n'en reconnais aucune.

— Comment le sais-tu ?

— Tes épaules. Relâchées. Quand tu mens, elles se crispent.

Je m'approche des images du casino de Macao et j'ajoute :

— Comme un joueur qui bluffe.

— Rappelle-moi de ne jamais jouer au poker contre toi, Reinhart.

Puis, désignant mon téléphone du regard :

— En effet, je n'ai jamais vu aucune de ces femmes. Cela dit, ce n'est pas comme si l'Agence publiait un trombinoscope annuel. Et si ton intention est de me demander de hacker…

— … les fichiers de l'Agence ? Bien sûr que non. Mais j'ai besoin de les identifier toutes les cinq.

— J'ai dans l'idée que les immatriculations et les fichiers criminels n'y suffiront pas. Autrement dit, il faudrait recourir à un logiciel de reconnaissance faciale qui n'existe pas. Officiellement.

— Si tu le dis.

Ce qu'il vient de faire. Comme lui seul le peut.

32

Je me retourne vers l'un des murs. Disparue, la salle de jeu de Macao. Remplacée par mon visage. Partout.

J'étais si concentré sur les épaules de Julian que je n'ai pas fait attention à ses mains. Il a ouvert toutes les photos de mon téléphone et en a transféré quelques-unes sur son ordinateur. Les parois de son bureau se sont couvertes de portraits de moi. Moi et Tracy. Moi et Annabelle. Lui, elle et moi ensemble.

— Sympa celle-ci, vous trois à Central Park.

Oui, jolie photo. Prise par une femme qui nous l'avait proposé après nous avoir dit, dans le plus pur style Upper West Side, qu'elle était à 110 % pour l'adoption par des couples homosexuels.

À cela près que je suis à peu près méconnaissable. Mon visage est comme distordu. Et ce n'est pas tout.

— Qu'est-ce que c'est que tous ces impacts rouges ?

— On dirait un spot pour une crème antimoustique, oui, je sais.

— Tourné par Michael Bay.

Des taches rouges explosent l'une après l'autre sur mon visage, en rafale.

— C'est plus qu'un simple mesurage, on dirait.

— Échométrie animatronique. Le futur de la biométrie. Ça permet de prédire les mouvements musculaires en fonction d'écarts fixes.

Les logiciels de reconnaissance faciale reposent le plus souvent sur la mesure d'écarts entre des points fixes tels que les yeux, les oreilles, la bouche et le nez. Leurs limites sont liées à leur inaptitude à prendre en compte certaines expressions faciales. Mais quel général quatre étoiles a le sourire lorsqu'il pénètre dans la salle de commandement de la Défense aérospatiale américaine ? En d'autres termes, ces limites n'étaient pas très gênantes. Elles le sont devenues.

— Les temps changent, Dylan. Avant, je pouvais tromper n'importe quel système de reconnaissance faciale en simulant une expression unique. Une sorte d'arrêt sur image. Désormais, tout est mobilité. La plupart des banques suisses ont récemment remplacé les mots de passe par des phrases. Et il ne s'agit pas seulement de reconnaître la voix : chaque mouvement de la bouche qui prononce les voyelles doit également coïncider.

— Et l'échométrie est le moyen que tu as trouvé de contourner cet obstacle ?

— Une échelle de 3,50 mètres pour franchir un mur de 3 mètres. À partir d'un échantillon de tes photos, je peux animer ton image. Et si je peux faire ça, je peux *être* toi.

— Et vider mon compte en banque suisse ?

— Au besoin, sourit Julian.

— Bon à savoir si je dois en ouvrir un. Ce qui serait mieux encore, c'est de savoir si ça peut m'aider à identifier ces cinq femmes.

Julian baisse le regard vers mon téléphone.

— Ce sont bien des captures de surveillance ? Si oui, je vais avoir besoin des vidéos intégrales.

Je me sens comme un boy-scout en lui tendant la clé USB où j'ai copié tous les enregistrements. Car je ne suis pas venu les mains vides.

Tandis que Julian télécharge les fichiers, je commence à entrevoir le tableau. Julian est hackeur, pas programmeur. Ce logiciel n'est pas le sien, mais il est suffisamment équipé pour le rétroconcevoir et bricoler une application. En procédant de la sorte, les potentialités sont pour ainsi dire infinies. On ne se borne plus à fouiller des tas de permis de conduire ou de fiches anthropométriques. Il devient possible d'identifier n'importe quel usager d'Internet, ou presque, et pas seulement à partir de photos. La voilà, la véritable innovation.

Tous les sites de partage de vidéos sont en alerte. Snapchat. YouTube. Il y a le choix.

Oui, les temps changent, à l'évidence.

Mon image disparaît de l'écran mural aussi vite qu'elle était apparue. Remplacée par les captures des cinq femmes, l'une après l'autre, bombardées d'éclats rouges. On se croirait au milieu d'un champ de tir.

Puis tout s'arrête d'un coup.

— Bingo ! s'exclame Julian en applaudissant.

Je pivote et tends le cou en scrutant de tous côtés.

— Laquelle ?

— À ta droite, à trois heures.

Je me tourne et me retrouve face à l'image figée d'une femme debout sur un podium. Et qui semble me regarder elle aussi.

— Comment sais-tu que c'est elle et pas une autre ?

Julian tapote sur son clavier.

— À cause de ceci.

33

Pas de fiche anthropométrique à son nom et, d'après les fichiers d'immatriculation des cinquante États de l'Union, pas de permis de conduire non plus. Mais elle a un métier.

Julian agrandit la légende sous la vidéo qu'il a trouvée. Elle provient du site web de l'Université de New York. « Allocution de Sadira Yavari, professeure de philosophie, au sommet des Grands Penseurs », peut-on lire.

Sans me laisser le temps de la réclamer, Julian dégotte sa bio sur une autre page du site listant tous les enseignants de l'université.

Sadira Yavari, née en Iran, a enseigné la philosophie à l'université pendant sept ans. Elle est spécialisée en épistémologie, dont l'objet est l'étude critique des sciences et la théorie de la connaissance.

— Il ne peut s'agir d'une coïncidence, souligne Julian.

— Qu'elle et Darvish soient tous deux iraniens, ou qu'ils soient tous deux professeurs ?

— L'un et l'autre.

D'un côté, il n'a pas tort. Le fait qu'elle soit iranienne suffirait à prouver que c'est bien elle qui était à l'hôtel avec Darvish. Qu'elle puisse se prévaloir d'être professeure explique en outre qu'elle ait réussi à l'approcher au point de le suivre dans sa chambre.

D'un autre côté…

— Rien de particulier dans sa bio ?

Julian relit. Tique.

— « Pendant sept ans. »

Le nombre d'années d'enseignement de Yavari à l'Université de New York. Aucun agent ne reste en poste plus de deux ans, en règle générale. Trois maximum. Mais sept, au grand jamais. Je ne suis moi-même resté que trente mois à Cambridge. Coïncidence ou pas, j'avais été repéré au bout de vingt-neuf.

— Il y aurait pourtant une explication toute simple…

— Une recrue civile ? C'est assez rare, objecte Julian. Surtout s'il s'agit d'une femme.

— Rare, mais pas impossible.

Il se peut très bien que Sadira Yavari ait été recrutée par l'Agence en vue d'une mission spécifique, parce qu'elle correspondait exactement au profil voulu – en l'occurrence, une professeure iranienne, très belle qui plus est. Seulement, recruter des civils pleinement investis dans leur vie de civils est chose difficile. Aussi difficile que de vendre de la glace à un Inuit.

Et – Julian a raison sur ce point – encore plus difficile s'il s'agit de recruter une femme. Car, contrairement aux hommes, les femmes ne chérissent pas le vœu secret de devenir James Bond.

— Non, pas « impossible », répond Julian. Essaie de réduire le champ. Peut-être ne lui a-t-on demandé que de bichonner Darvish et de préparer le terrain pour la personne chargée de le tuer.

— D'une attaque cardiaque ? Et avec une bouteille vissée dans le…

— J'ai lu le rapport, merci. Tu peux m'épargner les détails.

En tout état de cause, cela amène une question : les deux professeurs se connaissaient-ils ?

— Avons-nous des enregistrements téléphoniques ?

Les mains du virtuose s'activent sur le clavier. Quelques secondes lui suffisent pour récupérer les numéros de portable et de fixe de Darvish et de Yavari. Tout aussi vite, il croise toutes leurs factures téléphoniques des deux années passées.

— Ni appels ni textos de l'un à l'autre.

— Ça tient debout. Une aventure d'un soir…

Julian observe Yavari sur l'écran mural. Plus exactement, il la reluque. C'est vrai qu'elle est splendide. De longs cheveux bruns, des pommettes saillantes. De faux airs d'Amal Clooney.

— Une aventure d'un soir? Je n'aurais pas dit non, commente Julian.

Il clique sur la vidéo du site de l'université pour entendre sa voix. Aussi suave qu'elle est belle. Posée. Intelligente. Maîtrisée.

Elle raconte comment elle s'est retrouvée dans le Queens, lorsqu'elle s'est installée à Manhattan, parce qu'elle s'était trompée de métro. Anecdote illustrant le fait que, si elle croyait savoir où elle allait, elle n'en savait rien en réalité. Une parabole de l'épistémologie. « Mais si j'étais arrivée où je croyais aller? demande-t-elle à l'auditoire. Monter dans le bon métro est-il en soi la preuve que l'on sait où l'on va? »

À cet instant, la personne qui filme l'intervention tourne sa caméra vers l'auditoire. On voit des têtes opiner, d'autres qui dodelinent en soupesant le problème. Tous paraissent très attentifs, comme suspendus à ses paroles. Sadira Yavari sait capter son public, comme on dit.

— Attends voir! Arrête l'image.

Julian met la vidéo sur pause.

— Qu'y a-t-il?

J'ai peine à croire ce que je vois.

— Au troisième rang, deuxième en partant de la droite. Son visage te dit quelque chose?

— Non, mais à toi oui, manifestement. Qui est-ce?

— Je n'en sais trop rien, mais je l'ai rencontré. Je l'ai même laissé entrer chez moi.

— Et tu ne sais pas comment il s'appelle ?

— Non. Mais je sais de façon certaine comment il ne s'appelle pas. Benjamin Al-Kazaz.

34

Elizabeth pousse la porte du Starbucks le plus proche de l'appartement de Dylan et Tracy, au coin de la rue. Les verres fumés de ses lunettes jouent un double rôle, celui de cacher son visage aux médias, après son acte de bravoure pendant les attentats, et celui de masquer les énormes valises sous ses yeux, après une petite nuit de moins de quatre heures.

Et en retard, qui plus est. Pritchard a convoqué pour un briefing matinal tous les agents affectés aux attentats de Times Square. Début dans vingt minutes. L'Uber d'Elizabeth sera en face du Starbucks d'un instant à l'autre.

— Un grand café, s'il vous plaît.

— Grand, nous n'avons pas, lui répond derrière le comptoir une fille aux cheveux teints en violet. Vouliez-vous dire *venti* ?

Elizabeth peut compter sur deux doigts le nombre de fois où elle a mis les pieds dans un Starbucks. Elle continue à préférer prendre son café dans un *diner*. Son porte-monnaie aussi. Mais ce matin, elle n'a pas eu le choix. Pas le temps.

— Oui, c'est ça, un *venti* – peu importe le nom, ce que vous avez de plus grand.

— Alors un *trenta*. Ça veut dire « trente » en italien. C'est le nombre d'onces. Tandis que *venti* veut dire…

— *Venti* veut dire « vingt », merci. Onces. Pigé.

— Du coup, lequel voulez-vous, *venti* ou *trenta* ? Au cas où vous ne l'auriez pas remarqué, il y a la queue derrière vous.

Non, sans blague? Et fottiti, *tu connais la traduction? Ça ne veut pas dire «quarante», tu peux me croire...*

Une minute plus tard, son *venti* en main, Elizabeth se saisit d'une carafe de lait écrémé au bout du comptoir. Un homme s'approche pour prendre un sachet d'édulcorant, qu'il déchire, et lui déclare avec un fort accent moyen-oriental:

— Moi, c'est ce que j'appelle un grand café.

— Je sais, répond Elizabeth, supposant qu'il se trouvait derrière elle dans la queue. Désolée si je n'ai pas fait Starbucks en seconde langue.

Le type explose de rire.

— Très drôle! On m'a prévenu que vous aviez de l'humour.

Elizabeth repose aussitôt la carafe et se tourne vers lui. Il porte des lunettes aussi noires que les siennes. Voire plus. Il arbore un impeccable costume gris, une cravate bleue et une pochette de même couleur froissée juste ce qu'il faut.

— Ai-je l'honneur de vous connaître?

Traduction: *Comment se fait-il que vous me connaissiez?*

— Tenez, dit-il en lui tendant le petit sachet jaune. C'est ainsi que vous l'aimez, n'est-ce pas? Léger, avec une sucrette.

Si le but était de lui faire peur, c'est réussi. Coups d'œil rapides alentour. Est-il seul? Oui, selon toute apparence. Plus important: est-il menaçant?

Derrière ses verres teintés, Elizabeth se concentre sur ses mains. Pour le moment, à portée de vue. Qu'il vienne à les bouger, elle empoignera son Glock. Et il le sait.

— Je vous garantis que vous n'avez rien à craindre, agent Needham. Je suis venu vous apporter mon aide.

— Parfait. Si vous commenciez par me dire qui vous êtes?

— Je suis l'ami d'un ami.

— Il va falloir être plus précis.

— Je crains que non. Ça ne marche pas comme ça.
— Qu'est-ce qui ne marche pas comme ça ?
— Prenez la sucrette, agent Needham.
— Pourquoi ?
— Afin que je puisse prendre quelque chose dans la poche de ma veste. En douceur, bien sûr.
Elizabeth s'accorde une seconde de réflexion. *S'il avait voulu m'éliminer, ce serait déjà fait.*
Elle prend la sucrette.
L'inconnu plonge sa main dans sa poche – tout doucement, comme convenu – et en sort une enveloppe, qu'il lui tend.
— On va vous demander d'où vous tenez l'information qu'elle contient. Vous répondrez ce que vous voudrez, sauf que vous la tenez de moi.
Elizabeth examine l'enveloppe blanche et vierge.
— Encore faudrait-il que je sache qui vous êtes.
Il opine, l'air satisfait.
— Très juste.
Sur ces mots, il tourne les talons et se dirige vers la sortie.
Disparu.

35

Elizabeth regarde vivement autour d'elle pour s'assurer que l'inconnu n'avait pas un acolyte. Auquel cas, ce serait un as du déguisement. Il n'y a là que des gens pressés qui entrent et qui sortent avant d'aller au boulot et des auteurs dramatiques en devenir qui squattent les places assises depuis l'aurore.

Ding!

Peu importe. Son Uber est arrivé.

À l'arrière d'une antique Ford Taurus en mal de désodorisant, elle ouvre l'enveloppe. À l'intérieur, la photo sur papier brillant, format 35x45, d'un jeune homme avec une *taqiyah*, la coiffe islamique traditionnelle. De couleur blanche – encore plus traditionnel.

Au verso, écrit au stylo, sans doute son prénom : Gorgin. Ainsi qu'une adresse à Pelham, dans le comté de Westchester, à une demi-heure de Manhattan.

Enfin, des instructions : *Demandez-lui ce qu'il sait du Mudir.*

Le terme ne lui est pas inconnu. *Mudir*, en arabe, désigne une sorte de gouverneur local, ou quelqu'un qui dirige un certain nombre de personnes. Quant au jeune homme sur la photo, son visage ne lui dit rien.

Or tout repose sur lui. Ce « Gorgin » est censé lui indiquer une piste. Censé.

Aux dires de qui, au fait ? Et pourquoi ce mystérieux intermédiaire venu la trouver au Starbucks ? Pourquoi ferait-elle confiance à cet inconnu au fort accent moyen-oriental ?

Beaucoup trop de questions, en attendant celles qui ne manqueront pas de se poser lorsqu'elle en aura informé Pritchard, conformément au protocole. À la fin du briefing, elle lui montrera la photo. Il ne reconnaîtra sans doute pas le jeune homme à la *taqiyah* nommé Gorgin, mais il se trouvera certainement un ordinateur, quelque part dans la maison, à qui ce visage dira quelque chose.

Mais avant cela, Pritchard voudra savoir une chose. Elle entend d'ici sa voix de stentor la bousculer. *Pourquoi vous, Needham ? Pourquoi est-ce vous qu'il a approchée ? Dites-moi ?*

— Et voilà, annonce le chauffeur Uber.

Elizabeth n'a pas entendu. Elle écoutait Pritchard dans sa tête.

— Vous disiez ?

— C'est bien ici que vous alliez ?

Elle regarde par la vitre la façade en granite des JTTF. Le briefing commence dans quelques minutes. Il ne s'agit pas de traîner. Elle pose la main sur la poignée.

Pourquoi vous, enfin ? Qu'avez-vous de si particulier, Needham ?

Elle retient sa main.

— J'ai changé d'avis, dit-elle au chauffeur.

Vingt rues plus au sud et moyennant un supplément de quelques dollars, la voilà au City Hall, debout face à Beau Livingston, le directeur de cabinet du maire, lequel est adossé à la porte de son patron, barrant littéralement le passage. Jambes écartées, bras croisés.

— Vous ne pouvez pas vous pointer comme ça sans vous être annoncée, Elizabeth.

Seule façon d'entrer, lui passer au travers. Qu'à cela ne tienne.

— Dégagez ou je vous éclate les couilles, Beau.

Livingston n'a pas besoin de faire appel à son diplôme de Harvard pour comprendre qu'elle parle sérieusement.

Quant à la secrétaire du maire, il ne lui manque qu'un seau de pop-corn sur les genoux : planquée derrière son bureau, elle observe la scène avec un vif intérêt.

Contre toute attente, Livingston explose soudain de rire.

— Qu'y a-t-il de si drôle ?

— Le maire a parié cinq dollars que vous auriez deviné avant le déjeuner.

Il regarde sa montre.

— Bien joué. Il est à peine l'heure de petit-déjeuner.

Il se retourne et ouvre la porte du bureau de Deacon. Elizabeth entend une dernière fois la voix de Pritchard dans sa tête :

Qu'avez-vous donc de si particulier, Needham ?

36

— Tiens tiens, qui voilà, ne serait-ce pas mon *agente* préférée ? lance le maire Edward « Edso » Deacon, lorgnant Elizabeth par-dessus le monceau de journaux du matin entassés sur son bureau, en lui faisant signe d'approcher.

Il a bien appuyé sur le mot « agente », façon de souligner qu'elle n'est plus une simple enquêtrice. Et grâce à qui ?

— Que me vaut cette visite inattendue ?

— Bien tenté. Vous auriez pu vous contenter de m'appeler, si vous souhaitiez me voir.

Deacon incline la tête.

— Ah oui ? J'ai pourtant souvenir de notre dernière conversation. Vous teniez mordicus à ne pas être mes yeux et mes oreilles au sein de l'unité.

— C'est pour me dire ça que vous m'avez fait venir ?

— Tout au contraire. C'est moi qui vous rends service.

— Vous voulez parler de ça ? réplique-t-elle en tirant la photo de la poche intérieure de sa veste.

Le maire plisse les yeux. Myope, sauf en politique.

— Aucune idée. C'est lui qui vous l'a donnée ?

Elizabeth le dévisage, incrédule.

— Vous devez bien le savoir.

— Non, et je ne le souhaite pas.

— Pourquoi ?

— Asseyez-vous, Needham, dit-il en désignant une chaise face à son bureau.

— Je préfère rester debout.

— Bien noté. Et maintenant faites-moi le plaisir de vous asseoir.

Elle s'exécute. Après tout, Edso Deacon est quand même le maire de la plus grande ville du pays. Il donne et il reprend. Quoi ? Le job d'Elizabeth, notamment.

Livingston met le cap vers le canapé, près de la fenêtre, où il s'installe d'ordinaire quand le maire reçoit.

— Beau, laissez-nous seuls deux minutes, voulez-vous ?

Livingston s'efforce de cacher sa surprise, mais son sourire est aussi faux qu'une Rolex achetée sur le trottoir.

— Bien sûr, dit-il en s'éclipsant.

— À qui était-ce censé profiter ? Vous ou moi ? demande Elizabeth après qu'il est sorti.

— Plutôt vous, répond le maire. Disons que c'est un geste de bonne volonté. Une preuve que vous n'avez pas volé votre promotion et qu'un coup de tampon n'est pas exigé pour discuter avec moi.

Elizabeth apprécie l'intention, mais n'oublie pas ce qui l'a amenée dans ce bureau.

— Pourquoi ce mauvais roman d'espionnage ? Et surtout, pourquoi ne pas communiquer vos infos directement au FBI ?

— Parce que ce ne sont pas mes infos.

— Alors qui ?

Mais à peine a-t-elle posé cette question qu'elle devine la réponse.

— Vous ne pouvez pas me le dire. À moi ni à personne.

— Vous y êtes, opine Deacon.

Oui, elle y est. Le maire dispose d'une source qu'il ne peut en aucun cas révéler, non seulement pour la protéger, mais pour se protéger lui-même.

Une chose est certaine, l'inconnu qui l'a approchée au Starbucks n'est pas un boy-scout. Toutefois :

— Qu'est-ce qui me prouve que c'est du solide ? dit-elle en exhibant la photo.

— La réponse la plus brève que je puisse vous faire est : rien. C'est pourquoi vous allez commencer par vérifier cette info. Quelque chose me dit que ce tuyau n'est pas percé.

Elizabeth se lève.

— Je ne pourrai pas vous tenir informé en premier lieu. Vous en êtes conscient ?

— Je n'aurais pas présenté les choses autrement, répond Deacon en étirant sa grande carcasse contre le dossier de son fauteuil. Voyez-vous, la perverse ironie de tout ça, c'est que les délits sur la voie publique et le taux de criminalité sont toujours la faute du maire. Tandis qu'une attaque terroriste, Dieu me pardonne, non seulement je n'y suis pour rien, mais ça rassemble tout le monde derrière moi.

— Ça n'a rien de pervers. C'est la nature humaine.

— C'est du pareil au même, commente Deacon. Croyez-moi.

37

Au bout d'une demi-heure de route hors de Manhattan, Elizabeth range lentement la Honda Pilot de service devant l'adresse du jeune homme nommé Gorgin que l'inconnu lui a donnée. La Honda Pilot n'est pas synonyme d'agent armé, mais de mère de famille.

Elle frappe à la porte. Aucune réponse. De deux choses l'une : soit il n'y a personne, soit il y a quelqu'un qui n'ouvre pas. Mais avant de s'arrêter à cette seconde hypothèse, il lui faut vérifier la première. Repartir, se garer un peu plus loin et garder un œil sur l'allée de la maison.

L'urbanisme étant ce qu'il est, Pelham et le mot « chic » ont peu de chances de voisiner dans une même phrase, à moins que cette phrase n'indique que Pelham est loin d'être une ville chic. Mais en comparaison de Jersey City, c'est tout de même un cran au-dessus. La maison de Gorgin, petite, de style colonial, bardée de vinyle, passerait presque pour une belle demeure auprès de l'horrible bicoque où Pritchard et sa bande ont fait une descente la veille. De bon augure, se dit-elle.

Mieux encore, la BMW noire qui se gare dans l'allée moins d'une heure plus tard. Voilà une attente bien récompensée. Même à cinquante mètres de distance, il fait peu de doute que l'homme qui vient d'en sortir pour pénétrer dans la maison, seul, ne peut être que Gorgin.

À peine a-t-il refermé la porte, Elizabeth est là qui frappe. Il n'a pas eu le temps de poser ses clés de voiture.

— Qui est là ? demande-t-il à travers la porte dépourvue d'œilleton.

— Agent Needham, des JTTF, répond Elizabeth, adossée au bardage de vinyle, une main sur son holster. Je souhaite parler à Gorgin.

De sa main libre, elle saisit son badge tout neuf, dont l'encre est à peine sèche.

Elle s'attend à ce que Gorgin lui demande la signification de l'acronyme JTTF, mais non. Les Forces conjointes antiterroristes semblent lui être familières. De bon ou de mauvais augure, cela reste à voir.

Il ouvre.

Elizabeth, toujours collée à la façade, attend qu'il se penche au-dehors pour la trouver. Il fait mieux, franchit le seuil, s'avance sur le petit perron en haut des marches, se tourne vers elle. Rien dans les mains.

— Vous êtes Gorgin ?

— Oui, c'est moi.

Elle exhibe son badge, quoiqu'il ne l'ait pas exigé.

— Auriez-vous deux minutes à me consacrer ? J'ai quelques questions à vous poser.

— Certainement, répond-il sans hésiter.

Mais il reste planté là. Comme pour interdire le passage.

— Pouvons-nous poursuivre cette conversation à l'intérieur ?

— Verriez-vous un inconvénient à la poursuivre plutôt dehors ?

Pas de bon augure du tout, songe Elizabeth. Mille petits drapeaux rouges s'agitent dans sa tête, façon parade du Parti communiste chinois. Que ne veut-il pas qu'elle voie à l'intérieur ?

— J'y vois en effet un inconvénient. Veuillez me faire entrer.

38

Cette fois, Gorgin marque une hésitation.

On croirait voir mille rouages mouliner dans son crâne. Deux fois, il jette un œil vers l'intérieur par-dessus son épaule, avant de décocher enfin un sourire. À moins que ce ne soit un rictus.

— Vous pouvez entrer, fait-il.

Elizabeth lui emboîte le pas, sans quitter ses mains du regard. *Toujours regarder les mains.* Mais maintenant c'est toute une maison qu'il ne veut pas montrer et qu'il faut avoir à l'œil.

Qu'est-ce que tu me caches, Gorgin ? Qui es-tu ? Explique-moi ce que je fais ici…

Il semble approcher de la trentaine. Rasé de frais. Son anglais est presque parfait, avec une très discrète pointe d'accent moyen-oriental. Sans doute arrivé aux États-Unis à l'adolescence. De Turquie, hypothèse numéro un. Ou de Jordanie, hypothèse de secours.

Le tapis de prière orienté vers l'est, dans un coin du salon, laisse peu de doute sur sa confession : musulman pratiquant. Mais il est aussi très occidentalisé. La BMW était un premier indice, le jean skinny, le sweat à capuche et les cheveux plaqués au gel en sont trois autres.

— Êtes-vous propriétaire de cette maison ? demande Elizabeth sans y croire.

— Non, locataire. J'espère pouvoir l'acheter un jour.

— Un métier ?

Il s'arrête brusquement de marcher, se retourne vers elle devant la porte de la cuisine.

— Je répondrai à toutes vos questions, agent Needham. Mais permettez que je vous en pose d'abord une : voulez-vous un thé ?

Un thé ?

— Non, merci.

— Sûre ? Je m'apprêtais à en préparer.

— Certaine, c'est vraiment très gen…

— Il est excellent, vous savez. Et rare. Mon oncle m'en envoie des boîtes de l'étranger. Vous devriez le goûter.

Il dit tout cela d'un ton égal, sans appuyer sur aucun mot. Inflexion normale. Car ce qu'il dit n'est pas l'objet de cet échange. Tout en lui parlant, Gorgin lui fait signe d'accepter. *Dites oui, agent Needham. Faites-moi confiance.*

— Dans ce cas, dit-elle. Un thé me ferait très plaisir.

Gorgin se retourne, se dirige vers la gazinière et retire du brûleur une bouilloire qu'il remplit d'eau au robinet, tandis qu'Elizabeth s'assied à une petite table, dans un coin.

— La vente, dit Gorgin.

— Je vous demande pardon ?

Il pose la bouilloire sur le feu.

— Je vends des couverts aux restaurants. C'est mon métier.

Génial. Il gagne sa vie à manipuler des couteaux.

Il ouvre un placard, en sort deux tasses. D'un autre placard, il sort une boîte de sachets de thé. De marque Lipton.

C'est ça, le thé exceptionnel que t'envoie ton oncle ?

Bien sûr que non. C'était une improvisation, de toute évidence. C'est bien la seule chose dont Elizabeth puisse jurer. Tout le reste demeure flou, y compris sa propre stratégie. Doit-elle commencer l'interrogatoire, ou d'abord parler un peu de la pluie et du beau temps ?

Et ensuite ? Gorgin ne communique plus. Il se contente de préparer le thé. Une chance qu'elle puisse toujours voir ses…

Mais à peine a-t-il extrait deux sachets de la boîte qu'il tourne le dos à Elizabeth. Elle ne voit plus ses mains, lesquelles, manifestement, ne sont pas inactives. Qu'est-il en train de faire ?

Une chose qu'il ne veut pas qu'elle voie.

Elle se penche doucement en avant, porte la main à son côté, écarte lentement un pan de veste sur son Glock. Ses doigts tapotent la crosse comme s'ils battaient la mesure. Au moindre mouvement suspect…

Combien de temps peut-on rester sans cligner des yeux ?

— Vous dites ?

Gorgin a parlé. Elle ne l'a pas entendu.

— Je disais : vous êtes bien silencieuse, agent Needham.

Il se retourne. Il tient quelque chose à la main.

Non. Dans les deux mains.

39

Les tasses. Il tient les deux tasses.

Il s'approche et les pose sur la table le plus simplement du monde. Une pour elle, une pour lui. Elizabeth évite de les regarder. Elle préfère avoir les yeux sur lui sans se laisser distraire une seule seconde, jusqu'à ce qu'elle ait compris ce qui se trame.

La réponse est là, devant elle.

— L'eau devrait frémir dans une minute, déclare Gorgin en retournant vers la gazinière. Mon oncle conseille de la verser directement sur le sachet.

Toujours rien de particulier dans sa voix. Aucun signe de tête non plus, rien d'interprétable.

Pourtant, c'est comme si elle l'entendait distinctement donner ses instructions. Elle plonge ses yeux dans sa tasse et, littéralement, y lit dans les feuilles de thé :

Ils écoutent.

Deux mots écrits à la main sur son sachet. Voilà ce qu'il faisait lorsqu'il lui a tourné le dos. Rusé. Si elle l'avait vu prendre un stylo et l'approcher du sachet, elle n'aurait pas manqué de lui demander pourquoi. Mauvais, s'ils sont écoutés – par quelqu'un qui ne doit pas souhaiter que Gorgin discute avec un agent des JTTF.

Elizabeth lève les yeux de sa tasse, regarde Gorgin bien en face. Il s'adosse au plan de travail, à côté de la gazinière. Petit signe de tête : message reçu.

Reste à savoir qui les écoute. *Pourquoi diable cette maison est-elle surveillée ?*

Elizabeth se repasse mentalement les quelques minutes écoulées. Elle s'est présentée à Gorgin, mais c'était dehors. Cependant, ici même il l'appelle « agent Needham ». Ça ne peut être accidentel. Il n'essaie pas de la faire passer pour une démonstratrice d'aspirateurs ou pour une voisine venue lui demander un peu de sucre.

Alors ?

Elle hésite à prendre le stylo. Elle écrirait ses questions, sur quelque chose de plus gros qu'un sachet de thé, si possible. Elle voudrait lui demander comment sortir de cette situation. Va-t-elle l'interroger au sujet du Mudir, comme prévu, ou improviser quelque chose pour expliquer sa présence ?

Gorgin semble lire dans ses pensées.

— Laissez-moi deviner. Depuis l'attentat de Times Square, pas un musulman du Grand New York qui n'ait reçu une visite à domicile.

— Ça fait beaucoup de visites…

— Exact. Pas un jeune célibataire adulte pratiquant l'islam, si vous préférez. Je crois qu'on appelle ça du « profilage ».

— C'est vous qui le dites, pas moi. Ce n'est pas un mot dont se servent les JTTF.

Pouce dressé de Gorgin. Le script est improvisé, mais elle a parfaitement compris son rôle. Lui aussi. Il s'agit de convaincre celui ou ceux qui les espionnent que Gorgin ne craquera pas. Qu'il peut résister au coup de chaud. Ne sont-ils pas dans une cuisine ?

Elizabeth n'a cependant toujours aucune idée de qui il est ou de quelle information il serait détenteur, mais elle ne doute plus de pouvoir lui faire confiance. C'était le but, après tout. C'est bien pour ça qu'on l'a guidée jusqu'à lui. Gorgin peut l'aider.

Un court instant, elle cesse de regarder ses mains.

Oh, merde. Non ! Non non non non non !

40

Tout se passe en un éclair. Le pire est toujours soudain. Le sifflet strident de la bouilloire a distrait un bref instant Elizabeth, juste assez pour l'empêcher de voir la main droite de Gorgin se glisser sous un torchon près de l'évier. Avant qu'elle ait pu porter la main à son holster, il est en train de la repousser.

Rien à faire, il l'a prise de vitesse. Impossible de se dégager.

Voilà, je vais mourir.

Elle voit le canon de son arme se diriger vers sa poitrine. Il n'a plus qu'à appuyer sur la détente.

Mais le canon poursuit sa course.

Elle n'a pas entendu la porte d'entrée s'ouvrir au bout du couloir. Elle n'a pas entendu les pas qui s'approchaient. Et encore moins vu l'homme à l'épaisse barbe noire qui entrait dans la cuisine, armé d'un AK-47 braqué sur sa nuque.

Gorgin, lui, l'a vu.

Maintenant il presse la détente.

Tire deux projectiles. Peut-être trois. Le premier a suffi. Tir létal en pleine carotide.

Le barbu pivote sous le choc, du sang jaillit de son cou tandis que son arme se détourne d'Elizabeth pour pointer vers Gorgin. Il s'affaisse, ses jambes se dérobent. Peut-être a-t-il pressé la détente. À moins que son doigt ait ripé. Toujours est-il que son AK-47 décharge une salve à travers la cuisine, tandis qu'il s'écroule avec un bruit sourd.

Elizabeth regarde le corps effondré à ses pieds, regarde Gorgin. Leurs regards se croisent pour la deuxième fois.

Le sien dit tout, sans qu'elle ait besoin de voir les deux trous dans sa poitrine dégorgeant de rouge sombre sur le devant de son sweat.

Elle bondit de sa chaise en le voyant choir et rouler sur le dos en suffoquant. Il perd trop de sang, trop vite.

Elle attrape sur le plan de travail le torchon sous lequel son arme était dissimulée, le presse de toutes ses forces sur ses plaies, mais le sang continue de jaillir. Impossible à stopper.

Gorgin peut à peine parler, mais il le veut. Il le *doit.*

— La maison…, dit-il dans un feulement.

La phrase reste inachevée. Il cligne plusieurs fois des yeux, comme pour rassembler ses forces.

— La maison… est… connectée…

— Oui, je sais. Vous me l'avez dit. « Ils écoutent. »

Gorgin se redresse légèrement, sa main cherche à lui toucher le bras, en vain.

— Non. La maison est… *connectée.*

41

Ce qu'il a voulu dire par là s'éclaire aussi subitement que l'odeur envahit ses narines. Elle pense tout d'abord qu'une balle perdue a percé le tuyau de la gazinière. Mais c'est autre chose.

Elle lève les yeux. *Oh, mon Dieu.* Une brume visible à l'œil nu tombe d'un conduit d'aération au plafond. La chimie pour les Nuls : l'explosif enflamme le gaz, qui rase la maison et tout ce qu'elle contient. Ni traces ni témoins.

— Il faut à tout prix sortir d'ici, dit-elle en glissant une main sous le dos de Gorgin, une autre sous ses jambes.

Parviendra-t-elle à le soulever ? Essayons.

— Non, dit-il. Pas le temps.

— Je ne sors pas sans…

— Partez.

Elle tousse, ses poumons brûlent. L'air devient irrespirable. C'est maintenant ou jamais.

Il lui a sauvé la vie. Comment ne pas tenter de sauver la sienne ?

— Allez, on y va. On va y arriver. Ensemble.

Elle entreprend de soulever son corps, tellement concentrée sur cet effort qu'elle ne voit pas ses yeux. Qui continuent à la fixer, mais différemment. Regard vide. Mort.

« Partez », lui a-t-il dit. Le dernier mot qu'il ait prononcé. *Partez.*

Elizabeth se relève d'une poussée, se met à courir en trébuchant. Elle sort en trombe de la cuisine, la porte d'entrée est en face, au bout du couloir. Brusquement, elle s'arrête, fait volte-face, comme prise d'un remords. Trop tard, se dit-elle.

Elle tente quand même le coup.

Qu'est-ce qui te prend ? As-tu perdu la raison ?

Elle fonce vers la cuisine, où gît le corps du barbu. Il a dû laisser des empreintes sur son arme. Si ça se trouve, il était assez bête pour avoir une pièce d'identité sur lui.

Elle fouille les poches arrière de son pantalon de treillis. Pas de portefeuille. Rien du tout. Première poche vide, deuxième poche vide, elle tousse, ses yeux piquent et pleurent, sa vue s'obscurcit.

Elle retourne le corps dans son propre sang, fouille les poches avant. Toujours rien. Elle est sur le point d'abandonner quand elle remarque un morceau de papier plié qui dépasse d'une petite poche de son T-shirt. Elle le prend, vérifie qu'il n'y a rien d'autre. Non.

D'instinct, elle déplie le papier, se reprend aussitôt. *Tu deviens vraiment dingue. Sors d'ici tout de suite !*

Elle ramasse l'AK-47 et fonce vers la sortie. Entend une sirène au loin. Un voisin a dû appeler le 911 après avoir entendu les coups de feu.

Merde ! Les voisins.

Elle fait valser la porte, dégringole les marches vers la rue et se retourne pour voir quelle maison voisine est la plus proche. C'est tout vu. Il y en a une à droite, à moins de six mètres. S'il y a des gens dedans, elle doit les faire sortir. Elle va s'élancer quand une voix l'interpelle :

— Plus un geste !

Il est dans son dos.

Elle s'immobilise. Pas le choix. Elle a du sang sur les mains et brandit un AK-47 au beau milieu de la rue, alors que des coups de feu viennent d'être échangés.

Elle tente malgré tout de s'expliquer.

— Je suis un agent d…

— Je me fous pas mal de savoir qui vous êtes, aboie l'autre. Baissez votre arme et couchez-vous au sol.

— Attendez, dit-elle en tendant l'index. Cette maison va expl…

Boum!

Et les voilà tous deux plaqués au sol.

42

— Moi qui pensais que ça n'arrivait que dans les films.

— Quoi donc ? me demande Landon Foxx.

— La rencontre secrète de deux agents dans un restaurant chinois.

— Premièrement, il n'y a ici qu'un agent, Reinhart, et ce n'est pas vous. Deuxièmement, les Chinois savent faire un truc dont les Américains sont incapables : *se mêler de leurs oignons.*

Le patron du département new-yorkais de la CIA et moi sommes debout au fond d'une cantine bondée à Chinatown, et pas un seul cuisinier, un seul serveur, une seule serveuse n'a encore daigné nous faire l'aumône d'un regard. Quant à l'allusion de Foxx au fait que je ne suis plus agent depuis des lustres, disons que je préfère l'ignorer. Plutôt encaisser et en venir au motif pour lequel j'ai souhaité le rencontrer.

— Cette femme fait-elle partie de l'Agence ? dis-je en lui montrant une photo de Sadira Yavari sur mon téléphone.

Foxx l'observe un moment, secoue la tête.

— Pas que je sache.

— Me le diriez-vous si c'était le cas ?

— Sans doute pas. À ce stade, vous feriez mieux de me dire ce que vous savez d'elle et, plus important, pourquoi je serais censé le savoir.

Il n'a pas tort.

— Professeur Jahan Darvish. Ce nom vous dit quelque chose ?

Foxx acquiesce.

— Le type du MIT qu'on a retrouvé mort avec une bouteille dans le cul.

À l'entendre dire ça aussi platement, on croirait que Darvish est mort d'une cause aussi classique qu'un cancer ou un infarctus.

— Cette femme, Sadira Yavari, accompagnait Darvish lorsqu'il est rentré à son hôtel la nuit où il est mort.

— C'était sa copine ?

— Non.

— Une escort ?

— Non plus.

— Comment le savez-vous ?

Je fais glisser l'image pour lui montrer une capture de la vidéosurveillance.

— Voilà comment.

Foxx cligne des yeux plusieurs fois, comme pour déglutir ce qu'il voit. Les questions s'alignent sous son crâne comme des avions sur un tarmac.

— Pour commencer, dites-moi pourquoi vous êtes mouillé là-dedans, Reinhart.

— C'est une longue histoire.

— Elles le sont toutes.

Il regarde l'image, la tache sur le visage de Yavari.

— Comment l'avez-vous identifiée alors qu'elle s'est servie de Halo ?

— Cette histoire-là est encore plus longue.

— Y a-t-il au moins une chose que vous souhaitiez me dire au sujet de cette femme ? Hormis son nom.

Oh, pas une seule. Des tas.

— Sadira Yavari est née en Iran. Parents iraniens, tous deux décédés. Citoyenne américaine depuis lors. Vit à Manhattan. Paie ses impôts, dossier vierge, jamais traversé hors des clous. Enseigne la philo à l'Université de New York.

— Depuis quand ?

J'étais sûr qu'il allait me poser cette question. La réponse, en apparence, démontre que Yavari ne travaille pas pour la CIA. Pas à la connaissance de Foxx, du moins. Et Foxx connaît l'Agence comme sa poche.

— Sept ans. Elle enseigne depuis sept ans.

— Qui d'autre sait qu'elle était avec Darvish à l'hôtel ?

— Ça dépend.

— De quoi ?

Je redresse la tête et fixe son regard sans un mot. L'espace d'un instant, tout le restaurant paraît plongé dans le silence, plus un bruit de casseroles et de poêles dans la cuisine, plus un grésillement de friture, comme évanouis.

Il a pigé.

Je n'ai jamais aimé la devise officielle de la CIA. Peu de gens la connaissent, d'ailleurs. « Le travail d'une nation. Le cœur du renseignement. » Seul un pubard débutant de Madison Avenue peut avoir pondu un slogan pareil. Pas un professionnel du renseignement. Mais les devises sont faites pour les enseignes et les drapeaux. Pour résumer l'action de l'Agence – la collecte d'informations cruciales –, il y a une bien meilleure formule :

Pour avoir confiance, il faut inspirer confiance.

Foxx se retient de me dire une chose et, tant qu'il ne me l'aura pas dite, je n'ouvrirai pas la bouche. Il ne saura rien de plus. Pas une miette. Voilà pourquoi je l'ai fixé aussi longtemps. Et pourquoi il finit par acquiescer.

— D'accord, dit-il. Le professeur Darvish était un informateur.

43

Je le savais.

Enfin, disons plutôt que je le sentais. Ça ne pouvait être qu'un truc dans ce goût-là. Foxx semblait impavide, mais les questions qu'il m'a posées – et la façon dont il me les a posées – semblaient induire qu'il était déjà décidé à me mettre dans la confidence.

Ainsi, le chercheur iranien en physique nucléaire du MIT était un informateur de la CIA.

— Nous disposions des vidéos de l'hôtel, mais à cause de Halo, nous n'avons pu identifier cette femme. Ce n'est pas faute d'avoir essayé. Beau travail, Reinhart.

Compliment légèrement forcé, accompagné d'un petit rictus plus glaçant qu'autre chose.

— Quand l'aviez-vous recruté ?

— À l'été 2015.

— À l'époque des accords sur le nucléaire iranien, donc.

— Exactement. L'une des hypothèses était que les Iraniens essaieraient de développer leur programme sur notre propre sol, tandis que nous serions occupés à fouiner dans leurs affaires. Il est certain qu'ils se sont servis de Darvish en menaçant ses parents et son frère, restés au pays.

— Et l'argent ? Est-ce qu'ils le payaient ?

— Généreusement, autant que je sache.

Je me gratte la tête.

— Sûreté pour ses proches et sécurité financière. Pourquoi aurait-il pris le risque d'être votre informateur ?

— Parce qu'il y avait un risque encore plus grand à diriger un labo secret en plein Cambridge, Massachusetts. Et peut-être pour des raisons d'éthique.

— Que demandait-il en échange ? Faire sortir sa famille d'Iran ?

— On le lui a proposé, mais il n'était pas assez bête pour croire que cela garantirait leur sécurité et la sienne. En fait, il avait une autre idée.

Ça ne peut signifier qu'une chose.

— Agent double, c'est ça ?

— Faute de terme plus adéquat, oui. Ses recherches avançaient, mais pas aussi vite qu'il aurait pu. Téhéran s'en contentait, et pendant ce temps nous avons pu avoir à l'œil ses officiers traitants et apprendre ce qu'ils projetaient. Ça n'aurait pu mieux se passer.

— C'est alors qu'a surgi une jolie femme. Sadira Yavari.

— Darvish a dû penser qu'il avait touché le jackpot. Au cas où vous ne l'auriez pas remarqué, il n'avait pas le physique de Brad Pitt.

Foxx rit dans sa barbe. Puis :

— Vous dites ?

— Rien.

— Vous vous foutez de moi ?

Il n'a pas tort. J'essaie de lire dans ses pensées. Me dit-il toute la vérité ?

— Je m'interroge, c'est tout.

— Je sais. Comment s'est-elle procuré Halo ? Tout ce que je peux vous dire, c'est qu'il ne s'agit pas d'une fuite interne. Halo existe depuis plus de dix ans. À ce qui se murmure, les Russes auraient mis la main sur un des colliers et auraient rétroconçu la technique il y a trois ans environ. Et vous n'êtes pas sans savoir que les Iraniens récupèrent toutes les guenilles de Poutine.

Foxx observe une pause, comme pour bien souligner le point suivant.

— Cette Yavari n'est pas un de nos agents.

— En êtes-vous bien certain ?

— Affirmatif. Mais vous n'êtes pas obligé de me croire sur parole.

— Ce qui signifie ?

— Vous le savez aussi bien que moi.

Hélas vrai. Pour plagier Tony Soprano, Sadira Yavari va recevoir une bonne fessée.

— Quand ?

— Dès que possible. Troisième loi de Newton : l'action est toujours égale à la réaction. C'est la seule chose que les Iraniens comprennent.

— Exact. Si ce n'est que l'action, en l'occurrence, ne rime à rien. Les Iraniens découvrent que Darvish les double et ils maquillent sa mort en accident ? Non, ils auraient fait en sorte que le message soit bien clair pour tout le monde.

— Que suggérez-vous ?

— Je n'en sais trop rien…

Foxx secoue la tête.

— Il va falloir vous creuser les méninges, Reinhart. Parlez maintenant ou taisez-vous à jamais.

44

Ne vous fiez jamais tout à fait à ce qu'un agent, quel qu'il soit, veut bien vous dire, quand bien même il chapeauterait la région de New York. Si j'en parle en connaissance de cause, c'est que j'ai moi-même été un agent, autrefois. Mentir était mon métier.

Mais, si l'on en croit le philosophe anglais John Stuart Mill : « Il n'est pas de certitude absolue, quoique assez pour les besoins de la vie. »

Traduction : je suis convaincu, autant qu'on puisse l'être, que Foxx m'a dit la vérité. Ce n'est pas la CIA qui a commandité le meurtre de Darvish.

À mon tour de le convaincre que ce n'était pas non plus le gouvernement iranien.

Je fais de nouveau glisser vers la gauche la galerie de mon téléphone.

— Regardez.

Non pas une image, mais une vidéo. J'appuie sur « Play ».

— De quoi s'agit-il ?

— Une conférence que Sadira Yavari a donnée à l'Université de New York il y a six mois environ. Et le gars au troisième rang, deuxième en partant de la droite, est celui qui s'est pointé chez moi en se faisant passer pour l'avocat d'Ahmed.

Foxx touche l'écran pour mettre sur pause et bien regarder Al-Kazaz, ou quel que soit son vrai nom.

— Êtes-vous en train de me dire qu'il y a un lien entre le professeur Darvish et l'attentat de Times Square ?

— Il y a quelque chose, en tout cas.

— Ou plutôt quelqu'un.

— Oui. Et si vous tuez Yavari, elle emporte ce qu'elle sait dans la tombe.

— Alors on l'invite à faire un brin de conversation.

— Et si elle refuse de parler ?

— Dans ce cas, c'est vous qui avez raison. Elle emporte ce qu'elle sait, dit cyniquement Foxx en croisant les bras. À moins que vous ayez une meilleure idée, Reinhart ?

— Je crois que oui.

Troisième partie

Le mensonge du tueur

45

— Écartez les jambes, ma jolie, ordonne le Mudir.

— Pardon ?

— Vous m'avez parfaitement compris, dit-il en surgissant de derrière le pilier en béton.

Jusqu'ici, Sadira Yavari a suivi à la lettre les instructions du Mudir. Elle a garé sa voiture au niveau -3 de ce garage souterrain de Tribeca et emprunté l'escalier pour descendre au -4, où il lui a donné rendez-vous. Elle a apporté les passeports, envoyés de Téhéran, qu'elle a reçus à son bureau de l'Université de New York. Et elle est venue sans arme.

Il est quand même tenté de la fouiller. À moins qu'il s'agisse d'un test.

— Pourquoi écarterais-je les jambes ?

Le Mudir marche droit vers elle. Les talons de ses Bruno Magli crissent sur le béton. De la poche de son veston, il extrait un MP-443 Grach et le braque droit devant lui, coude verrouillé. Il ne s'arrête qu'une fois le canon appuyé fermement sur son front.

— Vous m'avez posé une question ?

Sadira ne répond rien. Immobile, elle se contente de fixer bien en face ses yeux noir goudron. Jusqu'à ce qu'il appuie sur la détente.

Clic.

Le Mudir sourit. Il apprécie. Cette femme n'a pas frémi. Le chargeur était vide, mais elle n'a même pas poussé un soupir de soulagement. Pas un mot, pas un son. Comme si sa vie n'était rien. Car c'est la cause qui est tout.

— *As-salmu alayki*, dit-il en baissant son arme. Que la paix soit sur vous.

— *Wa alaykumu s-salam*, répond Sadira.

Aucun de ses contacts, en Iran, ne lui a fourni une description du Mudir. Rares sont ceux qui savent à quoi il ressemble. Adepte du déguisement, il a eu recours à la chirurgie plastique. Plusieurs fois. Par-dessus tout, il excelle à se mouvoir dans l'ombre. Grâce à quoi, il est passé entre les mailles de tous les services de renseignement. Il n'est pas un inconnu pour eux, mais il ne fait qu'apparaître et disparaître de leurs radars. Tout l'art consiste à faire en sorte que ces signaux ne se fassent pas écho. Ce qui ne se produit jamais.

Sadira continue de fixer le Mudir droit dans les yeux. Il est plus grand qu'elle ne l'imaginait. Plus élancé. Plus elle le regarde, plus le noir de ses yeux paraît profond. Sans âme.

— Vous les avez ? demande-t-il.

Sadira sort d'une poche de son pantalon l'enveloppe pliée contenant trois faux passeports britanniques qui vont lui offrir trois nouvelles identités. Il les vérifie soigneusement un par un. Parfaits. Visiblement satisfait, il les glisse dans la poche intérieure de son veston, suivis de son arme.

— Nous avons des amis communs, lui dit-il.

— Et des intérêts communs, répond-elle.

— Que vous a-t-on dit ?

— Qu'il était infiltré. Qu'il était musulman.

— De la CIA. Il a appris une heure avant que l'attaque allait se produire.

— Y en a-t-il d'autres ?

— Non.

Le Mudir semble confiant. Mais tous deux savent qu'il ne peut savoir avec une absolue certitude si d'autres cellules n'ont pas été infiltrées.

— Avez-vous besoin de moi ? demande Sadira.

Il ne s'attendait pas à ce qu'elle lui propose son aide.

— Pourquoi pas. Nous avons essuyé un revers ce matin. Vous verrez ça aux infos. Une maison à Pelham.

— De nature à modifier vos plans ?

— Non, la prochaine attaque aura lieu comme prévu.

Le Mudir attend qu'elle lui demande où, mais elle s'en abstient.

Bien, ça. Quelle femme intelligente. Elle comprend.

— Vous savez où me trouver, ajoute-t-elle simplement.

Puis elle se retourne pour s'en aller. Mais le Mudir n'a pas fini.

— Je vous ai vue parler en public, dit-il. Une conférence.

— Quand ?

— Il y a quelques mois. Le « sommet des Grands Penseurs », ça s'appelait.

L'intitulé, manifestement, l'amuse beaucoup. Il sourit.

— Voilà bien les Américains. Ils ne savent que penser.

— Pire, commente Sadira. Ils pensent en savoir plus long que les autres.

Le Mudir approuve de la tête.

— Nous allons leur apprendre à voir les choses autrement, n'est-ce pas ?

— Oui. Jusqu'au dernier d'entre eux.

46

Ça n'a pas été simple, mais j'ai réussi à vendre mon plan à Foxx. Ce n'est pas tant Foxx qui me souciait, cela dit.

— À nous deux, déclare Tracy en attaquant une entrecôte de 700 grammes plus large que son assiette.

Le mot « filet » est inconnu dans l'Iowa.

— Super idée que tu as eue, Dylan. Merci.

Ne me remercie pas tout de suite…

Nous sommes attablés à The Palm, 50e Rue ouest, l'un de nos *steak houses* favoris. J'ai réservé et appelé Tracy pour qu'il me rejoigne à dîner, mais pas avant de m'être assuré que Lucinda, la babysitter d'Annabelle, était disponible, quoique nous ne fassions pas souvent appel à ses services.

On avait bien besoin d'une sortie, rien que nous deux.

— Je suis content que ça te fasse plaisir. Je n'en aurais pas juré.

Tracy comprend le sous-texte et sourit. *Un bébé change tout.*

Lui comme moi sommes devenus pantouflards depuis l'arrivée d'Annabelle. Sortir un dimanche soir – ou tout autre soir de la semaine –, c'est un peu l'abandonner. Nous éprouvons tous deux ce sentiment, mais Tracy plus que moi. Et il le sait bien.

— Nos amis qui ont des enfants ne cessent de nous le répéter : c'est important de continuer à se consacrer du temps l'un l'autre. Mais, pour une raison ou pour une autre…

— Non, pour la meilleure raison qui soit.

— Annabelle est la plus belle chose qui nous soit arrivée dans la vie, je sais. Mais ne nous oublions pas pour autant. Toi et moi.

— J'approuve.

— Je m'en doute, Dylan. C'est une façon de dire que c'est à moi de faire le plus gros travail sur moi-même.

— En attendant, tu es ici.

— Parce que tu l'as voulu.

— Qu'est-ce que ça change ?

— C'est vrai. Il faut bien commencer quelque part.

Bien dit. *Dans ce cas, qu'est-ce que j'attends ?*

Allez, je me lance.

— Puisqu'il est question de nous deux… il y a une chose que je dois te dire.

Je ne pouvais plus y tenir. J'ai demandé une table un peu à l'écart et me suis résolu à lui en parler avant de passer commande. Puis je me suis donné jusqu'à l'arrivée des plats. À ce rythme-là, nous serions repartis sans que j'aie ouvert la bouche.

Cette fois, le moment est venu.

— Ouh, tu m'inquiètes, fait Tracy en mastiquant. Une chance que je sois assis.

Comment apprendre à quelqu'un qui croit tout savoir de vous la chose qui va changer du tout au tout ce qu'il pense de vous ?

Réponse : je n'en sais rien. Pour le meilleur ou pour le pire, après dix années ou presque de mensonge par omission, je crève l'abcès.

— J'ai travaillé pour la CIA.

Tracy ne lève même pas les yeux de son entrecôte.

— Ha-ha, très drôle. Peux-tu me passer les épinards à la crème ?

Je ne lui passe pas les épinards à la crème. Je ne fais plus rien. J'attends seulement qu'il se rende compte que je ne blague pas.

Il finit par lever les yeux de son assiette.
— Attends… qu'est-ce que tu viens de dire ?
Plus de retour en arrière possible.

47

— La vérité.

Tracy refuse encore d'y croire. Sous le choc ?

— Attends. Tu viens de me dire que tu as travaillé pour…

Il n'achève pas.

— La CIA, oui.

— Comme quoi… expert ? Derrière un bureau ?

— J'étais un agent. Sur le terrain.

Tracy cligne des yeux convulsivement.

— Comment ? Où ça ? Quand ?

Il croit pouvoir me coincer. Il me connaît depuis la fac. Mais nous n'avons pas toujours été ensemble.

— Quand je suis sorti du MIT. Et avant qu'on ait commencé à se revoir.

Ses yeux se plissent. Il remue tout ça dans sa tête.

— À cette date, tu étais enseignant-chercheur à Cambridge.

— C'était une couverture.

— Une couverture ? Donc tu me mentais ?

— Dans les faits, je mentais à tout le monde.

— Je ne suis pas tout le monde, Dylan.

Pas faux. *Ça commence plutôt mal…*

— Je suis sincèrement désolé. Te le cacher était la dernière chose que je souhaitais. Mais c'était vraiment pour te…

— Stop, dit-il en posant fourchette et couteau pour se croiser les bras. Pas cet argument pourri, « c'était pour te protéger ».

— Ce n'est pas un argument pourri. C'est ainsi. J'ai quitté la CIA, mais ça n'a pas effacé les traces de mon passage. Les risques étaient réels. Ils le sont toujours.

Cette partie de mes aveux est la seule que je n'aie pas improvisée. C'est le pivot. La transition. Le moment choisi pour tout déballer et lui dire qu'après toutes ces années, je vais de nouveau être impliqué dans une opération pour l'Agence. Montée par moi, qui plus est.

Mais Tracy suggère une autre transition.

— Tu dis que tu voulais me protéger, mais ce que je veux savoir, moi, c'est ce qu'on attendait de toi.

— Que veux-tu dire ?

— Tu le sais très bien.

Un nouveau point pour lui. Tracy, diplômé en droit de Yale, vient d'ouvrir un trou béant dans ma défense. Ma réponse ne visait qu'à gagner du temps. Je ne veux plus lui mentir. Jamais. Je ne le peux plus.

— Laisse-moi t'expliquer, tu veux ?

Le scénario que je redoutais par-dessus tout lorsque j'ai quitté l'Agence est en train de se produire. Mon passé m'a rattrapé. Pour être exact, il est littéralement venu frapper à ma porte. À *notre* porte.

L'homme qui se fait appeler Benjamin Al-Kazaz est une menace pour notre foyer et pour bon nombre d'autres. Il a quelque chose à voir avec la mort du professeur Darvish, j'en ai l'intime conviction. Il n'assistait pas à la conférence de Sadira Yavari par hasard.

J'explique tout cela à Tracy, sans omettre de lui dire comment tout a commencé. Mon vieil ami Ahmed, lui-même un agent, qui m'a sauvé la vie à Londres, est mort en tentant d'empêcher l'attentat de Times Square.

— Tu étais censé te trouver au Disney Store avec Annabelle, dis-je pour l'aider à comprendre.

Voilà, je n'ai plus rien à ajouter. J'ai monopolisé la parole. À son tour.

— Dis quelque chose, Tracy. Je t'en supplie.

Il m'a écouté jusqu'au bout, visage de marbre. La lueur habituelle de ses yeux s'est éteinte. Il ne ressemble plus au Tracy que je connais. On dirait un parfait étranger. Que doit-il penser de moi ?

— Que fais-tu ?

Il a repoussé sa chaise et se lève de table.

— Je m'en vais.

— Je comprends. Ça fait beaucoup à digérer.

Je fais signe au serveur d'apporter l'addition.

— On en reparle à la maison, si tu veux ?

— Non. *Je m'en vais.*

Un direct au foie. Il ne parlait pas du restaurant.

— Tracy, je t'en prie, non…

Mais il m'a assez entendu. Et assez vu. Point final.

— Ne reviens pas à l'appartement avant au moins une heure. Je fais mes bagages.

— Pour aller où ?

— Je ne sais pas encore. Mais j'emmène Annabelle.

48

Mon Dieu, qu'ai-je fait ?

Une heure pour faire ses bagages. Il aurait pu prendre la nuit, ou jusqu'à ce qu'ils me jettent du restaurant. Car je suis cloué à ma chaise, incapable de me lever. La torpeur, la paralysie, c'est quand vous ne ressentez plus rien. Alors que je ressens *tout*. Et c'est atrocement douloureux.

— Un autre, monsieur ? me demande le serveur.

J'ai le regard noyé dans la seule chose qui reste sur la table, nos assiettes ayant été débarrassées depuis longtemps : un Macallan dix-huit ans d'âge. Le troisième. Ou le quatrième, je ne sais plus.

— Oui, merci. Pourquoi pas.

— J'allais le dire, fait la voix d'Elizabeth dans mon dos. Mettez-en deux, des doubles.

Je lève les yeux pour la voir contourner le serveur et venir s'asseoir en face de moi. Inutile de lui demander comment elle m'a trouvé. Tracy a dû le lui dire quand elle est rentrée à l'appartement.

— Il fait vraiment ses valises ?

— Je le crains. Il était sur le point de partir quand je suis arrivée.

Impossible de prononcer la question suivante. Mais elle la devine et me répond quand même.

— Oui. Avec Annabelle.

Je vide le peu qui reste de Macallan au fond de mon verre, jusqu'à l'ultime goutte.

— Ai-je commis une erreur ? N'aurais-je pas dû lui parler ?

— L'erreur, c'est de ne pas le lui avoir dit plus tôt, Dylan. C'est ça qui l'a mis hors de lui. Mais ce soir, tu as fait ce qu'il fallait.

— Vraiment ? À première vue, on ne dirait pas.

— Je sais. Mais je connais Tracy. Il comprendra.

J'aimerais à le croire. J'en ai besoin. L'autre hypothèse est trop cruelle. Et pourtant, à supposer même qu'Elizabeth ait raison…

— Que suis-je censé faire en attendant, selon toi ?

Je suis prêt à parier un milliard de dollars que sa réponse – tandis que le serveur reparaît avec nos doubles Macallan – va tenir en deux mots : *Sois patient.*

Par chance, je n'ai pas un milliard en poche.

— La première chose que tu vas faire, c'est savourer ton scotch. Parce que j'en ai bien l'intention, pour ma part.

— Et la seconde chose ?

Car il y en a une, je le pressens.

— Patience. D'abord, trinquons.

On pourrait comparer l'éclairage du Palm à une éclipse solaire, mais au moment où Elizabeth se penche hors de l'ombre pour entrechoquer son verre avec le mien, je distingue un peu mieux les traits de son visage.

— Où t'es-tu fait ça ? dis-je en levant l'index.

Elle a deux pansements sur le front, juste sous les cheveux. Et contrairement aux autres, qui datent de son intervention héroïque à Times Square, ceux-là sont nouveaux.

— Oh, ça ? Un bout de tuile, sans doute.

— De tuile ?

— Oui, quand cette baraque a explosé.

— Quelle baraque ?

— Celle où un type barbu armé d'un AK-47 a tenté de me buter cet après-midi.

Ma parole, mais qu'est-ce qu'elle raconte ?

Elizabeth arrête de jouer aux devinettes et commence à expliquer. Un homme l'a approchée au Starbucks, ce qui l'a conduite jusqu'à Pelham pour rencontrer un jeune musulman nommé Gorgin, lequel était sur le point de l'aider quand a surgi le barbu à l'AK-47. Ensuite Gorgin est mort et la maison a été réduite en miettes par un cocktail de C-4 et de gaz de ville, mais elle a réussi à s'en échapper à la dernière seconde.

— Et moi qui pensais avoir passé une sale journée…

— Oh, j'oubliais : l'inconnu du Starbucks est un copain du maire.

— Comment le sais-tu ?

— J'ai effectué un petit crochet par le City Hall avant d'aller à Pelham. Deacon a admis que ce type est un indic.

— Il t'a dit son nom ?

— Bien sûr que non. Ce qui m'amène à la deuxième chose que tu vas faire lorsque nous aurons fini nos verres. Tu m'accompagnes ce soir chez Deacon.

— Pour quoi faire ?

— Le ceinturer pendant que je lui casse le nez.

— Oh, c'est tout ?

— Son indic a bien failli me faire exploser tout à l'heure. Tu aurais vu ces flammes…

L'enfer n'a de fureur égale à celle d'une femme bafouée[1]. Néanmoins :

— Jamais Deacon ne te donnera le nom de ce type.

Soupir vaincu d'Elizabeth.

— Tu as raison.

Qui a dit que la misère aime la compagnie ? Celui-là n'avait jamais rien vu de comparable à l'expression imprimée sur le visage d'Elizabeth. Je me sens encore plus mal pour elle que pour moi.

— Allez, dis-je en demandant l'addition. Partons d'ici.

— Pour aller où ?

— Tu verras bien.

---

1. Citation de William Congreve, *L'Épouse endeuillée*, 1697 (*NdT*).

49

Elizabeth persiste à me demander où je l'emmène et je persiste à lui répondre qu'elle le saura bien assez tôt. Pas vraiment de nature à embellir son humeur, mais je sais parfaitement ce que je fais. Si je lui dis où nous allons, elle fera demi-tour illico.

— Pour la dernière fois, qui habite ici ?

Nous sommes arrivés devant une maison de ville sur la 84e Rue est, au niveau de la 3e Avenue. Une bâtisse de belle allure, sans plus. Vue du dehors, tout au moins.

— Fais-moi plaisir, tiens-toi juste là, dis-je en la tirant par le bras.

Je la positionne devant la porte, pile en dessous de la caméra de surveillance.

— Attends… Pourquoi te caches-tu ?

Je me suis mis sur le côté, hors du champ de la caméra. Je le répète, je sais parfaitement ce que je fais.

— Regarde en l'air, qu'il puisse te voir.

— Mais qui, à la fin ?

Réponse inutile. On entend déjà le claquement de plusieurs serrures. Elizabeth se retourne. Pritchard vient d'ouvrir la porte.

— Needham, nom de Dieu, qu'est-ce que vous foutez là ? Si c'est au sujet du fiasco de Pelham tout à l'heure, sachez que ça ne m'intéresse pas. Pas ce soir. Et comment savez-vous que j'habite ici ?

— Coucou, dis-je en m'approchant.

— Ça par exemple, Reinhart. Est-ce que vous vous fichez de moi ?

Elizabeth nous regarde alternativement d'un air ahuri.

— Mais… vous vous connaissez ?

— Nos chemins se sont croisés une ou deux fois, dis-je.

Bel euphémisme. Elizabeth me fixe avec des yeux ronds.

— Y a-t-il une seule personne avec qui tu n'aies *aucun* lien ?

— Est-ce ma faute si j'ai tendance à faire forte impression ? dis-je en haussant les épaules.

— En fait, j'aurais dû m'en douter. Vous connaissez tous les deux Halo.

Pritchard me fusille du regard. On dirait que ses yeux vont sortir de ses orbites.

— Qu'est-ce que vous lui avez raconté, Reinhart ?

— C'est plutôt à vous de me le dire. Apparemment, vous avez tiqué, quelque chose comme ça, quand elle vous a montré la vidéo de l'hôtel. Réfléchissez…

Peu importe qu'Elizabeth m'ait surpris à réagir de la même manière quand elle me l'a montrée. J'en fais opportunément abstraction. Elle connaît déjà mes antécédents. Maintenant, elle va connaître ceux de Pritchard.

— Si j'avais su que c'était vous, Reinhart, je n'aurais…

— Je sais, je sais. Vous n'auriez jamais ouvert. Mais maintenant que vous l'avez fait, nous invitez-vous à entrer ?

— Ça dépend. Que voulez-vous ?

— La paix sur la terre et une Ferrari neuve… À votre avis, de quoi ai-je besoin ? De votre aide.

— Toujours aussi charmeur, Reinhart.

— En effet. Et vous m'êtes toujours redevable.

Pritchard marmonne quelque chose, comme quoi je serais le bâtard d'une chienne. Puis il se retourne et rentre dans sa maison, sans refermer la porte. On a connu invitation plus cordiale, mais le résultat est là : nous entrons. Non sans que j'aie soufflé à l'oreille d'Elizabeth :

— Tiens-toi bien.

— Pourquoi ça ? murmure-t-elle en retour.

Il lui suffit de passer le seuil pour comprendre ce que j'ai voulu dire.

50

Imaginez que Mike Tyson, Norman Schwarzkopf et Lawrence d'Arabie aient été décorateurs d'intérieur. Maintenant, imaginez que Pritchard les ait engagés tous les trois à la fois.

Nous entrons. Chaque centimètre carré est recouvert de sable. De vrai sable. Comme dans un vrai désert.

Quant aux murs et aux cloisons, c'est bien simple, il n'y en a pas. Ni premier étage, ni second. Cette maison a été évidée comme une citrouille et surmontée d'un plan incliné en verre en guise de toit. On voit le ciel nocturne au travers.

À notre gauche, un punching-ball sur pied et un authentique ring de boxe. Derrière le ring, une grande tente militaire datant de l'opération Tempête du désert. Celle-là même où Pritchard dormait lorsqu'il commandait une unité terrestre.

D'où la question : *comment se fait-il que je le sache ?*

De son côté, Elizabeth me regarde avec une autre question en tête : *Où venons-nous de mettre les pieds ?*

La plus courte réponse serait : dans son jardin secret.

Après la guerre du Golfe, Pritchard est rentré aux États-Unis dans l'état d'esprit d'un combattant sans mission. Il a été engagé comme garde du corps d'un prince saoudien venu étudier à la faculté de droit de l'Université de Columbia, ce qui lui a permis de mettre assez d'argent de côté pour acheter cette maison à Manhattan. C'est alors qu'il est entré dans la CIA, grâce à l'aimable recommandation d'un général quatre étoiles. Ce fut un bref passage, suivi d'un bail bien plus durable au sein du FBI et des JTTF.

Mais jamais Pritchard ne s'est senti plus « vivant », selon ses propres termes, que sur un champ de bataille. Alors, faute de pouvoir retourner dans les sables du Moyen-Orient, ce célibataire endurci a choisi d'installer un désert dans sa maison de l'Upper East Side.

D'un autre que lui, on eût dit qu'il était « cinglé ». Mais, s'agissant de Pritchard, ça n'était pas complètement insensé.

— Au fait, Reinhart, dit-il en croisant ses gros bras. Si vous me disiez ce que vous voulez ?

— Votre dossier sur le maire.

Il éclate de rire.

— Quel dossier ?

— Celui que vous avez constitué lorsque Elizabeth a été affectée à votre unité. Quand vous aurez fini de feindre qu'il n'existe pas, faites-moi signe, dis-je en posant les yeux sur ma montre.

Pritchard ravale son faux rire, comme s'il venait brusquement de se rappeler que je ne suis pas sorti de Yale avec un doctorat de luth baroque ou de vannerie. Je vois sous son crâne. Je sais comment il fonctionne. Il y a une étroite frontière entre la paranoïa et protéger son cul, qu'Evan Pritchard franchit quotidiennement sur une corde tendue.

— Bien, dit-il. Supposons un instant – je dis bien supposons – que ce dossier fictif sur le maire ait une existence réelle. Dans cette hypothèse, que voudriez-vous savoir en particulier ?

— Deacon a un informateur. Je doute qu'il le reçoive au City Hall et devant témoin. Un Moyen-Oriental. Voilà ce que nous savons.

Apparemment, c'est amplement suffisant.

— Une minute, demande Pritchard.

Il s'éloigne, disparaît sous sa tente. Elizabeth en profite pour me bombarder de questions :

— Depuis quand a-t-il quitté la CIA ?
— Moins tu en sauras, mieux cela vaudra.
— Et pourquoi t'est-il redevable ? Tu peux bien me le dire, ça.
— D'accord. Si tu as la patience d'attendre.
— D'attendre quoi ?
— Dix-huit ans. Quand ce sera déclassifié.
Je sens monter en elle une colère vite refroidie par le retour de Pritchard. Il tient une photo en noir et blanc à la main, prise au téléobjectif.
— Cet homme-là ? demande-t-il en nous la montrant.
— Oui ! répond Elizabeth. Qui est-ce ?
— Un ancien du Mossad. Désormais connu sous le nom d'Eli.
— Où pouvons-nous le trouver ?
— Bonne question, Reinhart.
Hein ?
— Vous connaissez son nom, vous savez qu'il était du Mossad, mais…
— Mais c'est tout. Ni adresse connue, ni numéro de téléphone. L'agent qui le suivait pour moi ne l'a vu qu'une fois, un matin très tôt. Il entrait dans la limousine de Deacon. Il en est ressorti comme un fantôme. Deux blocs plus loin, mon agent perdait sa trace.
— Nous savons donc qui il est. Ce que nous ne savons pas, c'est où il est, résume Elizabeth. Voilà déjà de quoi travailler.
Pritchard secoue la tête.
— Vous n'allez travailler sur rien du tout, Needham.
— Que voulez-vous dire ?
— Vous m'avez parfaitement compris.

51

Il y a encore une seconde, ils se parlaient. Maintenant, ils se hurlent à la figure.

Pour un peu, ils finiraient cette conversation sur le ring, si je n'étais pour ainsi dire obligé de les séparer et de les cantonner chacun dans un coin. Pritchard reproche à Elizabeth de se comporter en « électron libre » et de s'être rendue seule dans cette maison de Pelham, ainsi que de l'éviter et de n'avoir pas répondu à ses appels répétés après avoir failli « faire exploser tout le quartier ».

Elizabeth lui rétorque qu'elle ne pouvait pas savoir si le tuyau de ce type, Eli, au Starbucks, était fiable. Le maire lui-même ne s'en portait pas garant !

— Et puis c'était sa source, pas la vôtre !

Résultat, Pritchard a l'intention de la suspendre jusqu'à nouvel ordre. Il ne lui fait plus confiance. Elle lui a sauvé la vie, d'accord, mais il soutient que c'est à cause d'elle que ce Gorgin a été tué. Le jeune homme aurait pu leur permettre de neutraliser la cellule à l'origine de l'attentat. Mais maintenant, ils n'ont plus aucune piste. Tout, hommes et choses, a été pulvérisé par cette explosion. Même pas d'identification dentaire possible.

— Et cet AK-47 que vous avez pris : revenu comme neuf du labo. Pas une seule empreinte !

— Oui, mais nous avons ceci, réplique Elizabeth en extrayant de sa poche un bout de papier blanc plié en quatre et en le tendant à Pritchard. Je l'ai trouvé sur le porteur de l'AK-47.

Je tends le cou pour regarder. C'est un ticket de retrait de la Chase Bank.

— Quel distributeur ? demande Pritchard.

Elizabeth a la réponse et même un peu plus.

— Penn Station, hall principal. J'ai interrogé la sécurité. Nous devrions avoir les vidéos correspondant à l'horodatage d'ici demain matin.

Pritchard a un hochement d'approbation. Déjà mieux que ses aboiements, mais loin encore d'un semblant de compliment. Quelque chose comme « joli travail », par exemple. Après tout, ce n'est pas comme si le gars à l'AK-47 lui avait tendu le reçu avant de tenter de l'abattre. Le moins que je puisse faire pour la défense d'Elizabeth est de souligner ce point.

— Si je comprends bien, dis-je, alors que la maison pouvait exploser à tout instant, tu es restée à l'intérieur pour fouiller ce type ?

— Taisez-vous, Reinhart, tranche Pritchard.

Je hausse les épaules.

— Je disais ça comme ça…

— Ça ne change rien du tout.

— Au contraire, ça pourrait tout changer.

— Je ne vous parle pas de l'enquête. Vous me comprenez.

En effet. Elizabeth aussi comprend. Ça ne change rien à sa volonté de la suspendre, voilà ce qu'il a voulu dire.

Elle s'apprête à me reprendre les rênes pour plaider sa cause. Nous savons déjà ce qu'elle veut : les moyens de retrouver l'informateur du maire, Eli, et d'apprendre ce qui le reliait à Gorgin, entre autres. Ça n'est pas absurde.

Néanmoins, je l'interromps avant qu'elle ait pu dire un mot. Car un bras de fer avec Pritchard est perdu d'avance. Il est buté. Il est furieux. Et il joue à domicile. *Qui d'autre à Manhattan transformerait sa maison sur le thème « Tempête du désert » ?*

Réponse : un type dont le combat est la raison de vivre.

Deux possibilités pour Elizabeth : rendre son badge ou agiter le drapeau blanc. C'est du moins la façon la plus conventionnelle d'envisager la situation.

Mais au diable les conventions.

52

— Qu'est-ce que c'était que ça ?

À peine avons-nous retrouvé le trottoir devant chez Pritchard qu'elle se plante devant moi en trépignant comme une folle sur ses talons plats, au point de quitter le sol par instants.

— Ça, c'était un compromis. Pritchard ne t'a plus dans les pattes pendant quelques jours, mais tu n'es pas suspendue.

— J'étais là. J'ai parfaitement entendu ce que tu as dit.

— Où est le problème, alors ?

— Tu n'aurais pas dû faire ça. Voilà le problème.

— Tu ne vas pas ramener ça à du machisme, j'espère ? Je sais que tu as d'autres combats à mener.

— Dans ce cas, pourquoi m'as-tu coupée ? Et d'où t'est venue cette idée de promettre à Pritchard que je n'allais pas chercher à retrouver cet Eli ? Parce que c'est exactement ce que je compte faire.

— Mais tu ne le feras pas.

— Et pourquoi ça ?

— Parce que je l'ai promis.

Elizabeth lève les mains comme si elle voulait saisir un ballon de basket. Ou se pendre à mon cou. Mais son intention déclarée est bien de m'étrangler.

— Combien de whiskys avais-tu descendus quand je t'ai ramassé au restaurant ?

Pas autant que j'aurais voulu.

— La raison pour laquelle tu ne vas pas traquer cet Eli, c'est que c'est moi qui le ferai à ta place.

— Je pourrais très bien t'aider. Faisons équipe !

— Mais oui, comme dans le bon vieux temps. Sauf que tu seras trop occupée à autre chose. Je t'emprunte pour quelques jours.

— Tu *m'empruntes* ?

— C'est une façon de parler.

— C'est bien du machisme, tu l'as dit toi-même.

Elle a croisé ses bras et me regarde dans les yeux, attendant une fine repartie qui ne vient pas. Je passe mentalement en revue la liste des choses que je peux lui dire ou ne pas lui dire. Pas simple. Moi qui, à onze ans, pouvais réciter le nombre *pi* jusqu'à la cinquantième décimale. Juste pour savoir si j'en étais capable.

Oui, je sais. Je n'étais pas un gosse ordinaire.

Elizabeth a été affectée à l'enquête sur la mort du professeur Darvish. Puis elle a été officiellement dessaisie du dossier, mais a poursuivi l'enquête officieusement, avec mon concours. Nous avons réduit à cinq profils l'identité possible de la mystérieuse accompagnatrice de Darvish. Puis je suis allé solliciter l'aide de Julian. J'en ai déduit que cette femme était de la CIA, de sorte que son identité n'avait pas à être connue d'Elizabeth. Déduction erronée. Mon rendez-vous avec Foxx, à Chinatown, a achevé de m'en convaincre.

C'est maintenant que les choses se compliquent.

Je peux dire à Elizabeth ce que je sais de Sadira Yavari. Je ne peux pas lui dire ce que je sais de Darvish. Car il travaillait pour la CIA. Comme informateur, tout au moins. Qu'importe la confiance que j'ai en elle. Il y a des secrets que je n'ai tout simplement pas le droit de lui révéler.

Et c'est précisément ce qui t'a brouillé avec Tracy. Tu as tout foutu en l'air, gros malin. Et tu remets ça ?

— Allô ? La Terre appelle Dylan. M'entendez-vous ?

Perdu dans mes pensées, je reviens à moi.

— Désolé. Où en étais-je ?

— Tu voulais *m'emprunter.*

Toujours pas de fine repartie. Panne sèche. Je reste planté là, attendant qu'elle ait fini de faire ce qu'elle ne cesse jamais de faire : ruminer les données du casse-tête dans sa tête.

Trois, deux, un…

— Tu sais qui était la femme avec Darvish !

J'acquiesce. Oui, je le sais.

— Elle s'appelle Sadira Yavari. Et ce sera bientôt ta meilleure amie.

53

Les rôles sont donc répartis.

Le lendemain matin, je suis sur pied avec deux bonnes heures d'avance sur Elizabeth. Le maire Edso Deacon dort encore moins que Donald Trump. Son Honneur est toujours debout avant le soleil.

Bénéfice secondaire, pendant ce temps-là, je ne reste pas assis dans un coin à me morfondre en l'absence de Tracy. Quel imbécile d'être entré dans la chambre d'Annabelle avant d'aller me coucher. Même en fermant les yeux, je ne voyais que son petit lit vide.

Alors, Deacon, qu'y a-t-il sur ton agenda ce matin ? Probablement une petite explication avec ton gusse, Eli, dont le tuyau a bien failli être fatal à l'agent Needham. Une chance pour moi que tu te méfies des conversations téléphoniques. Dieu sait qui pourrait vous écouter.

Si ce rendez-vous doit avoir lieu, ça ne risque pas d'être au City Hall ou dans un endroit dûment précisé dans l'agenda de monsieur le maire. Deacon n'aurait pas cette négligence. En aucun cas.

Non, je cherche un lieu insoupçonnable.

Premier dilemme : surveiller la résidence du maire à Gracie Mansion, ou plutôt l'Excelsior Hotel, dans l'Upper West Side, où Deacon avait jeté l'ancre durant sa seconde campagne électorale ? L'Excelsior est aussi l'endroit où le rejoint sa maîtresse, qu'Elizabeth a couverte à son insu lorsqu'elle a été recrutée dans son service de sécurité[1]. Ce

1. Voir *Jeu de massacres*, L'Archipel, 2019.

type est sans vergogne. Première qualité requise de tout politicien ambitieux.

« Commence par l'hôtel », m'a conseillé Elizabeth. Conseil suivi d'une consigne : « Il n'emprunte jamais l'entrée principale. Toujours l'entrée de service. Si tu aperçois la limousine, c'est qu'il est là. »

Je vois la limousine.

Garée devant une porte anodine, près de la rampe de livraison. Moteur coupé. Le chauffeur semble dormir. Ma tâche n'en sera que facilitée.

Juché sur ma moto, dans une ruelle derrière l'hôtel, j'observe à travers la visière de mon casque. J'attends que cette porte veuille s'ouvrir. Une demi-heure, une heure. Le jour se lève. *Ne me dis pas que tu dors encore, Deacon ? Pas aujourd'hui.*

Qu'importe. Je suis déterminé à rester vissé à ma selle le temps qu'il faudra. C'est le plan. Il s'agit de mettre la main sur Eli. D'une façon ou d'une autre, le maire me conduira à lui.

D'une façon. Ou d'une autre.

Plus je scrute cette porte anonyme, moins j'entends la rumeur de la ville. La circulation, un avion dans le ciel – tous ces bruits se dissolvent dans le décor. Puis une chose étrange survient. Mon téléphone sonne.

Anormal. Il est pourtant en mode avion. Or il sonne.

Je vérifie l'identité du correspondant avant d'ôter vivement mon casque. Elizabeth.

— Salut. Bien dormi ?

Je comprends aussitôt, en entendant rire, que ce n'est pas Elizabeth à qui je parle.

— Comme un loir, me répond un homme avec un accent israélien.

— Qui êtes-vous ?

Je connais la réponse. Il a dû moucharder l'IMEI du smartphone d'Elizabeth au Starbucks. Et maintenant il se greffe sur sa ligne. Un ex-agent du Mossad, assurément.

— Je suis l'homme que vous cherchez. Dites «*cheese*».

Et me voilà dans la peau d'Al Pacino dans *Heat.* Fait comme un débutant. Eli a réussi à me faire ôter mon casque. À cet instant, il est sans doute en train de me shooter au téléobjectif.

Mais, à la réflexion, c'est peut-être ma chance.

54

Curieux organe que le cerveau humain. Une idée vient s'y loger et aussitôt un tas d'autres idées s'engouffrent dans la brèche tels des lemmings. Jusqu'au moment où vous vous apercevez que l'idée de départ était fausse.

Je cherche à localiser Eli en regardant partout devant moi. Est-il sur un toit ? Sur une terrasse ? Derrière une fenêtre ? S'il veut m'identifier, il lui faut voir mon visage. Il est donc nécessairement quelque part en face. C'est mon intuition.

J'ai mon casque dans une main, mon téléphone dans l'autre. Eli a raccroché. Dites « *cheese* », tels ont été ses derniers mots.

J'ai mordu à l'hameçon.

Il ne me prenait pas en photo. Il voulait juste s'assurer que je regarde droit devant, sans me retourner.

— Jolie bécane, fait sa voix dans mon dos.

Je me retourne par pur réflexe. Exactement ce sur quoi il tablait. L'homme est grand, en pull à col roulé et blazer, et arbore des lunettes noires. Il s'approche à grands pas, puis lève un bras.

Pzzzz !

Le spray me pique les yeux comme un millier de fines aiguilles, leur brûlure manque me jeter au sol. Du lacrymo de qualité militaire. Du genre à stopper net un grizzly en pleine course. Alors un humain…

Je lâche mon casque et mon téléphone pour porter mes mains à mes yeux. Pur réflexe, là encore. Le jet m'a littéralement aveuglé, je me frotte les yeux frénétiquement pour tenter d'y voir quelque chose, ne serait-ce qu'une fraction de seconde. Le Glock dans le holster fixé à mon mollet est devenu inutile.

C'est le moment qu'il choisit pour lever sa main droite.

J'arrive tout juste à percevoir un mouvement. Son poing. L'acier. Le silencieux vissé au bout du canon. *Pffft!*

Un son étouffé fuse sans faire vibrer l'air. Une fois, deux fois. Pneu arrière crevé, suivi du pneu avant. Succession d'images discontinues, comme dans une vieille visionneuse View-Master. Mon cerveau tente désespérément de compléter celles que mes yeux ne peuvent voir.

Il aurait déjà pu m'abattre. Il ne l'a pas fait. Tout ce qu'il veut, c'est un auditoire attentif. Il l'a.

— La fille va bien ?

Si elle va bien ? Tu m'asperges de lacrymo, mes yeux brûlent atrocement et tu me demandes des nouvelles d'Elizabeth ?

Sa question, malgré tout, est éloquente. Il a sincèrement voulu aider Elizabeth en lui fournissant ce tuyau sur Gorgin et la maison de Pelham.

— Elle va bien.

Trois mots, voilà à peu près tout ce que je peux articuler. Plié de douleur, c'est à peine si j'arrive à respirer. Ma réponse lui convient. Il est là pour parler, pas pour écouter.

— Vous ne me connaissez pas et le maire non plus. Vous comprenez ? Je vois tout, docteur Reinhart, et vous ne voyez rien. Plus maintenant, en tout cas.

Il semble savoir qui je suis et qui j'ai été. Mais sans m'en apporter la preuve.

Je ne trouve que deux mots à ajouter :

— Derrière vous.

55

Si seulement j'avais pu voir son visage. Hélas, si seulement j'avais pu voir quoi que ce soit !

Mais le peu que j'entrevois me suffit.

Eli se retourne et se trouve nez à nez avec l'extrémité d'un SIG P226. L'homme qui le pointe se résume à une paire d'yeux sous une casquette John Deere. Le reste de son visage est dissimulé sous un bandana rouge, façon Far-West. La vieille école. Sans doute n'a-t-il n'a pas eu le temps de trouver mieux. Qu'importe, c'est efficace.

Eli n'attend pas les instructions. Il connaît la chanson. Il dépose au sol ce qui semble être un Remington R1 Tactical, à en juger d'après le viseur exhaussé pour permettre de visser un silencieux. Puis il écarte légèrement ses bras. Pas d'entourloupe.

— J'ai failli attendre, dis-je.

Je regrette aussitôt mes paroles. Josiah Maxwell Reinhart a une sainte horreur des sarcasmes.

— Drôle de façon de me remercier, la cavalerie, rétorque-t-il du tac au tac.

— Sans le lacrymo, j'aurais pu m'en sortir, c'est tout.

La vision me revient peu à peu, mais la douleur est toujours aussi aiguë.

— Qui te dit qu'il n'allait pas me tuer ?

— Depuis quand asperge-t-on les gens de lacrymo avant de les abattre ?

Bonne remarque, papa.

Cela étant, il y a un début à tout.

Je m'approche d'Eli pour le fouiller. Pas d'autre arme sur lui. Rien qu'un paquet de Marlboro et une pince à billets bien garnie dans la poche intérieure de son blazer. Aucune carte de crédit. Pas une seule pièce d'identité.

Je ramasse son arme. Aussitôt, mon vieux père baisse la sienne. Je vois bien qu'il est épuisé, le pauvre, quoiqu'il n'en montre rien. Aussitôt après mon appel, vers minuit, il a quitté Concord, dans le New Hampshire, au volant de sa vieille Jeep Commando cabossée. Il est arrivé sur le coup de 4 h 30 ce matin.

— Et maintenant ?

Je ne peux pas lui reprocher de désirer connaître la suite. Il n'a pas dormi de la nuit.

— Maintenant, je vais bavarder un instant avec notre ami Eli, ici présent. Vous êtes bien Eli ?

Je n'espère pas de réponse. Il sait aussi bien que moi que je ne l'abattrai pas s'il refuse de coopérer.

Il me faut trouver un autre moyen de lui tirer les vers du nez. Et vite. Les rayons du soleil commencent à poindre au sommet des bâtiments. Notre ruelle sort peu à peu de l'ombre. Autant que je me souvienne, le port d'arme sur la voie publique n'est pas légal dans l'État de New York.

Eli lève une main, mais ce n'est pas pour poser une question. Il la dirige vers la poche intérieure de son blazer.

— Je vais en griller une.

Sa voix est tellement éraillée qu'on le croirait né avec une clope au bec. Voilà qui explique pourquoi Elizabeth n'a pu situer son accent.

Non, mais il se croit où ? Il oublie qu'il n'a plus la main.

Il semblerait que moi non plus car j'entends mon père s'exclamer :

— C'est toi, Elijah ?

Puis il abaisse son bandana. Eli – Elijah, si vous préférez – ôte ses lunettes noires. Ils se sourient.

— C'est moi.
— Je te croyais rangé, dit mon père.
— Et moi je te croyais mort, Eagle.

56

Il vient d'appeler mon père par son vieux nom de code : Eagle, l'Aigle. À l'évidence, ces deux-là ont un historique. Et pas des plus rectilignes, comme je ne vais pas tarder à l'apprendre.

Mon père s'approche sans façon d'Elijah. À les voir sourire, on s'attendrait à ce qu'ils s'étreignent.

Perdu.

Sitôt qu'il est à sa portée, mon père lui envoie un vigoureux coup de poing dans le ventre. J'entends littéralement le souffle coupé d'Elijah lui sortir par les narines.

— Ça, c'est pour t'apprendre à asperger mon fils de lacrymo.

Elijah, plié en deux, suffoque. Pas pour longtemps, à mon avis. Comme il ne peut rester sans réagir, je me tiens prêt à m'interposer au cas où l'envie lui en prendrait. Mais Elijah ne réagit pas. Il ne rend pas le coup. Il attend simplement d'avoir retrouvé son souffle, se redresse et fait comprendre à mon père, d'un signe, qu'il s'y attendait.

Sa main retrouve le chemin de son blazer. Je m'attends à ce qu'il en sorte cette fameuse cigarette. Encore perdu. Il extirpe sa pince à billets.

— Ce sont des Dunlop Elites ? demande-t-il en désignant les pneus de ma moto.

— C'était.

Elijah compte cinq billets de cent dollars et me les tend.

— Ça devrait suffire.

Je prends l'argent. Cette fois, tous les torts semblent réparés car je vois enfin mon père étreindre Elijah, qui le prend dans ses bras. *Quelqu'un peut-il m'expliquer ?*

Entre agents, un étrange code non verbal a toujours eu cours, quel que soit le drapeau qu'ils servent. Mais là, c'est au-delà de l'étrange.

— Dois-je comprendre que vous avez travaillé ensemble ?

— Pas vraiment, répond mon père.

— Disons que nous n'avons jamais travaillé l'un contre l'autre, précise Elijah.

C'est bien la première réplique à peu près sensée de cette scène abracadabrante.

— Mon fils, je te présente le Prophète, déclare mon père.

Et moi de tendre la main à un type qui, cinq minutes plus tôt, m'a inondé de lacrymo et a crevé mes deux pneus. Sans réticence, car ce type est une légende vivante. Et désormais bien réelle. Jusqu'à cette minute, j'avais encore des doutes sur son existence.

L'assassinat du président George W. Bush au Sommet de la mer Rouge, en 2003, ça vous rappelle quelque chose ? Non ? Normal, il n'a jamais été commis. Mais il s'en est fallu de peu. On raconte que le Prophète a éliminé non pas un, mais deux candidats à l'attentat-suicide à Charm el-Sheikh, en Égypte. Encore plus incroyable, il était connu pour être un agent du Mossad. Or, non seulement il a sauvé la vie de Bush, mais aussi celles des dirigeants égyptien, jordanien, ainsi que de Bahreïn et de l'Autorité palestinienne. Rendez-vous compte. Ce sommet était un *Who's Who* des adversaires d'Israël, si ce n'est de ses ennemis les plus résolus, et ce gars-là leur a sauvé la peau à seule fin de protéger le plus puissant allié d'Israël. *Et vous vous demandez encore pourquoi nous avons toujours leur aval ?*

Le Prophète a deviné ce que personne n'avait vu venir. D'où son surnom, depuis ce temps-là, dans le milieu du renseignement. Manifestement, il n'a pas perdu la main. Il se doutait que quelqu'un allait espionner le maire. Elizabeth, ou un collègue à elle. Je ne l'ai pas vu venir, mais j'ai quand même eu assez de prescience pour appeler du renfort. Qui aurait imaginé qu'ils se connaissaient ?

Et maintenant, comment je l'appelle ? Monsieur le Prophète ?

— J'ai besoin de votre aide, dis-je simplement.

— Plus que vous ne croyez, acquiesce-t-il. Le Mudir vient à peine de commencer. Le pire est à venir.

— Une autre attaque ?

— Suivie d'une autre. Puis d'une autre. Toute une série. Sauf erreur, il y aura un bouquet final auprès duquel elles paraîtront risibles.

Par où commencer… *Quel genre d'attaques ? Quand ? Comment le savez-vous ?* Je veux tout savoir. Aucun détail ne sera de trop.

Mais, aussitôt, je comprends qu'il ne peut rien me dire. Pas ici. Pas maintenant. Je le comprends et il le sait. Ce n'est pas une partie de dames. Ni même d'échecs. Cela relève plutôt de la théorie mathématique des jeux. Chaque gain obtenu à ses dépens pourrait lui coûter bien plus cher que je ne suppose. Sources, contacts, agents coopératifs : en un mot, son gagne-pain. Ou pire : sa vie. Un jeune homme du nom de Gorgin l'a déjà payé de la sienne à Pelham.

C'est au Prophète de jouer et c'est lui qui dicte la règle.

— De combien de temps avez-vous besoin ? dis-je.

Il me regarde, regarde mon père.

— Quel garçon intelligent. Comme toi, Eagle.

— Plus que moi, répond mon père.

Le Prophète a un sourire entendu, comme s'il avait lui-même un fils.

— Nous sommes amenés à nous revoir, dit-il.

Puis il tourne les talons, remonte la ruelle jusqu'à l'arrière de l'Excelsior. Mon père et moi le regardons s'éloigner et monter dans la limousine, qui s'éloigne aussitôt.

L'enflure. Le maire n'était même pas à l'hôtel. Il n'y est jamais venu.

Le Prophète a tout mis en scène.

57

J'évite soigneusement d'interroger mon père, tandis que nous attendons la dépanneuse qui doit prendre ma moto. Nous discutons de Yale, de mes cours, de l'université. Conversation banale. Dans sa vie, mon père a voté républicain bien plus souvent qu'aucun démocrate, mais il n'a jamais trouvé opportun de railler les prétendues élites de Nouvelle-Angleterre dans leurs prétendus manoirs couverts de lierre.

— Le dernier des crétins serait prêt à tuer pour que son rejeton puisse entrer à Harvard ou à Yale, dit-il souvent avec raison.

C'est dans l'ascenseur montant à l'appartement que je finis par aborder le sujet. Il n'est pas surpris, il s'y attendait.

— Tu y étais ?

— Au Sommet de la mer Rouge, en 2003 ? Oui, j'y étais. J'ai même failli y rester.

— Que s'est-il passé ?

— Demande-moi plutôt ce qu'il ne s'est pas passé : l'assassinat de six chefs d'État, dont le président des États-Unis. Les services de renseignement disaient qu'en vingt-quatre heures, un agent israélien sans scrupule allait changer la face du Moyen-Orient, et même du monde.

— Elijah.

— Lui-même. Ça n'a pas été une mince affaire pour l'identifier. Tout ce qu'on avait, c'était une photo noir et blanc granuleuse. Et pas récente, en plus.

— Et ensuite ?

— Je l'ai retrouvé. Ou plutôt c'est lui qui m'a trouvé, devrais-je dire. Un peu comme ta mésaventure de ce matin. J'étais persuadé de l'avoir coincé, mais avant que j'aie pu dire « ouf » j'ai senti le canon d'un flingue sur ma nuque. Il m'a dit de fermer les yeux et de compter de dix à zéro. À trois, il avait disparu. Une heure plus tard, les deux kamikazes étaient retrouvés morts dans leur chambre d'hôtel, avec leur charge explosive intacte. J'ignore comment il les avait localisés, mais j'étais certain que c'était son œuvre. Une fripouille sans principes, pour sûr. Mais une bonne fripouille.

— On t'avait fourni de mauvaises informations.

— Comme souvent depuis le 11 septembre.

Le silence se fait dans l'ascenseur. Je regarde s'allumer l'un après l'autre les numéros des étages. Une chose m'intrigue. Une chose que son récit n'explique pas.

— Il connaissait ton pseudo. Il t'a appelé « Eagle ».

— En effet.

Une pause. Mon père pèse tous les mots qu'il va choisir.

— Nous nous sommes retrouvés quelques années plus tard, cette fois en face-à-face. Je m'étais un peu débrouillé pour lui rendre la pareille, en quelque sorte.

L'ascenseur s'ouvre au moment où je m'apprêtais à lui demander comment. Mon père sort le premier. Puis il se retourne et fait ce geste habituel chez lui lorsqu'il souhaite clore une conversation, fendant l'air du tranchant de la main, tel un karatéka. *Assez de questions.*

Je n'insiste pas. Mon père a toujours eu ses raisons, arrêtées pour la plupart. Par ailleurs, je risque de réagir de la même façon lorsque nous serons entrés à l'appartement et qu'il ne manquera pas de me demander : *Où donc est ma petite-fille ?*

Tracy et moi sommes encore un sujet d'interrogation pour mon père. En revanche, il est dingue d'Annabelle. Complètement gaga. Il est déjà descendu deux fois du New Hampshire simplement pour la voir. Dans un instant, il va chercher à comprendre pourquoi elle n'est pas là. J'aurai toujours la possibilité d'évacuer ses questions d'un revers de main.

Je suis tellement obnubilé par l'explication que je vais bien pouvoir lui donner que je remarque à peine l'homme que nous croisons dans le couloir, avec sa casquette Mets, et que je ne connais ni d'Ève ni d'Adam. Ce pourrait être n'importe qui. Jusqu'au moment où j'arrive à la porte de l'appartement. Alors je comprends.

Cet homme est là pour me tuer.

58

C'était à peine audible. Un chuintement, un feulement, presque rien. Mais je l'ai entendu.

Un frôlement, l'imperceptible écho du verrou que l'on vient tout juste de refermer.

Il était là. Il vient de sortir.

Oh-oh. On dirait qu'il revient.

J'en ai la certitude, inutile de me retourner. Ni de l'apercevoir. Je le sens. D'instinct. L'instinct du sang.

Une fois passé le coin menant à l'ascenseur, il est revenu sur ses pas pour nous épier. Il est à dix mètres, aucun obstacle entre lui et nous. Angle de tir idéal. Si je reste sans bouger.

Pas le temps de crier gare. Je saisis mon arme, plaque mon père au sol et fais feu, roule sur moi-même, feu de nouveau, sans viser. Assez pour forcer ce type à se planquer derrière le coin, ne serait-ce qu'une poignée de secondes.

— L'argentée, dis-je en lançant mon trousseau à mon père.

De nous deux, il est le plus proche de la porte. Les deux autres clés, couleur cuivre, sont celles d'un garde-meuble et de mon bureau à Yale.

Avoir pour père un ancien agent de la CIA n'a pas que des avantages, sauf en cas d'échange de tirs. Il sait comment réagir. Mieux, il sait comment ne pas réagir. Par exemple, tenter d'ouvrir la porte de l'appartement au mauvais moment.

Accroupis sur le tapis-brosse, chacun d'un côté du palier, armes en joue, nous attendons d'être pris pour cible. Simple question de temps. *Vas-y, canarde…*

Les yeux fixés sur le coin de mur, nous guettons un mouvement. Les amateurs sont toujours pressés, ils croient pouvoir vous prendre de vitesse. Ce type-là n'est pas un amateur.

Nous finissons par apercevoir quelque chose. Pas grand-chose. Le bleu du bord de sa casquette, dépassant du mur de deux ou trois centimètres tout au plus, à un mètre quatre-vingts du sol environ. Il cherche à nous leurrer. Je le devine, tenant sa casquette au-dessus de sa tête pour attirer notre attention.

Je préfère chercher le regard de mon père, qui acquiesce de la tête. Compris. Mon père non plus n'est pas un amateur.

La casquette – et la casquette seule – s'envole brusquement, tel un pigeon d'argile, mais je ne me laisse pas distraire. Comme je m'y attendais, sa main vient se lover contre l'arête du mur et le canon de son semi-automatique fait feu à quelques décimètres du sol. *Bien tenté, enfoiré…*

Échange de tirs. Mon père et moi sommes cloués au sol, mais le type, si vif soit-il, n'a pas le temps de nous ajuster. À peine surgi, il se retire aussitôt, non sans que j'aie pu l'égratigner. Un petit jet de sang éclabousse le mur. Sans doute touché à l'avant-bras.

Maintenant!

Mon père se dresse d'un bond, plonge la clé dans la serrure du premier coup. Un tour de main, une poussée, la porte s'ouvre. Je n'ai qu'une chose à faire, m'y engouffrer après lui. C'est tout.

Comme disait Robert Burns: « Les plans les mieux conçus des souris et des hommes souvent ne se réalisent pas. »

59

Tout à coup éclate un tintamarre dont je me serais bien passé. Pas maintenant. Pas ici. *Quelle mouche vous pique, madame Jones ?*

Coulissement de la chaînette de verrouillage. Claquement du pêne. Grincement d'une poignée qui n'a pas dû être huilée depuis la dernière victoire des Mets aux World Series.

Notre voisine de palier, Irma Jones, entendant des coups de feu derrière sa porte, vient de se porter candidate aux tristement fameux Darwin Awards. Elle s'est dit que la chose la plus utile à faire pour sa propre survie était d'aller y regarder de plus près. Il est vrai qu'elle a plus de quatre-vingts ans. Dieu sait ce qu'elle croit avoir entendu.

Sa porte à peine entrebâillée, j'essaie de lui faire comprendre qu'elle doit rester chez elle. Mais je ne peux pas crier. Ce serait comme prendre un porte-voix pour annoncer au tireur que je me suis laissé distraire et qu'il peut mitrailler.

La tête d'Irma apparaît à la porte. Elle inspecte le couloir, se retourne et me voit écrasé au sol, derrière elle. Dans un instant, elle va suivre sa pire inspiration en sortant pour s'approcher.

— Tout va bien, Dylan ? demande-t-elle en plissant les yeux.

Irma doit faire deux centimètres de plus que feu la juge Ruth Bader Ginsburg. Elle est vraiment minuscule. Et n'a sans doute jamais subi un plaquage.

M'arrachant au sol, je m'élance vers elle tel un sprinter hors des starting-blocks, un œil sur elle, l'autre derrière. En un clin d'œil, on passe du pire au catastrophique.

Plus de leurre. Plus de casquette trompeuse. Le type jaillit du coin de mur en serrant son arme à deux mains. Pas question de me louper cette fois.

Enfin un peu d'animation dans ce couloir…

Irma pousse un hurlement.

Elle ne le voit pas, puisqu'elle lui tourne le dos. C'est la vue de mon arme pointée face à elle qui la fait hurler. Elle doit s'imaginer que je vise sa tête. Son voisin, l'un des deux hommes de *ce couple si charmant*, est sur le point de la tuer ! Or c'est formellement interdit par le règlement de copropriété.

Ma réaction est digne d'un numéro de cirque. D'un bond, je plonge vers Irma en tirant une salve par-dessus son crâne, tandis que de l'autre bras j'enroule ses épaules de façon à pivoter sur moi-même et à me recevoir le premier pour amortir sa chute.

Une balle siffle à mon oreille. Aucun mot ne saurait exprimer cette terreur, si ce n'est que le pire est toujours sûr et qu'elle ne serait pas plus grande si l'on était réellement touché.

Mais pas cette fois.

L'homme tire deux nouvelles cartouches. Pas trois. Grâce à mon père qui, depuis la porte de l'appartement, réplique et me laisse juste assez de temps pour pousser Irma dans le sien. Vais-je la tuer ou la sauver ? Sa perplexité est totale, tandis que nous nous écrasons dans son vestibule.

C'est quoi, ce vacarme ?

Je sors une tête dans le couloir. La porte d'Irma est restée grande ouverte. Un bruit d'enfer se dirige vers nous. Le bruit que fait une riche idée.

Ce salopard s'est emparé d'un extincteur pour camoufler son approche. Il n'est pas disposé à renoncer et n'est donc pas un tueur à gages. Sans quoi, il aurait déjà pris la fuite, dans l'attente d'une meilleure occasion pour honorer son contrat.

Non, ce type n'est pas un homme de main. C'est un guerrier. Pas un soldat : un terroriste. Un gars qui a reçu des ordres. Tuer ou se faire tuer.

Il fait de nouveau feu tout en arrosant le couloir à l'extincteur et avance derrière un nuage de mousse qui va d'un mur à l'autre. Les tirs aussi se rapprochent.

Un seul mot : chaos. Et une seule réponse possible.

60

Les agents de la CIA ne se voient pas remettre un manuel à l'embauche. Mais, si c'était le cas, le chapitre consacré à l'art de sauver ses fesses en toutes circonstances pourrait se résumer d'une seule phrase :

Où règne le chaos, ajouter du chaos.

Je prends Irma dans mes bras pour aller la déposer derrière le comptoir de sa cuisine. Lui dire de ne pas bouger serait superfétatoire. La pauvre femme est sous le choc, tétanisée.

J'ai sous les yeux tout ce qu'il me faut. Une gazinière. Un torchon sur le plan de travail. Une bouteille de vodka sur la crédence, près de la fenêtre. Une chance qu'Irma ne soit pas sobre.

Le secret d'un bon cocktail Molotov, c'est la saturation. Il ne suffit pas que la mèche – en l'occurrence, le torchon – soit en contact avec l'alcool. Il faut qu'elle soit imbibée du haut en bas. Pour ça, bien sûr, il faut du temps. Le seul ingrédient qui me manque.

Au diable la saturation.

J'ouvre le premier brûleur de la gazinière, attrape la vodka et enfonce le torchon dans le goulot, aussi profondément que possible, avant de l'agiter vigoureusement. Puis je reste accroupi là, derrière le comptoir. Dans le couloir, les tirs ont cessé. Pour la simple raison qu'il ne s'y trouve plus. Le bruit de la porte qui se referme derrière lui suffit à m'instruire. Il est dans l'appartement d'Irma.

Qu'est-ce que tu attends pour verrouiller cette serrure, espèce de trou du cul ?

Mais son but est moins de m'empêcher de sortir que d'empêcher mon père d'entrer. Ce gars veut un combat loyal, d'homme à homme. Je devine ses yeux qui scrutent l'appartement de tous côtés, épiant le moindre mouvement. Mais il faudra bien qu'il verrouille cette porte et, l'espace d'une fraction de seconde, qu'il détourne le regard.

Je me tourne vers Irma en pressant un index sur mes lèvres – *chuuut* –, tandis que de l'autre main j'approche du brûleur allumé le bout du torchon. A-t-il senti l'odeur du gaz? En tout cas, il a dû voir la flamme. Ce n'est pas le moment de traîner.

La durée d'un cillement est comprise entre trois cents et quatre cents millisecondes. Quant au rythme cardiaque normal, il est d'un battement toutes les neuf cents millisecondes. Ma fenêtre de tir doit se situer entre deux cillements et un battement.

Mais pas avant que tu aies verrouillé cette putain de porte. Qu'est-ce que tu attends, bon sang?

J'enflamme le torchon. Mes oreilles épient le moindre son. J'attends d'entendre le pêne s'engager dans la serrure. La rue, en bas, a cessé d'exister. La ville entière est plongée dans le silence. Comme morte.

Puis enfin: *Clac!*

Aussitôt, je jaillis de derrière le comptoir et projette ma bouteille à l'endroit où elle fera le plus de dégâts. Pas sur lui, mais à ses pieds. Il ne doit pas la voir arriver.

La bouteille éclate, il se retourne, les flammes sautent sur ses jambes. Sur l'instant, il s'en fiche et arrose généreusement dans ma direction, tandis que je me planque derrière le comptoir. Ironie de la situation: il prend feu et tient un extincteur.

C'est le moment de réapparaître. Je veux ce type vivant, si faire se peut. Je veux savoir ce qu'il sait. Les noms, les lieux. Qui l'a envoyé me tuer. Le feu ne s'éteindra pas de lui-même, il va se propager jusqu'à ce qu'il se décide à l'étouffer. C'est alors qu'il sera à ma merci.

Ajouter du chaos au chaos.

Mais avant même que j'aie pu me lever, des tirs se font entendre dans le couloir. C'est mon père qui applique les consignes du fameux manuel inexistant. Il est en train de faire sauter la porte en tirant sur la serrure. Ça tourne à la folie pure.

Je me dresse derrière le comptoir, tandis que la porte s'ouvre à la volée, ouvrant la voie à mon père. Il tire deux balles, une dans chaque épaule. C'est ainsi qu'on neutralise un homme sans le tuer. Mon père a compris que je le veux vivant.

Ce qui fait que nous sommes trois à le souhaiter.

Mon futur informateur, lui, roule en flammes sur la moquette du salon d'Irma, qu'il tache de son sang. Il a lâché son arme, ainsi que l'extincteur, et se tord de douleur.

Mais mon père ne tient pas la victoire pour acquise.

— Garde-le à l'œil, dit-il en posant son Glock pour ramasser l'extincteur.

Un cillement. Un battement de cœur. Il n'en faut pas plus.

Le type a trouvé une fenêtre.

Littéralement.

61

Les flics, les deux enquêteurs, les ambulanciers, tous disent « le défunt » pour désigner le corps à demi calciné et disloqué dont la chute a craquelé le trottoir, trente étages plus bas. Car on n'a trouvé sur lui aucune pièce d'identité.

Pas étonnant que ce type ait quitté ce monde incognito. Je crois savoir pourquoi.

Mais je suis trop occupé à leur raconter tout le reste.

— Attendez, je récapitule, dit le plus jeune des deux enquêteurs, qui s'est présenté à mon père et à moi sous le nom de Miller.

Pas Joe Miller ou Bob Miller, ni même détective Miller. Miller tout court.

— Donc, après avoir été touché, le défunt s'est dressé et s'est mis à courir vers la baie vitrée, l'a fracassée et s'est jeté dans le vide. C'est bien ça ?

— Le verbe « bondir » serait plus exact, précise mon père. Un saut de l'ange, en fait.

Cela fera bientôt vingt-quatre heures que mon père n'a pas fermé l'œil. Complètement groggy. Jusqu'ici, c'est à peine si Miller a prêté attention à lui, se bornant à m'interroger ou à griffonner des tas de notes sur son calepin.

— Oui, c'est bien ça, dis-je.

Quant à la cause initiale, je préfère la taire. La police n'a pas besoin de savoir, du moins pas encore, que ce corps éviscéré sur le trottoir faisait partie d'une cellule terroriste. Et qu'en aucune façon son plan ne prévoyait de se laisser prendre.

Un œil à ma montre. Ça n'en finit pas. Les cars-régies des télés commencent à s'aligner le long du trottoir. Mon père et moi allons devoir quitter les lieux.

— Encore quelques questions, fait Miller.

— Non, plus de questions, répond une voix.

Sous nos yeux, Elizabeth exhibe son badge face à Miller, qui semble s'en soucier comme d'une guigne.

— Le docteur Reinhart sera à vous dès que j'en aurai fini, lui dit-il.

Pour un peu il la chasserait d'un revers de main.

Pauvre garçon. J'ai presque pitié de lui. Elizabeth l'observe incrédule. Elle s'apprête à lui rafraîchir la mémoire sur la hiérarchie des badges et, quoiqu'elle ait parfois du doigté, je pressens qu'elle va sans doute en manquer. C'est donc sans surprise qu'elle lui arrache son calepin et l'envoie valser de l'autre côté de la rue.

— Voilà, vous en avez fini avec le docteur Reinhart. Toutes mes félicitations.

Sur ce, mon père et moi la suivons à l'intérieur du bâtiment, sans nous retourner.

— Je l'aime déjà, dit mon père.

D'Elizabeth, il sait ce que je lui en ai dit lorsqu'elle et moi traquions le Dealer, mais c'est la première fois qu'ils se rencontrent. Je les présente officiellement l'un à l'autre dans le hall.

— En temps normal, je vous aurais demandé quel bon vent vous amène à Manhattan, dit-elle en lui serrant la main.

— En temps normal, je vous l'aurais dit, répond-il.

Fin de la conversation, pour ce qui touche aux états de service de mon père.

Je vais tout raconter à Elizabeth de ma matinée. Ma rencontre avec Eli. Le fait que j'ai désormais une cible dans le dos, cadeau de terroristes mal embouchés. Mais auparavant, il y a une chose qu'il faut que j'apprenne.

— Je peux savoir ce que tu fiches ici ? Tu étais supposée…

— Oui, je sais. Connaître ses habitudes, ce qu'elle fait, où elle va.

— En d'autres termes, tu étais censée la filer *plusieurs jours*.

— Plusieurs heures ont suffi. J'ai appris tout ce que tu dois savoir sur Sadira Yavari. Il va falloir faire vite.

62

Une fois de plus, c'est Elizabeth qui est dans le vrai. Un joli petit grain de sable s'est invité dans sa mission de reconnaissance. Plus besoin d'apprendre de quoi sont faits les jours de madame le professeur Sadira Yavari, quels sont ses repaires ou sur quel banc de quel parc elle aime s'asseoir pour lire. Le tribunal du district sud de l'État de New York a déjà pourvu à ma rencontre « fortuite » avec elle. En un mot, Sadira a rendez-vous avec la justice.

Comme juré.

Aujourd'hui même.

Je ne dispose que de très peu de temps pour faire ce que je dois faire, sans même parler de ce que je voudrais faire. D'abord, remonter à l'appartement, bourrer une valise et faire mon deuil de cette adresse. J'aurai besoin d'y revenir, mais plus d'y habiter, tant que le Mudir ou le prétendu Benjamin Al-Kazaz pourraient m'y trouver. *Se pourraient-ils qu'ils soient une seule et même personne ? Très probable.*

J'aimerais aussi rendre visite à Irma, qu'une ambulance a emmenée à l'hôpital. Plus secouée que véritablement blessée, mais les ambulanciers n'ont sagement voulu prendre aucun risque. Une nuit d'observation ne sera pas de trop, d'autant que son appartement est pour l'heure une scène de crime – sans parler du saccage.

Mais tout cela peut attendre et attendra. Le plus urgent : me rendre au tribunal de Pearl Street et m'inviter dans la liste des jurés.

— Comment sais-tu que le nom de Yavari n'a pas encore été appelé ?

— Parce que je le sais. Et il ne le sera pas. J'ai fait le nécessaire.

— Tu t'es donc rendue sur place? Au tribunal?

— Oui. Elle porte un chemisier blanc et une jupe noire. Elle lisait un bouquin.

— Le titre?

— Je n'étais pas assez proche! Et oublie ce bouquin. Il y a plus important: tu as un plan?

Non, pas de plan. Pas encore. Je tente:

— Charme et charisme?

— Alors nous sommes fichus, intervient mon père.

Gloussement d'Elizabeth.

— Je viens d'avoir un aperçu de ton enfance!

— Oui. Ça n'a pas tellement changé depuis.

— Si cette Yavari est ce que tu dis, il y a peu de chance qu'elle fricote avec un étranger, fait observer mon père. Il te faut un Tebow.

— Un T-bone? demande Elizabeth. Comme le bifteck?

— Non. Comme le footballeur.

— Tim Tebow, précise mon père, sans plus éclairer la lanterne d'Elizabeth.

Elle me regarde l'air égaré. J'explique:

— Une diversion. Tim Tebow aurait pu jouer quelques années de plus dans la National Football League comme quarterback remplaçant, mais il captait toute l'attention des médias, aucune équipe n'en a voulu.

Puis, me tournant vers mon père:

— Et je n'ai pas besoin d'un Tebow.

Elizabeth, qui dix secondes plus tôt ne comprenait pas un traître mot de ce que disait mon père, paraît soudain intriguée.

— Expliquez-nous votre idée, monsieur Reinhart.

— Appelez-moi Max.

Josiah Maxwell Reinhart n'a jamais aimé le diminutif «Joe». Pas plus, à bien y penser, que le prénom Josiah lui-même. Il a toujours trouvé que ça lui donnait l'air d'un personnage de Mark Twain.

— Très bien, obtempère Elizabeth. Qu'aviez-vous en tête, Max ?

— Ça dépend.

— De quoi ?

— Combien de temps vous faut-il pour me trouver une flasque, une chemise de bûcheron et une édition de poche de la Constitution ?

63

— Vous n'avez eu qu'à dire « flasque », lâche Elizabeth, telle Renée Zellweger à Tom Cruise dans la scène finale de *Jerry Maguire.*

Il me faut bien admettre que ce plan est assez fou pour réussir. Sitôt donné ma bénédiction, Elizabeth appelle un certain Freddie aux JTTF et lui donne quarante-cinq minutes pour se rendre dans une librairie Barnes & Noble et un magasin de sport REI, rassembler tout le matériel nécessaire et nous retrouver au palais de justice. Les employés des JTTF n'ont pas pour habitude de douter des ordres, mais Freddie doit quand même se demander ce que nous allons bien pouvoir fabriquer avec cet attirail.

N'est-ce pas, Freddie ?

Quarante-cinq minutes plus tard exactement, mon père s'apprête à faire son apparition costumée dans une salle encore vide du palais de justice. C'est un Freddie hors d'haleine et dégoulinant de sueur qui nous a livré les accessoires. À peine les a-t-il tendus à Elizabeth que celle-ci s'est mise à les détériorer, de telle sorte qu'ils aient l'air éculés. Ou, s'agissant de la flasque, cabossée.

Pendant ce temps, par une porte entrebâillée, je regarde les membres du jury qui reviennent de déjeuner et qui rentrent un par un dans la salle d'attente. Tous sauf Sadira.

— Où diable est-elle ?

— Es-tu certain qu'elle n'est pas déjà entrée ? demande Elizabeth. Tu l'as peut-être loupée.

Elle est en train de parfaire le déguisement de mon père. Je la vois arracher un bouton de la chemise en flanelle en observant sa vieille casquette John Deere toute fatiguée, comme si c'était le pinacle de son nouveau look. Cette casquette est certainement ce qui lui a donné l'idée de ce stratagème.

Je retourne observer la salle par l'entrebâillement, cherchant du regard une jupe noire et un chemisier blanc. La pensée que Sadira a pu décider de ne pas reparaître au palais de justice me traverse l'esprit comme une boule de démolition. *Allez, allez... montre-toi!*

Ça y est. Je la vois.

À demi cachée au sein d'un petit groupe de jurés potentiels qui bavardent en rentrant au palais, sans doute pour se plaindre de passer une si belle journée à attendre dans une salle bondée en vertu d'un concept nébuleux que la plupart des New-Yorkais ne prononcent qu'avec des guillemets ou en roulant des yeux: le « devoir civique ».

Seule Sadira n'adresse la parole à personne. Qui plus est, son langage corporel semble clamer haut et fort: *gardez vos distances.* Plutôt de mauvais augure pour la réussite de notre plan.

Pour l'heure, seul nous importe qu'il s'agisse bien d'elle. Et c'est le cas. Sadira Yavari. Notre mystérieuse inconnue. Même sans la jupe et le chemisier, j'aurais reconnu sa démarche.

Je me tourne vers mon père et Elizabeth.

— Que le spectacle commence.

64

Tout le monde en place!

Elizabeth s'avance la première. Elle traverse le hall du palais de justice, présente son badge à deux vigiles en faction devant la porte de la salle d'attente des jurés. Tous deux opinent sans broncher. Jusque-là, tout se déroule comme prévu.

À mon tour. Passant droit devant eux, j'entre à sa suite dans la salle d'attente, où je m'installe de façon à jouir d'une vue imprenable sur Sadira. Sans pour autant regarder dans sa direction.

Une minute plus tard, mon père entre à son tour, dans le rôle du retardataire qui vient tout juste de sortir de table. Dans sa panoplie de péquenaud, c'est à peine s'il fait tache. C'est d'ailleurs l'un des charmes de cette ville. Il y règne une telle diversité que chacun finit par s'y fondre. Jusqu'au jour où, Dieu sait pourquoi, on ne voit plus qu'eux.

Et c'est ce sur quoi nous misons.

Le « paradoxe des anniversaires » est un problème mathématique dont l'énoncé est le suivant : combien de personnes faut-il réunir dans une pièce pour que la probabilité que deux d'entre elles soient nées le même jour de l'année soit de 100 % ? Ce nombre est contre-intuitivement bas. Il suffit de vingt-trois personnes pour que cette probabilité soit de 50 %. À partir de cinquante-sept personnes, elle dépasse 99 %. Comment cela se peut-il, alors qu'il y a trois cent soixante-cinq jours dans une année ?

Et pourtant, c'est mathématiquement démontré.

Quant au paradoxe des jurés, pas besoin d'avoir fait maths sup pour le résoudre. L'intuition suffit. Combien de personnes faut-il réunir dans une pièce pour qu'aucune ne se rende compte que deux d'entre elles se sont ajoutées après l'heure du déjeuner ?

Nous nous asseyons. Comme je m'y attendais, personne ne semble prêter attention à mon père et à moi. Parfait. En moins de temps qu'il n'en faut pour articuler « Tim Tebow », tous ne vont pouvoir que nous remarquer. Et pas qu'un peu.

C'est quand tu veux, papa…

Pour commencer, un numéro de maladresse. Feignant de prendre une gorgée de sa flasque cachée sous sa chemise, mon père la laisse tomber par terre. Le choc métallique sur le carrelage résonne dans toute la salle. Tous les regards se tournent vers lui. Sur les visages, une même expression : *Génial. Un poivrot.*

Pire, un poivrot réac, à en juger d'après son accoutrement.

— Mêlez-vous d'vos affaires, concierges gauchistes, aboie mon père.

Il s'abstient prudemment de pousser la caricature jusqu'au rot façon Barney Gumble, l'ivrogne des Simpson, mais trouve le moyen de perdre l'équilibre en se penchant pour récupérer la flasque.

Quelqu'un se met à ricaner à point nommé.

— Ça t'fait marrer, crâne d'œuf ? demande mon père en pointant l'index vers un homme en grande précarité capillaire, lequel regrette aussitôt d'avoir ri – comme, du reste, de ne pas s'être couvert la tête d'un chapeau – et se replonge dans son journal, dans l'espoir que ce maboul va l'oublier.

Pas de chance.

— Tu crois p't-être que t'es mieux qu'moi ? Eh ben tu t'gourres, poursuit mon père en mangeant un mot sur deux. Tiens, j'parie que t'es même pas américain. Un vrai Américain, j'veux dire. Qu'est né ici. Y'en a même pas un seul dans c'te salle, si j'regarde bien.

Sadira Yavari, assise au premier rang, enseigne la philosophie, avec une spécialité en épistémologie. Ce petit discours bien rance devrait l'intéresser, d'un strict point de vue professionnel.

Allez, Sadira, lève le nez de ton bouquin et regarde ce pauvre fou. C'est trop tentant.

Elle n'y résiste pas.

Et maintenant, que le vrai spectacle commence.

65

— Et voilà, encore une qui ferait mieux de s'mêler de ses oignons.

Mon père lance un doigt accusateur en direction de la séduisante jeune femme en jupe noire et chemisier blanc.

— Oh, mais voyez-vous ça, encore une étrangère. Musulmane, hein ? Pas la peine de vous déguiser en Américaine. Ça s'voit tout de suite.

C'est le signal. *Musulmane.* À quelques chaises de distance, j'interromps la diatribe :

— Ça suffit maintenant. Vous passez les bornes.

Toutes les têtes se tournent successivement vers moi, puis de nouveau vers mon père pour entendre sa réponse. Mais il n'en a pas fini avec Sadira, suivant notre plan. Ce n'était qu'un hors-d'œuvre.

— Peut-on savoir ce que vous lisez là, madame la musulmane ? Le Coran, hein ? Voulez-vous voir c'que je lis, moi ?

Il se lève et plonge la main dans sa poche arrière pour en tirer son exemplaire de la Constitution et le brandit à la vue de Sadira.

— Voilà ce que lisent les vrais Américains !

— Dans ce cas, qu'est-ce que vous attendez pour vous rasseoir et pour bouquiner ? dis-je. Cessez d'importuner madame. Cessez de tous nous importuner.

— Je te cause à toi ? aboie mon père.

— Je crois m'exprimer au nom de tous. Vous feriez mieux de ne pas causer du tout.

— Dans ce bouquin il est dit que j'ai le droit de donner mon avis, dit-il en désignant l'exemplaire de poche qu'Elizabeth a froissé, enroulé et corné, à tel point que nul ne peut douter qu'il le trimballe partout depuis des années, si ce n'est des décennies.

— Si vous avez le droit de parler, j'ai celui de vous demander de la boucler.

— Ah ouais ? Essaie un peu pour voir, espèce de coco de mes deux.

La vache, il est bon. Presque trop. *Coco de mes deux ?* Pour un peu, je bondirais de ma chaise pour lui en coller une. Mais non. Je ne peux pas porter le premier coup. Tout le monde aime les héros, mais ceci n'est pas un film. C'est une tentative de manipulation. De la psychologie humaine appliquée. Expérience de Pavlov : il s'agit d'obtenir de Sadira une réaction bien précise, ce qui implique qu'elle ne doute pas une seconde de ce qu'elle voit. Tout doit avoir l'air vrai.

— Tu parles d'un dégonflé, ajoute mon père narquoisement, en me regardant tenter de l'ignorer.

Dans cette situation, d'ordinaire, le mieux est de laisser tomber. De remettre la bagarre à plus tard. C'est ce que font les gens de Manhattan. Quatre-vingt-dix-neuf fois sur cent, ça marche.

Pas la centième.

Mon père dépose soigneusement sa flasque et sa Constitution sur sa chaise. À peine retourné, il se jette sur moi. J'ai tout juste le temps de me lever pour lui permettre de m'envoyer au tapis.

Le secret pour feindre une bagarre ? De vrais coups. Mon père me porte le premier comme convenu, une torgnole qui m'aurait fracassé le menton, si je n'avais prestement pivoté une épaule. Concert de cris et débandade. Seule Sadira n'a pas bougé une fesse. Du coin de l'œil, je l'aperçois qui se contente d'assister au spectacle, sans en perdre une miette.

Bien noté : question violence, cette femme en a vu d'autres.

Du coin de mon autre œil, j'aperçois les vigiles qui accourent, lâchés comme des chiens par Elizabeth. Dans une poignée de secondes, ils nous auront séparés. Ce qui me laisse le temps de jouer la scène finale.

La sympathie n'est pas un aphrodisiaque. Si je veux émouvoir Sadira, passer pour une victime à ses yeux ne suffira pas. Ni être le gars qui a volé à son secours. Je dois me montrer capable de recevoir un coup et, plus important, d'en porter un. Et un bon.

Tiens-toi prêt, papa...

Ce n'est ni un uppercut ni un crochet. Dans le métier, on appelle ça un *stunner* : un coup rapide et précis sur le processus xiphoïde, qui n'est autre qu'un appendice osseux du sternum.

Sous le choc, le vieil ivrogne bavard est réduit au silence, plié en deux, souffle coupé. Sadira n'en verra pas plus, les vigiles viennent de faire irruption et de nous ceinturer. Avant que quiconque ait pu leur faire comprendre que le vieil homme est celui qui a déclaré les hostilités, ils nous évacuent tous les deux.

Je ne prends pas le risque de repérer Sadira une dernière fois avant d'être traîné dehors. Inutile. Je sens le poids de son regard. Mais n'en avons-nous pas trop fait ? A-t-elle mordu ?

66

Environ une demi-heure plus tard, un greffier apparaît dans la salle d'attente et donne lecture d'une liste de vingt noms tirés au hasard parmi le panel des jurés. Cette fois, Sadira en fait partie.

Je fais les cent pas sur le trottoir du palais de justice plongé dans mon téléphone, dos aux portes. J'attends un signal d'Elizabeth, qui m'observe vingt mètres plus loin en feignant de manger un hot-dog – et qui serait plus convaincante si elle daignait l'entamer.

Qu'importe. Elle me lance enfin le signe de tête convenu.

Je me retourne, toujours rivé à l'écran de mon téléphone. Sadira ne peut pas me louper. Je continue à battre le pavé, tel un leurre humain.

Ça y est, elle mord. Je l'entends approcher en cliquetant des talons.

— Excusez-moi.

Je lève les yeux.

— Je tenais simplement à vous remercier d'être intervenu tout à l'heure. D'avoir pris ainsi ma défense.

— Je vous en prie. Ce n'était rien.

— Pour vous peut-être, mais pas pour ce vieil homme. Il ne semblait pas beaucoup vous apprécier.

— Ni vous non plus.

Elle sourit.

— Dites-moi qu'ils l'ont envoyé au poste…

Je lui rends timidement son sourire.

— Ce serait Noël avant l'heure, dis-je.

Elle passe une main dans ses longs cheveux bruns. Sadira Yavari est encore plus éblouissante vue de près.

— Vous n'avez pas porté plainte, n'est-ce pas ?

— Comment vous expliquer… j'ai un faible pour les vieux ivrognes enragés. J'ai simplement insisté pour qu'on l'oblige à boire du café. Ce qu'il est en train de faire dans une salle d'attente.

— C'est bien. Même si j'ai lu qu'il s'agit d'une légende.

— Quoi donc ?

— Le café ne dessaoule pas plus vite.

— C'est vrai. Je l'ai lu aussi. Mais c'est au sens médical.

— Par opposition à quel autre ?

— Le sens psychologique. Le cerveau humain peut être porté à la sobriété, pourvu qu'il adhère à cette croyance.

Un éclair dans son regard.

— Je savais bien que votre visage me disait quelque chose. Vous êtes le prof de psycho qui a mis la main sur ce tueur en série l'an dernier.

— C'est bien moi, en effet.

— Je ne m'étonne plus que vous ayez lâché le grappin à ce vieux fou. En comparaison d'un tueur en série, il ne fait vraiment pas le poids.

— Dylan Reinhart, dis-je en tendant ma main.

— Sadira Yavari.

Je vois bien qu'elle me jauge.

— Je me rappelle avoir lu un article sur vous, quand vous avez sauvé la vie du maire. Il se trouve que j'ai consacré un certain nombre d'heures de cours à discuter des motivations du Dealer, après qu'il s'est supprimé.

— Des heures de cours ?

— Il semble que nous ayons plus de choses en commun qu'un jury d'assises. J'enseigne également. À l'Université de New York.

— Incroyable. Et qu'enseignez-vous ?

— La philosophie. L'épistémologie, pour être exacte.

— Du grec *epistémè*, la connaissance. Quelle ironie, n'est-ce pas ?

— Comment ça ?

— Le mot qui définit l'étude critique de la connaissance est un mot que peu de gens connaissent.

— Et dire que c'est à ça que je consacre ma vie…

— Vous savez ce qu'en a dit Kierkegaard, je suppose ?

— Je suis professeur de philosophie, donc je suppose que oui.

— « La vérité est toujours…

— … du côté de la minorité », achève-t-elle.

Elle porte une main à son menton et m'examine des pieds à la tête.

— Vous êtes un homme intéressant, professeur Reinhart.

— La flatterie vous conduira loin.

— Que diriez-vous de dîner ensemble demain soir ? Me conduira-t-elle jusque-là ?

— Je ne sais pas. Je dois d'abord en parler à ma femme.

Sadira fait littéralement un pas en arrière.

— Je suis confuse. Je ne vous ai pas vu d'alliance et notre conversation m'a laissé penser que…

— Je plaisantais. Je ne suis pas marié. Je serai ravi de dîner avec vous.

Quatrième partie

L'ennemi de mon ennemi

67

— Peut-être devrais-je rappeler Foxx. Où est-il ?

— Il arrive, répond Julian. Et ne me demande pas ce que tu vas me demander pour la centième fois, je le sens.

Pour la centième fois, je lui pose donc la question :

— Qu'est-ce que tu fiches ici, Julian ?

— Foxx m'a convoqué. Aux dernières nouvelles, il dirige toujours la section de New York.

Un point pour lui. Seul un petit nombre de personnes sur cette terre peuvent le forcer à sortir de sa grotte légendaire contre son gré. Landon Foxx est l'une de ces personnes.

Encore faudrait-il qu'il veuille se montrer.

À peine étais-je convenu d'un dîner avec Sadira que Foxx m'a appelé pour me demander de le rejoindre chez O'Sullivan's, un bar du Lower East Side, en fond de salle. Ayant appris que mon père était en ville, il a également souhaité sa présence.

— Dites à Eagle que je me réjouis de le revoir.

Et qui mon père et moi avons-nous trouvé attablé au fond du bar, devant un whisky ? Julian. Que je venais d'appeler, une heure auparavant, pour lui demander un service. Et qui ne m'avait pas soufflé mot de ce rendez-vous. Pourquoi ? Inutile d'insister, Julian ne dira rien.

Qu'importe ses cachotteries. En attendant Foxx, parlons plutôt de ce petit service.

— Alors, combien de pages t'a-t-il fallu dépouiller ?

Le O'Sullivan's a dû ouvrir ses portes à l'époque de la Prohibition et ça se sent. C'est la taverne irlandaise typique, où chacun apporte ses propres problèmes.

— Pas autant que tu aurais pu le croire, répond Julian. Il y a eu ce récit dans *New York* et un papier dans le *Provincetown Banner* qui faisait état de rumeurs sur ton homosexualité. Toutes les autres mentions, ce sont des blogs.

— Tu es sûr de n'en avoir oublié aucun ?

Julian me regarde comme si je venais de demander à Annie Leibovitz si elle n'a pas oublié de mettre une pellicule dans son appareil.

— Non, aucun. Si Sadira Yavari tape ton nom sur Google, rien ne lui permettra de douter que tu es hétéro.

J'observe mon père qui, de l'autre côté de la table, se retient jusqu'au vertige de balancer une ou deux *punchlines* bien senties. À moins qu'il soit recru de fatigue. Il n'a toujours pas dormi. Si Foxx n'avait pas insisté pour qu'il se joigne à nous, je l'aurais envoyé s'écrouler chez Elizabeth, qui nous l'a proposé. Soit dit en passant, elle n'était pas peu vexée de n'avoir pas été conviée. Elle a grommelé quelque chose au sujet des « clubs de mecs », mais elle en a parfaitement compris la raison. Foxx n'est pas son supérieur. Elle n'a rien à voir avec la CIA.

Ce qui ne signifie pas qu'elle doive applaudir. Quel que soit l'objet de ce rendez-vous, elle sait qu'il doit être important. Et je le sais aussi.

Pour la cent unième fois, j'apostrophe Julian :

— Donne-moi un indice. Tu ne veux pas jouer avec moi ? Pourquoi Foxx veut-il nous voir ? De quoi s'agit-il ?

Julian incline son verre de whisky en indiquant quelque chose par-dessus mon épaule.

— Tu n'as qu'à lui demander, dit-il. Le voici.

68

Foxx s'assied avec un signe de tête pour Julian et moi, puis oublie aussitôt notre existence pour bavarder deux minutes avec mon père et évoquer le souvenir de missions passées.

— Les choses ont bien changé depuis que tu n'es plus là, Eagle, dit-il pour conclure. Que ça te plaise ou non, tu es une légende.

— Fais attention, je pourrais te croire, répond mon père. Maintenant, cesse ton baratin et dis-moi ce que tu veux.

Foxx n'est pas du genre impressionnable. Invité par mon père, il pourrait se réjouir d'aller droit au but. Mais il n'est pas non plus idiot. Si votre interlocuteur connaît votre prochain coup, vous n'obtiendrez rien de lui.

— J'allais te demander ce qui t'amène à New York, attaque Foxx, mais toi et moi savons que tu n'as aucunement l'intention de m'apprendre la véritable raison de ta présence, parce qu'il est encore trop tôt. Nous allons donc en rester là.

Mon père sourit, admiratif. L'espace d'une seconde, j'ai le sentiment qu'il va raconter à Foxx notre rencontre matinale avec Eli, *alias* le Prophète. Mais cet homme est mon père. Jamais il ne cramerait une source, sur la tête de Woodward et Bernstein[1].

— Très bien, dis-je. Maintenant que nous avons établi ce point…

1. Bob Woodward et Carl Bernstein, les deux journalistes du *Washington Post* à l'origine du scandale du Watergate (*NdT*).

En d'autres termes : *si on passait aux choses sérieuses ?*

J'ai déjà informé Foxx au sujet de Sadira lorsqu'il m'a appelé au palais de justice. Il a eu l'air satisfait que j'aie établi un contact avec elle, mais mon plan ne l'a pas vraiment convaincu.

— Soit Sadira Yavari a tué Jahan Darvish de ses propres mains, soit elle a mâché le travail pour un autre. Dans un cas comme dans l'autre, il a dû se compromettre. La question est : comment ?

— C'est ce que je m'efforce de savoir, dis-je.

— C'est ce que *nous* nous efforçons tous de savoir, complète Foxx, avec un signe d'intelligence à l'attention de Julian.

À son tour.

— Landon m'a demandé de regarder dans le dossier de Darvish si quelque chose aurait pu échapper à l'Agence.

— Et quelle est cette chose ? dis-je.

Car il y en a forcément une. Sans quoi Julian ne serait pas assis là.

— L'Agence semble avoir épluché tous les comptes de Darvish, y compris celui qu'il détenait aux îles Caïmans et sur lequel étaient versés les paiements du gouvernement iranien. Le professeur blanchissait les rials en dollars dans un casino en ligne offshore, comme il l'avait dit à l'Agence quand il est devenu agent double.

Je n'ai retenu que deux mots :

— L'Agence *semble avoir* épluché tous ses comptes ?

— En dollars et en rials, intervient Foxx. Nous ne sommes pas allés plus loin.

Inutile de m'en dire plus. Je me tourne vers Julian :

— Cryptomonnaies ?

Julian touche son nez. *Bingo.*

— Si ce n'est que cette crypto-là est récente et sort un peu de l'ordinaire. Ça se passe sur le darknet et ça semble s'adosser à une monnaie forte.

Voilà qui est nouveau. Imaginez que vous puissiez émettre numériquement vos propres billets de cent dollars…

— Mais tu ne sais pas de quelle monnaie forte il s'agit, c'est ça ?

— Non. Je le soupçonne, mais c'est un système assez sophistiqué.

Façon d'admettre qu'il ne l'a pas encore entièrement piraté. Il y a bien sûr des limites à ce que Julian est capable d'obtenir à l'aide d'un clavier – dans un temps restreint, du moins. Mais il n'est pas du genre à agiter le drapeau blanc. Comme il aime à le répéter, l'échec n'est qu'une réussite différée.

— En quoi se distingue-t-elle des monnaies du type Bitcoin ?

Réponse : alors que le Bitcoin et autres cryptomonnaies s'échangent sous pseudonyme, quelques hackeurs ont réussi à isoler des flux de transaction individuels, ainsi qu'à découvrir l'identité réelle des émetteurs comme des bénéficiaires. Julian est même le premier à l'avoir fait.

— Je peux voir où la crypto atterrit, me répond-il. Ce que je ne peux pas voir, c'est qui l'a émise. Dans le cas qui nous occupe, il y a un niveau supplémentaire, un compte intermédiaire qui efface toute trace de transfert une fraction de seconde avant qu'il soit effectif.

— Comment est-ce possible ?

— Je ne le sais pas encore de façon certaine. C'est comme si la monnaie elle-même gardait mémoire du destinataire alors que la transaction a été annulée.

— Comme un serpent qui continue de frétiller après que tu lui as coupé la tête…

— En quelque sorte.

— Si je comprends bien, dis-je en me tournant vers Foxx, Darvish percevait des sommes dont il a omis de vous parler et dont il n'y a aucune raison de penser qu'elles provenaient du gouvernement iranien, puisque l'Iran le payait déjà.

— Je sais ce que vous pensez, Reinhart.

— Que Darvish s'est payé votre tête. Les renseignements qu'il vous fournissait étaient bidon.

— Peut-être, admet Foxx. Ou peut-être pas. Jamais nous ne le saurons.

— Je ne serais pas aussi catégorique, objecte Julian.

— Comment ça ?

— Oui, que voulez-vous dire ? abonde Foxx, qui semble aussi surpris que moi.

Mon père rigole. Quoique exténué, il n'a pas perdu un mot de la conversation. Mieux que ça, il lit entre les lignes.

— Il veut dire qu'il a identifié l'intermédiaire. Il sait par qui transitent ces sommes.

Julian arbore un large sourire et se gratte le nez. *Bingo.*

69

— Qui est-ce ? demande Foxx.

Julian sort son téléphone. La photo était prête.

— Je vous présente Viktor Alexandrov.

Nous regardons la photo, extraite du site web de Viktor Alexandrov International.

— Le type a son propre site ? Ça nous arrange, dis-je. Il y a une adresse ?

— Non, juste un numéro de téléphone. À New York. Il habite à SoHo.

Foxx lui prend le téléphone des mains pour regarder de plus près. Son doigt modifie l'échelle.

— Marchand d'art ?

— Marchand d'art russe, précise Julian. Et s'il y a un pays au monde capable de créer une crypto sur le darknet pour contrefaire le rouble, c'est bien la Russie. Armes au marché noir, blanchiment d'argent, ingérence dans les élections étrangères – sans oublier, à l'occasion, le financement d'activités terroristes.

— Et quelle meilleure couverture pour tout cela qu'un marchand d'art international ? dis-je.

— Nous devons nouer contact avec cet individu, déclare Foxx. Et vite.

— Serait-il assis sur vos genoux à la minute où je vous parle, ça ne vous avancerait pas à grand-chose, rétorque Julian. Il ne saura rien du tout.

— Que voulez-vous dire ? Comment ignorerait-il d'où provient cet argent ?

Nouvelle intervention de mon père :

— C'est tout l'intérêt d'un intermédiaire. Il n'est au courant de rien.

Foxx retrouve son habituelle humeur de chien.

— Qu'est-ce à dire, Julian ? Nous auriez-vous menés dans une impasse ?

— Je dis simplement que Viktor Alexandrov ne vous dira rien, quand bien même vous le noieriez dans une baignoire pleine de clous. Mais il y a un autre moyen.

— Lequel ?

— J'ai besoin d'un accès à son ordinateur.

— Pas de problème, répond Foxx. Je peux vous avoir un mandat de perquisition dès cet après-midi.

— Vraiment, vous êtes sûr ? dis-je. Sur la base de quelles preuves ? Le piratage d'un transfert de monnaie numérique ?

— Vous n'y êtes ni l'un ni l'autre, réplique Julian. Alexandrov ne doit pas savoir que j'ai eu accès à son ordinateur. Même s'il ignore l'origine de ces fonds, il peut toujours alerter celui qui les transfère, qui qu'il soit.

— Donc il faut qu'on vous procure son ordinateur à son insu, résume Foxx.

— C'est une façon de procéder.

— Quelle serait l'autre ? dis-je.

— Je n'ai besoin que d'un accès à son ordi. Pas d'être assis devant. Je n'ai pas besoin de me rendre sur place.

— Toi, non. Mais quelqu'un d'autre. C'est ça ?

— Voilà qui ouvre des possibilités, déclare Foxx. Des idées ?

— Oui, deux, fait mon père. Introduction par effraction.

— On peut se contenter de l'introduction, dis-je.

— À quoi pensez-vous ? demande Foxx.

Je pointe du doigt la photo d'Alexandrov sur le téléphone de Julian. Les cheveux lissés en arrière, l'air d'un riche playboy, il est planté devant ce qui semble bien être un tableau du Greco, à en juger d'après les silhouettes longilignes des personnages.

— Qu'as-tu appris de plus sur ce type ? dis-je. Sur sa vie privée.

— Que veux-tu savoir ? Il est russe, il aime boire et draguer…

— Parfait. Nous allons lui donner l'occasion de faire les deux.

— Je reformule ma question, intervient Foxx. Qu'avez-vous en tête ?

Je me suis déjà levé pour gagner la sortie.

— Je vous le dirai dans une heure. Ou même avant, si le maire est dans un bon jour.

70

Edso Deacon, dans son bureau du City Hall, me dévisage d'un air stupéfait.

— Vous voudriez que je fasse *quoi* ?

— Que vous organisiez un cocktail, dis-je en lui tendant une feuille pliée en quatre. Voici la liste des invités.

Deacon saisit le papier, le déplie grossièrement et grimace.

— Mais il n'y a qu'un nom !

— C'est le seul qui m'importe. Je laisse les autres à votre entière discrétion.

— Oh, sans blague ? Vous me laissez le choix d'inviter qui je veux à ma propre réception ? Trop aimable, vraiment.

Comme si le sarcasme ne suffisait pas à traduire sa contrariété, le maire jette un regard à Beau Livingston en levant les yeux au ciel. Ce dernier, campé sur le sofa contre le mur, laisse éclater un rire obséquieux.

— Votre générosité vous perdra, Reinhart, croit-il bon d'ajouter. Avez-vous inscrit sur un autre papier les amuse-bouche que vous souhaitez pour le buffet ?

— Du caviar, pour commencer, suggère Deacon. Le gars est russe. Viktor Alexandrov.

— On est censés le connaître ? demande Livingston.

— Il est marchand d'art, dis-je. C'est en cette qualité qu'on l'invite. Le maire souhaite diversifier ses placements en faisant l'acquisition d'une œuvre majeure, à titre d'investissement. Il a entendu dire qu'Alexandrov était le bon interlocuteur.

— L'est-il vraiment ? demande Livingston.

— Il le sera, pour peu que vous le lui disiez. Il ne risque pas de vous contredire, Beau. Ça s'appelle l'ego. On ne vous a pas appris ça, à Harvard ?

Livingston a une cinglante repartie toute prête, j'en jurerais. Quelque chose sur Yale, mon université, son second choix. Mais Deacon ne le laisse pas la placer.

— Simple curiosité, dit-il : pour quelle vraie raison devrais-je inviter cet Alexandrov à ce cocktail ?

— Je ne peux pas vous le dire.

Si un regard pouvait tuer…

— Vous êtes sacrément gonflé, Reinhart.

— Non, j'ai un atout dans mon jeu.

Je lui ai sauvé la vie et il ne l'a pas oublié. Il sait aussi pour quelle raison je ne peux rien lui dire au sujet d'Alexandrov, du moins il s'en doute.

— Votre ancien employeur est-il dans le coup ?

— Ça se pourrait.

— C'est donc une question de vie ou de mort, comme ils ne disent pas à Langley[1].

— Je ne vous demanderais pas ce service si ce n'était d'une importance extrême, dis-je. Ça vous va ?

Deacon acquiesce. Il se fait peu à peu à l'idée. Livingston, lui, n'en revient pas.

— Vous ne l'envisagez pas sérieusement ? demande-t-il à son boss.

Livingston ne fait que son job. Il est payé pour être l'avocat du diable. Deux mots tournent en boucle dans sa cervelle : *collusion russe.* La dernière chose dont le maire ait besoin serait d'être cité à comparaître par le procureur Bob Mueller, l'homme qui a instruit l'affaire du Russiagate.

— Si je vous rends ce service, sommes-nous quittes ? demande Deacon.

1. Le siège de la CIA, en Virginie (*NdT*).

Les hommes de pouvoir n'aiment pas être redevables à quiconque.

— Parfaitement quittes.

— Alors c'est d'accord. Quand voulez-vous qu'on le fasse ? Dans une quinzaine ?

— Un peu plus tôt que ça, je le crains.

— Juste un peu ?

J'insère mes index dans mes oreilles en souriant. *Et tu me trouvais gonflé, Deacon ?*

— Ce soir.

Dix minutes plus tard, sur le parvis du City Hall, les oreilles encore vibrantes des hurlements du maire, j'appelle Elizabeth.

— Tu te souviens d'avoir dit que jamais tu n'aurais l'occasion de porter ces Louboutin neuves ? Sors-les du placard, tu vas en avoir besoin…

71

C'est bon d'être le roi. Et c'est encore meilleur d'être le roi de New York. Tout le monde accourt pour trinquer avec vous, même sur invitation de dernière minute. Exactement comme je l'escomptais.

Une heure n'était pas écoulée que Livingston m'a appelé pour m'apprendre qu'Alexandrov avait accepté l'invitation sans poser de questions. Ah si, une : il a demandé s'il pouvait venir accompagné. Sans doute pour épater sa dernière conquête. *Tu vois, chérie, je suis à tu et à toi avec le richissime maire de cette ville…*

Mais Livingston lui a clairement fait comprendre qu'aucun extra ne serait admis. Point crucial. Alexandrov est loin de se douter que je lui ai déjà dégotté une autre compagne pour la soirée.

— Comment me trouves-tu ? demande Elizabeth en virevoltant dans sa petite robe noire devant Gracie Mansion, résidence officielle des maires de New York, que Deacon et sa femme, Cassandra, n'occupent que lorsqu'ils reçoivent.

— Tout simplement magnifique.

Et c'est vrai. Elizabeth a tellement pris l'habitude de camoufler ses charmes pour raison professionnelle que c'est à peine si je l'ai reconnue.

— J'en étais venu à douter que tu aies du maquillage.

— Très drôle. Le maquillage, il est à moi. Mais la robe, je l'ai empruntée à ma voisine. Rappelle-moi de ne rien renverser dessus.

— J'ai bien trop d'autres choses à te rappeler.

— Ne t'inquiète pas. J'ai tout mémorisé.

— Certaine ?

— Absolument certaine.

Elle étend une jambe hors de sa robe fendue à hauteur de cuisse et sourit.

— Et puis, j'ai mes nouvelles chaussures porte-bonheur.

Tout est dit.

Nous entrons en décalé. Moi d'abord. Peu avant, Landon Foxx a envoyé un agent récupérer un costume et une cravate dans mon appartement, ainsi qu'une chemise propre et une paire de mocassins. Par chance, les chaussures qu'il a choisies sont coordonnées avec mon costume. Je suis tombé sur un agent qui s'y connaît en matière vestimentaire.

Foxx nous a en outre provisoirement logés, mon père et moi, dans une résidence sécurisée à Brooklyn. En ce moment même, mon père est en train de refaire un plein de sommeil bien mérité. À mon avis, sa prestation en juré d'assises alcoolique devrait lui valoir un Oscar. Mais un coup monté par jour, c'est suffisant pour lui.

— Quel plaisir, monsieur le maire, dis-je après avoir été conduit par un membre du personnel de maison dans un petit salon attenant au hall de Gracie Mansion.

S'il y a une chose que le maire apprécie malgré tout dans cette réception impromptue, ce sont les cocktails. Confortablement installé dans son second mandat, sans aucun journaliste en vue, il n'est pas fâché de pouvoir s'en jeter quelques-uns dans le gosier.

Mais toujours moins que l'homme du jour.

M'ayant serré la main, Deacon me conduit directement à Alexandrov, qui monopolise la femme du maire près du bar. À moins que ce soit le bar qu'il ait monopolisé.

— Viktor, permettez-moi de vous présenter mon ami le professeur Dylan Reinhart.

— Tout le plaisir est pour moi, professeur Reinhart, dit Alexandrov en faisant gauchement passer son verre de martini de sa main droite à sa main gauche pour me tendre ses doigts.

Son haleine empeste la vodka et il a bien l'intention de ne pas s'arrêter là. Mais, saisi d'une soudaine intuition, il redresse la tête.

— Attendez… c'est vous, le fameux professeur ? Dr Death !

— C'est bien lui, répond Deacon. L'homme qui m'a taclé sur la première ligne des bases du Citi Field et qui m'a sauvé la vie l'an dernier.

— Un authentique héros américain, acquiesce Alexandrov. Le plaisir n'en est que plus grand de faire votre connaissance. Que dis-je, c'est un honneur.

Ce type est un charmeur, je le lui reconnais volontiers. Et maintenant, un pas à gauche pour lui dégager la vue sur l'entrée du salon.

À toi de jouer, Elizabeth…

72

Elizabeth tapote la pointe de sa Louboutin gauche sur le trottoir, devant Gracie Mansion, comme pour battre la mesure. Elle dispose d'une petite fenêtre pour faire son entrée, ni trop tôt ni trop tard, et c'est à elle de sentir quand le moment sera idoine.

Maintenant, se dit-elle. Elle le sent.

En se dirigeant vers la grande porte, elle goûte toute l'ironie de la situation. Elle s'était promis de ne jamais faire ce qu'elle s'apprête à faire : user de ses charmes. Mais s'il doit y avoir une exception, que ce soit ce soir ou jamais.

Elle n'a eu que quelques heures pour potasser, comme lorsqu'elle était étudiante à l'université du Maryland et qu'elle révisait ses examens de fin d'année. Mais après tout, peu importe avec quelle aisance elle va pouvoir parler des tenants et aboutissants du marché de l'art. Son bla-bla ne sera d'aucun effet sur un type comme Alexandrov, à moins qu'elle-même soit une œuvre d'art. Il faut qu'il ressente le besoin absolu, catégorique de la posséder.

Elle fait une brève halte pour vérifier l'échancrure de son décolleté. *Suis-je réellement en train de vérifier que mes seins sont en ordre de bataille ?*

Ce sera donc la soirée de toutes les premières.

La phase initiale du plan part en fumée sitôt son entrée dans le salon. Elle devait garder ses distances vis-à-vis d'Alexandrov, comme prévu, mais j'ai changé de tactique et me dirige droit sur elle.

— Il y a ici quelqu'un qui aimerait faire ta connaissance, dis-je avec un large sourire. Il n'a pas été trop subtil à cet égard.

— Est-ce qu'il m'a reconnue ?

— Encore mieux que ça.

Quand bien même Alexandrov aurait vu aux infos les images d'Elizabeth à Times Square, les chances seraient minces qu'il fasse le rapprochement. L'Elizabeth de la télé n'a rien de commun avec l'Elizabeth apprêtée qui vient d'entrer dans le salon. Toutefois, j'ai préféré jouer sur du velours.

— Je lui ai dit que tu étais décoratrice d'intérieur.

— On avait dit avocate, maugrée Elizabeth.

— En effet, mais je me suis ravisé. Cette robe ne fait pas avocate. Pense à l'emprunt dont tu viens de faire l'économie pour financer tes études de droit.

— Très drôle. Assez parlé, présente-le-moi.

— Je lui ai demandé d'attendre un peu avant de nous retrouver.

— Eh bien, il a fini d'attendre, on dirait.

Quelques secondes plus tard, je suis quasiment poussé sur le côté par un Alexandrov titubant.

— Me présenterez-vous à cette splendide créature, professeur Reinhart, ou dois-je le faire moi-même ?

— En aucune façon. Viktor Alexandrov, permettez-moi de vous présenter Elizabeth Johnson.

Règle numéro un du pseudo d'arnaqueur : conserver le prénom. Règle numéro deux : à l'ère de Google, choisir un nom aussi commun que possible.

Non que Viktor se soit montré très attentif, occupé qu'il est à lorgner le décolleté d'Elizabeth. Pas très subtil, en effet. Moins encore lorsqu'il me fait comprendre qu'il serait temps que je m'éclipse.

— Le maire souhaite vous parler, professeur Reinhart. Tout de suite, m'a-t-il précisé.

— Ça marche, dis-je en lui donnant une tape dans le dos et avec un clin d'œil pour Elizabeth. Je vous laisse faire connaissance.

73

— Dire que je vous ai attendue toute ma vie, attaque Viktor.

Réplique de boulevard qui en appelle une autre, songe Elizabeth.

— Je parie que vous dites ça à toutes les filles.

— Oui. Mais ce soir, je le pense vraiment.

Il est grand, séduisant, avec un accent russe digne d'un *James Bond*. Quant à son eau de toilette, ça doit être de la Stolichnaya. *Serait-il déjà ivre ?*

— Vous êtes un ami du maire ? s'enquiert Elizabeth.

— Il cherche à faire une importante acquisition dans le domaine de l'art. C'est de cela que nous parlions. Je suis marchand d'art.

— Marchand d'art ? couine Elizabeth d'un air extasié, comme s'il était une rock star. Incroyable !

— Ça vous excite ?

Ai-je bien entendu ? Déjà ivre, pour sûr. Ivre et lubrique… Jouons le jeu.

— L'art m'excite, en effet. Surtout l'art moderne.

— Ma spécialité, répond-il en souriant de toutes ses dents.

Quelle heureuse coïncidence. Et Elizabeth de faire étalage de ses connaissances toutes neuves, des musées qu'elle a visités aux quatre coins de la planète. Elle finirait par croire, à la façon dont elle le raconte, qu'elle s'est réellement perdue dans les galeries du Louvre.

— Il y a toutefois un musée que j'aimerais visiter un jour. J'imagine que vous le connaissez bien.

— Je les connais tous.

— Si j'en crois votre accent, voulais-je dire.

La Russie ne manque pas de musées, un peu comme les terrains de basket ne manquent pas de joueurs nommés LeBron.

— Vous voulez dire l'Hermitage ? J'ai grandi à Saint-Pétersbourg. Je connais ce musée comme le dos de ma propre main.

Et de joindre le geste à la parole en effleurant le bras d'Elizabeth.

— C'est bien présomptueux de votre part, répond-elle avec malice.

— Ce n'est qu'un avant-goût. Que faites-vous ensuite ?

— Ça dépend. Que me proposez-vous ?

— Tout ce que vous voudrez. Dîner ? danser ?

Elle fronce les sourcils.

— Qu'y a-t-il ? Qu'ai-je dit de mal ?

— Je vous ai dit ce qui m'excite.

— Vous voulez voir des œuvres d'art ?

Elizabeth se mord la lèvre et opine, comme si les mots « œuvres d'art » étaient le nom de code de la pratique sexuelle la plus folle, la plus tordue qu'un homme comme Viktor puisse imaginer.

— Je ne vois qu'un seul endroit qui soit encore ouvert à cette heure, dit-il en regardant sa Rolex en or.

— Un musée ?

— Non, plutôt une galerie. Disons que ça en tient lieu.

— Qu'est-ce donc, si ce n'est pas une galerie ?

— Mon appartement.

— Nous venons à peine de faire connaissance et vous m'invitez chez vous ?

— Je vous l'ai dit, ce n'est qu'un avant-goût.

Puis, se penchant vers elle pour murmurer à son oreille :

— Voulez-vous voir mon Picasso ?

74

Tandis que Viktor manipule ses clés devant la porte de son penthouse de SoHo, Elizabeth observe. Pas de couloir, mais un palier disproportionné, d'autant plus aberrant qu'il ne dessert qu'un seul appartement à cet étage. Les riches ont vraiment l'art de gaspiller l'espace.

Elle repère très vite les sorties. À 6 heures, l'ascenseur par lequel ils sont arrivés et, à 9 heures, la cage d'escalier, à gauche.

Viktor coupe l'alarme, tape un code sur le clavier, juste derrière la porte.

— La voie est libre. Soyez la bienvenue.

Jusqu'ici, elle n'a fait que jouer la comédie. Mais en entrant, sa réaction n'est pas feinte.

— Waouh.

Apparemment, le métier de marchand d'art rapporte bien – ça et toutes les activités annexes de Viktor Alexandrov, quelles qu'elles soient. Les baies vitrées du sol au plafond, les meubles signés valent à peine d'être mentionnés, car ce sont les murs du salon qui sont la merveille. Il ne manque que les cordons de velours devant les tableaux, comme dans les musées. Viktor ne plaisantait pas quand il disait que son appartement lui tient lieu de galerie d'art.

— Je vous sers quelque chose ?

— Volontiers. Mais après la visite.

— Bien sûr.

Viktor fait un pas vers le salon.

— Non. C'est tout l'appartement que je veux voir. Où vous mangez. Où vous travaillez.

Puis, après une pause :
— Où vous dormez.
Viktor apprécie. Beaucoup. Peut-être n'aura-t-il pas besoin de la saouler, tout compte fait.
— Suivez-moi.
Il entreprend donc de lui montrer chacune des pièces de son vaste appartement. La cuisine, la salle à manger, l'antre qui lui sert de bureau.
La chambre à coucher.
— Que faites-vous ? s'étonne Elizabeth.
— J'enfile quelque chose de plus confortable, répond Viktor en ôtant la veste de son costume devant le lit king-size. Voulez-vous vous mettre à l'aise ? Vous pouvez m'emprunter un peignoir.
— Peut-être un peu plus tard. Terminons d'abord la visite.
— Ah oui, ma collection. Je ne manquerai pas de vous la montrer. Après.
— Après quoi ?
Viktor fait un pas, approche sa main de son épaule, saisit la bretelle de sa robe.
— Après ceci.
— Pas si vite, dit-elle en posant sa main sur la sienne. Si vous voulez voir ce qu'il y a dessous, il va falloir le mériter.
— Le mériter ?
— Parfaitement, dit-elle avec un déhanchement provocateur. Vous sentez-vous prêt ?
Coup double : la promesse de baiser, assortie d'un défi à sa virilité. Le piège à mâle parfait. Viktor devient aussitôt aussi malléable qu'une pâte à modeler.
— Chère amie, je suis prêt à tout.
— Très bien, répond-elle en faisant glisser une bretelle. Alors suivez-moi.

75

Par la porte entrebâillée de l'escalier de service, je guette l'appartement de Viktor. Qu'attend-elle pour ouvrir ? *Qu'est-ce que tu fabriques, Elizabeth ?*

— Dans une minute j'attaque une autre bouteille de scotch, susurre la voix de Julian à mon oreille.

— Ce n'est pas le moment de te torcher. J'ai besoin que tu sois au top.

— C'est quand je suis torché que je suis au top, vieux. Tu devrais le savoir.

En effet. Je sais aussi qu'il est étrange d'avoir Julian dans mon crâne, grâce à l'oreillette avec GPS et cellulaire dont il m'a équipé, pas plus grosse qu'un raisin de Corinthe.

— J'essaie quelque chose ?

— Quoi par exemple ? demande Julian.

— Je ne sais pas. Frapper à la porte ?

— Et tout faire capoter ?

— Tu as une meilleure idée ?

— Oui. Attendre. Tu fais ça très bien. Elizabeth sait parfaitement comment se protéger elle-même.

— Je sais qu'elle sait.

— Ça n'a rien d'anormal, si ça peut te rassurer. De te faire du souci pour elle.

— Qui a dit que c'était anormal ?

— Tu es humain, c'est tout.

Ma parole, Julian est réellement dans mon cerveau. Pile à l'instant où je m'apprête à lui demander de couper, la porte de Viktor s'ouvre et apparaît Elizabeth. Seule.

Comme convenu. J'ôte prestement mes mocassins sur le palier et la rejoins aussitôt.

— Tu vas devoir faire vite, murmure-t-elle.

— Je sais.

— Non. Vraiment, vraiment vite. Je ne sais pas combien de temps je pourrai le contenir. Je ne suis pas très habillée, comme tu peux le voir.

— Sois plus claire.

— Je lui ai dit qu'à chaque shot de vodka, j'enlèverai une pièce de vêtement. Il est en train de glacer des verres à liqueur et je suis censée être aux toilettes.

Je l'examine brièvement. Deux Louboutin, une robe, et sans doute pas grand-chose dessous. Elle a raison. On ne peut pas dire qu'elle soit trop vêtue.

— J'espère que les bijoux comptent.

— Et moi j'espère ne pas en arriver là.

Avant de disparaître, une indication :

— Au fond du couloir, deuxième porte à gauche. Il y a un ordinateur sur le bureau.

— Hein ? Où ça ?

— Dans le bureau de Viktor. C'est…

— Je parlais à Julian, dis-je en montrant l'oreillette.

Il essaie de me souffler quelque chose. Elizabeth me voit soudain lorgner vers l'ascenseur.

— Une meilleure idée, Julian ?

— Qu'est-ce qui se passe ? s'enquiert Elizabeth.

— Nous avons de la visite.

— Pardon ?!

À peine ce mot a-t-il franchi ses lèvres, elle comprend qu'elle a parlé trop fort. Bien trop fort.

— Tu disais, chérie ? appelle la voix de Viktor.

Trop tard pour réfléchir, et seules deux issues possibles. Dehors ou dedans. Elizabeth décide pour moi et me tire à l'intérieur.

— Le bureau. Vite !

76

Je file droit dans le couloir, glissant plus que courant sur mes chaussettes, si vite que je manque dépasser le bureau de Viktor. J'aperçois sa table de travail. Je vois l'ordinateur sur la table. Le problème, c'est ce que je ne peux pas voir.

— Julian, dis-moi que c'est le voisin de Viktor dans l'ascenseur ?

Julian n'est pas qu'une voix à mon oreille. Il est aussi les yeux que j'ai dans le dos. Sitôt connue l'adresse de Viktor, il a piraté le système de sécurité du bâtiment en détournant l'adresse IP de la société de surveillance hors-site. Il peut donc voir tout ce qu'enregistrent les caméras : entrées, sorties, hall, ascenseurs. En particulier le seul ascenseur qui desserve l'étage du penthouse.

— Manque de chance, répond Julian, ce n'est pas le voisin.

À son ton, je comprends que ce n'est pas une bonne nouvelle.

Julian m'apprend de qui il s'agit à l'instant précis où l'on sonne. *Comme s'il n'y avait pas mille autres appartements dans mille autres villes pour sonner à une heure pareille…*

L'homme qui m'a rendu visite sous le nom de Benjamin Al-Kazaz est là, debout, attendant que Viktor Alexandrov vienne lui ouvrir. Dans un instant, il sera dans l'appartement.

J'entends Viktor l'accueillir à l'autre bout du couloir. Je ne saisis pas le détail de leur conversation, mais il est évident qu'ils se connaissent.

Puis je les entends soudain beaucoup mieux. Ainsi que le bruit de leurs pas qui se rapprochent.

— Suivez-moi, lui dit Viktor. Allons dans mon bureau.

Vite, me planquer. Demi-tour sur mes chaussettes. Mon cœur bat à se rompre, en proie à la panique. Pas de placard. Pas de salle de bains. Pas de balcon. Un canapé, perpendiculaire à la porte, impossible de me cacher derrière.

Une seule possibilité : les rideaux.

Épais, longs et tirés, descendant jusqu'au sol. S'ils peuvent cacher mes pieds, je dois pouvoir m'y cacher tout entier. Simple déduction.

Je m'y glisse prestement, tel un danseur de limbo vertical. Tout ce qu'il me reste à faire, c'est me tenir là, immobile comme une statue, en souhaitant que la chose la plus flagrante en entrant dans ce bureau ne soit pas la vue d'une forme cachée derrière les rideaux.

N'avale pas ta salive. Ne respire pas. Ne bouge plus un cil.

— Peut-on savoir ce que vous foutez ici ? demande Viktor.

Bonne question. Qui, heureusement, ne m'est pas adressée.

Un silence, long, précède la réponse. La voix est bien celle de mon visiteur, telle que je me la rappelle, mais le ton n'est pas du tout le même.

— J'ai mal entendu. Que disiez-vous ?

À cet instant, mon intuition qu'Al-Kazaz et le Mudir sont une seule et même personne ne souffre plus aucun doute. Même pas besoin de le voir, l'entendre me suffit. Cette façon glaciale de débiter sa question : *Que disiez-vous ?*

Question qui n'en est d'ailleurs pas une. Plutôt un rappel à l'ordre : ce n'est pas sur ce ton que l'on parle au Mudir. Et pour être sûr d'avoir été bien compris, cette ponctuation spéciale :

Clic.

Parfois il faut un dernier petit coup sec de marteau pour bien enfoncer le clou.

C'est chose faite. Viktor s'excuse promptement, d'une voix tremblante. Le voilà transformé en intrus sous son propre toit.

— Je sais, je sais. J'aurais dû répondre à vos appels. Mais je craignais de vous décevoir.

— Mais non, répond le Mudir. Où est le paquet ? Pourquoi ce retard ?

— Baissez votre arme, s'il vous plaît.

— Répondez à la question. Pourquoi ce retard ?

— C'est à cause des douanes. Il est retenu à la douane.

— Vous m'avez dit que c'était réglé.

— Je le confirme. Tout va s'arranger. On m'a assuré que l'envoi serait dédouané avant la fin de la semaine prochaine.

— C'est trop long. L'agenda a changé. Ça se passera plus tôt que prévu. Vous avez vingt-quatre heures.

J'écoute leur conversation d'une oreille. De l'autre, j'entends Julian me demander si tout se passe bien. Si j'en avais une troisième, j'aurais sans doute perçu le bruit de pas dans le couloir.

— Vous êtes là ! dit Elizabeth.

Je devine qu'à la seconde même, elle voit l'hôte imprévu de Viktor – et son arme. Sa réaction est spontanée :

— Oh.

Comme dans « oh, merde ».

Le G42 est le plus petit des Glock et je sais exactement où Elizabeth dissimule le sien : contre sa cuisse, sous sa robe.

— Mon Dieu, je n'ose imaginer ce que vous devez vous figurer, lui dit Viktor. Elizabeth, permettez-moi de vous présenter un de mes bons amis.

Je glisse délicatement une main dans mon veston, cherchant le contact de mon Glock. Difficile d'anticiper la réaction du Mudir, mais je sens que Viktor le supplie de jouer le jeu. Ce qu'il fait en se présentant :

— Benjamin. Benjamin Al-Kazaz.

Menteur, mais cohérent.

Aucune explication sur la présence d'une arme dans sa main. Rien de plus le concernant. En revanche, il se montre curieux d'Elizabeth.

— Comment vous appelez-vous ?

— Johnson.

— Votre profession ?

— Je suis décoratrice d'intérieur.

J'attends la question suivante. Mais elle ne vient pas. Un lourd silence s'installe, épais, menaçant, comme jamais je n'en ai ressenti. Le Mudir sait qui est Elizabeth.

— Vous n'êtes pas décoratrice d'intérieur, lâche-t-il.

77

Tous les feux de l'enfer s'embrasent en même temps.

Je jaillis du rideau à l'instant où le Mudir braque son arme pour abattre Elizabeth.

— Non ! s'écrie Viktor.

Du coin de l'œil, le Mudir me repère – infime distraction, suffisante pour dévier son arme de quelques crans vers la gauche et permettre à Elizabeth de plonger hors de l'embrasure. Et à moi de combler la distance qui nous sépare en me jetant sur lui avant qu'il ne puisse tourner son arme vers moi.

Je le veux à terre, mais vivant. Il sait trop de choses. Le Mudir est plus qu'un terroriste ; il est *le* terroriste, le cerveau qui est derrière les attentats de Times Square et tous ceux à venir.

Au lieu de tomber proprement sur le sol, l'effet de levier jouant en ma faveur, mon élan nous projette contre le dos du canapé. Nous finissons notre course dans une bibliothèque et il parvient à se dégager.

— On ne bouge plus ! hurle Elizabeth.

Mais elle a beau avoir aussitôt dégainé son G42, le Mudir a été plus rapide. Le temps qu'elle réapparaisse dans l'embrasure et l'ait en ligne de mire, il s'est jeté sur Viktor. Le canon de son arme est collé sur sa tempe.

— Réfléchissez bien !

Je ne sais si je suis plus soulagé qu'alarmé. Le Mudir aurait pu me tuer au lieu de s'en prendre à Viktor, mais il sait aussi qu'Elizabeth aurait pu faire de même. À l'instant où il aurait pressé la détente, elle l'aurait abattu.

Le Mudir est intelligent, j'en conviens. Mais jusqu'à quel point ?

— Vas-y, dis-je en désignant Viktor. Tue-le.

Viktor est livide. Comme s'il ne faisait pas déjà suffisamment dans son froc. Elizabeth, elle, a compris ce que je tente. Quelque chose qu'elle-même ne peut se permettre, badge oblige.

Mais c'est la réaction du Mudir que je guette. Je veux voir ce rictus s'effacer de son visage. Je veux voir l'inquiétude s'allumer dans son regard, la soudaine prise de conscience que, peut-être, il n'a pas tout anticipé.

Mais non, il arbore un large sourire qui signifie : *bien tenté.*

Il se fiche pas mal que je me soucie ou non de la vie de Viktor Alexandrov. Du moment qu'il a la tête du Russe au bout de son arme, il est assuré de pouvoir sortir vivant de l'appartement.

Non sans quelques projets me concernant.

— Vous n'êtes pas à la hauteur, professeur Reinhart. Ce que vous êtes venu chercher ici, c'est votre mort.

— Un homme averti en vaut deux.

Le plus provocant n'est pas qu'à cet instant le Mudir tienne Viktor sous la menace de son arme. Ou que les deux Glock pointés sur lui ne semblent pas l'émouvoir.

Non, le plus provocant est qu'il ait l'air d'y prendre plaisir. De se délecter de cette situation imprévue. Comme s'il ne vivait que pour l'excitation de ce contact physique avec la mort. La sienne et celle d'autrui.

Pour ma part, je l'ai trop fréquentée. Debout dans cette pièce, je n'en ressens pas le frisson. Je sais seulement qu'un de nous deux va mourir.

78

Julian, de son côté, a tout entendu. Je sais qu'il a préféré se taire, retenir sa respiration, de crainte de me distraire ne serait-ce qu'une milliseconde. Mais il y a une question qu'il ne peut éviter de me poser :

— Besoin de renforts ? Si oui, racle la gorge.

Je ne la racle pas. Julian comprendra pourquoi. C'est même pour cela qu'il a fini par me poser la question. Sans quoi, il l'aurait posée avant.

Il sait pour quelles raisons Elizabeth et moi nous trouvons dans l'appartement de Viktor. Cette opération sort complètement du cadre légal. Pire encore, j'ai impliqué le maire. Complice malgré lui.

Donc, pas de renforts. Elizabeth et moi devons assumer les risques que nous avons pris. Lancer nous-mêmes les dés.

— Nous avons juste besoin d'emporter une chose, annonce le Mudir, tirant Viktor en arrière vers son bureau. Vous n'y voyez pas d'inconvénient ? ajoute-t-il à mon intention.

— Nous savons déjà d'où proviennent les versements, dis-je.

Un mensonge. Mais le Mudir ne demande pas « quels versements ? ». Première erreur. À moins qu'il n'ait aucun intérêt à jouer les naïfs. Aucun de nous, dans ce salon, n'est plus un inconnu pour les autres.

— C'est possible. On l'emporte quand même, rétorque le Mudir en poussant Viktor vers l'ordinateur. Prends-le.

Viktor, dont les mains tremblent, manque faire tomber l'ordinateur par deux fois avant de le plaquer contre son ventre. Je devine qu'il voudrait dire quelque chose, mais qu'il ne peut pas. Comme s'il était en train de se noyer. Un homme qui ne sait pas nager et qui comprend soudain qu'il n'a plus pied.

Elizabeth capte mon regard. Ses lèvres forment un « non ». C'est qu'elle me connaît bien.

Je suis en capacité de tirer. Certain de lui loger une balle en plein front, dix fois sur dix. Sur ces dix, il s'écroulera huit fois sans un mouvement, ni appuyer sur sa détente. Huit sur dix, c'est un bon ratio.

Mais c'est insuffisant. Pour la raison principale que je ne suis qu'un civil. Le « non » d'Elizabeth vise à me protéger moi, pas Viktor.

Il faut pourtant tenter quelque chose. Un marché.

— Vous ne pouvez pas l'emmener, dis-je. On reste ici et vous partez. Mais seul.

Le Mudir presse le canon de son arme sur la tempe de Viktor.

— Je ferai ce que j'ai décidé.

— Non. C'est faux. Si vous l'emmenez, vous nous emmenez aussi.

Voilà qui semble le faire réfléchir.

— Commencez peut-être par baisser vos armes.

Contre-proposition inacceptable, et il le sait. Simple façon de gagner du temps. Son bras toujours crocheté au cou de Viktor, il se déplace vers le couloir. J'insiste :

— Il reste.

— Quand il m'aura raccompagné, répond le Mudir. Ne suis-je pas son hôte ?

Je rejoins Elizabeth dans le couloir. Nous restons en retrait, tandis que le Mudir gagne l'entrée à reculons, sans nous quitter du regard, nos pistolets toujours braqués sur lui. À la porte, Viktor a la présence d'esprit de l'ouvrir d'une main, faisant passer l'ordinateur dans l'autre.

— Maintenant, lâchez-le.

Un pied sur le palier, le Mudir acquiesce.
— Comme vous voudrez, dit-il d'un ton ironique. Il est déjà trop tard.

79

Tel un magicien, le Mudir feint de lâcher Viktor pour se saisir de l'ordinateur. Nos regards suivent son geste. Pas son arme.

Ce court laps lui suffit pour disparaître de l'embrasure. Seule son arme reste visible.

Viktor reste, et avec lui tout ce qu'il pourra nous apprendre sur le Mudir. Inséparablement.

Bam!

Un tir si propre, si net, que le sang ne jaillit pas mais gargouille, puis s'écoule de la tempe droite de Viktor, comme d'un bec verseur écarlate, tandis que son corps se vrille sur ses jambes qui s'effondrent. Impossible de détourner le regard. Là encore, il y comptait. L'espace d'une poignée de secondes, nous restons pétrifiés. Juste le temps pour lui de prendre une longueur d'avance. Qui s'ajoute à la longueur de couloir entre lui et nous.

— Moi! dis-je à Elizabeth en finissant par décoller.

Autrement dit, pas toi. Le badge reste auprès du cadavre.

— Je ne le vois pas, fait la voix de Julian, rivé aux caméras de sécurité, dans l'oreillette. Soyez prudents.

Inutile de lui apprendre ce qui s'est passé.

Le Mudir pourrait fort bien m'attendre près des ascenseurs. Mais tel n'est pas le cas. Le temps de glisser jusqu'au palier – maudites chaussettes… –, la seule chose que je puisse apercevoir à portée de balle est la porte de la cage d'escalier qui vient de claquer. Le Mudir souhaite autant sortir de cet immeuble que me voir mort, sinon plus.

— Merde!

— Qu'y a-t-il ? demande Julian.

Arrivé au niveau de l'escalier, je reste planté sur le palier.

— Il a pris mes chaussures.

J'entends d'ici son rire sardonique. Non que je ne puisse le poursuivre sans chaussures, mais il sait que j'ai dû marquer un temps d'arrêt en m'apercevant qu'elles avaient disparu. Ainsi fonctionne le cerveau humain.

L'écho fuyant des pas du Mudir, plus bas, résonne jusqu'en haut de la cage. Il me reste une infime chance de le rattraper. Mais je reste figé.

Puis je m'assieds pour respirer. Avec ou sans chaussures, je comprends que ce ne sont pas mes pieds qui m'aideront à le stopper, mais ma cervelle. Ce qu'il faut, c'est anticiper.

— Il vient de passer dans le hall, m'apprend Julian. C'est mort.

Je ne réagis pas.

— Tu es toujours là ?

— Je n'ai pas bougé.

— Tout va bien ?

— Ça va aller.

— Bonne réponse. Allez, répète après moi…

Je sais ce qu'il va dire. La Seconde Guerre mondiale occupe une place à part dans ses centres d'intérêt, divers et variés. La plupart des gens ne connaissent que les traits d'esprit de Winston Churchill. Julian, lui, est plus enclin à citer Charles de Gaulle. Allez comprendre.

— Allez, ne me fais pas languir…

Puis, avec un accent français à couper au couteau :

— La France a perdu une bataille…

Cet accent, je n'y résiste pas :

— … mais elle n'a pas perdu la guerre.

Julian me rappelle ainsi que nous en avons vu d'autres. C'est un coup dur. Une embardée. Mais cette fois, c'est différent. Le mot « guerre » était une métaphore. Aujourd'hui, il est à prendre au sens propre.

— Combien de temps, selon toi ? demande Julian.

— Quarante-huit heures.

C'est ce qu'il nous reste pour intercepter le Mudir avant sa prochaine attaque.

80

On a apporté deux grands tableaux noirs dans la salle de conférences aveugle des JTTF, ainsi qu'un mini-frigo garni de sodas et de bouteilles d'eau. Quatre pizzas ont été commandées, livrées et mangées. Il est presque 3 heures du matin quand Evan Pritchard dit à Gwen, son assistante :

— Rentrez vous reposer.

Mais elle s'y refuse en citant Warren Zevon :

— Je dormirai quand je serai morte.

Puis elle annonce à la cantonade qu'elle va refaire du café.

— Ceux qui en veulent, levez la main.

Forêt de mains.

Par notre seule présence, nous sommes en train de redéfinir le sens des mots « Forces conjointes antiterroristes ». Il y a là, en effet, moins d'agents que de non-agents. Elizabeth et Pritchard, son patron, sont les seuls dûment affiliés aux JTTF. Landon Foxx, mon père et moi sommes leurs « invités spéciaux ». Lesquels se trouvent être ou avoir été de la CIA. Julian participe en audioconférence *via* un haut-parleur bidirectionnel crypté.

Jamais, en plein jour, ce colloque de méninges n'aurait pu avoir lieu. Trop de paperasserie bureaucratique, trop d'ego à ménager. Mais la nuit, tous les formulaires sont gris. Nous sommes donc là.

À attendre.

— J'aime le bruit de la craie, nous a dit Pritchard pour justifier sa préférence pour les tableaux noirs en réunion de crise. On ne se sert que de ça ici. Ce qu'on écrit a plus d'impact.

C'est donc d'une écriture emphatique que les deux tableaux se couvrent de tout ce que nous savons à ce jour. Et ce *tout* inclut un petit nombre de choses dont seuls certains d'entre nous sont censés avoir connaissance. Mais au diable les habilitations sécurité, le temps est compté. L'heure tourne. Le Mudir l'a clairement laissé entendre.

Mon vieux camarade et agent Ahmed Al-Hamdah avait réussi à infiltrer une des cellules du Mudir. Il a sacrifié sa vie pour tenter d'empêcher l'attentat de Times Square. Ce qui a inquiété le Mudir au point de lui faire craindre la présence d'autres taupes dans ses cellules. C'est en essayant de les découvrir qu'il est arrivé jusqu'à moi, Dieu sait comment. Et qu'il a frappé à ma porte.

Quelques jours auparavant, le corps du professeur Jahan Darvish a été découvert dans sa chambre d'hôtel à Manhattan. Le rapport du médecin légiste a conclu à une mort accidentelle. Un second rapport, secret celui-là, réalisé par la CIA, s'est montré moins catégorique, sans pouvoir démontrer qu'il s'agissait d'un crime. Si l'arrêt cardiaque de Darvish semblait avoir été provoqué par une combinaison de trois médicaments, il avait des prescriptions médicales pour deux d'entre eux.

À bien relire le rapport, on se rend compte aujourd'hui que ce qui était présenté comme une surdose accidentelle n'en avait que l'apparence. Quant à la mignonnette de Jim Beam insérée là où je pense, eh bien, c'était un trait de génie. Une parfaite façon de détourner l'attention : ce détail tendait à prouver que le professeur Darvish ne pouvait être que seul dans sa chambre.

Erreur. Il a été tué par Sadira Yavari elle-même, ou par quelqu'un à qui elle a préparé le terrain. Parce qu'elle s'est servie de Halo pour masquer son identité, j'en ai d'abord déduit qu'elle était de la CIA. Foxx, le chef de la section new-yorkaise, allait sans doute me le confirmer. Mais il a juré ses grands dieux qu'elle n'était pas un de leurs agents.

Et, quoique la règle numéro un de l'Agence soit de ne faire confiance à personne, je n'avais aucune raison de ne pas le croire. D'autant plus qu'il m'a révélé que Darvish était un de leurs informateurs.

Donc, voilà le tableau. Une attaque terroriste et un assassinat dans une chambre d'hôtel. Deux événements en apparence distincts, et qui le seraient restés sans un marchand d'art russe, un certain Viktor Alexandrov. Le professeur Darvish était payé par le gouvernement iranien, mais il recevait d'autres versements en cryptomonnaie *via* Alexandrov. Lequel, nous venons de l'apprendre, devait servir d'intermédiaire au Mudir pour récupérer une cargaison encore bloquée à la douane.

Ainsi pourrait se résumer la situation sur la surface de deux tableaux noirs. Il y avait une connexion entre le Mudir et Darvish, par le truchement d'Alexandrov. Malheureusement, deux de ces trois hommes ont trépassé.

Ainsi qu'un jeune homme nommé Gorgin et le barbu qui l'a abattu lorsqu'il est devenu clair qu'il était sur le point d'aider Elizabeth. Gorgin, sur qui nous ne savons rien, lui a sauvé la vie. Avec un peu de chance, il se pourrait qu'il en sauve encore beaucoup d'autres. Voilà pourquoi, à 3 heures du matin, nous sommes là à faire le pied de grue.

Sur la grande table de la salle de réunion, la pieuvre téléphonique finit par crépiter et la voix de Julian se fait entendre :

— J'ai trouvé !

Fin de l'attente.

81

Quelques heures auparavant, la Chase Bank nous a fourni les vidéos de son agence de Penn Station. En les croisant avec l'heure inscrite sur le ticket de retrait trouvé par Elizabeth dans la poche du barbu à Pelham, nous avons pu voir celui-ci entrer et sortir de l'agence.

Ce que nous ignorions, c'est son nom. Selon la Chase, le compte sur lequel il a tiré du liquide appartient à une certaine Priscilla H. McManus. Laquelle a déclaré le vol de sa carte, vingt-quatre heures après avoir elle-même retiré des billets dans un distributeur de Jersey City.

Il va sans dire que ce larcin était sans doute le moindre des méfaits de notre homme.

— Où s'est-il rendu ensuite ? a demandé Foxx. A-t-il pris un train ? Avait-il rendez-vous ?

Foxx venait seulement d'apprendre qu'Elizabeth avait récupéré ce ticket. Tous les regards se sont tournés vers lui. Bon sang. *Bonne question.*

Il n'y a autour de cette table que des intelligences affûtées, qu'une seule question obsédait : qui est ce type ? Pas un ne s'est demandé : qu'a-t-il fait d'autre, à part retirer du cash dans un distributeur ? C'est un biais que les psychologues appellent « vision tunnelisée ». Je préfère parler de trou de mémoire. Cela arrive aux meilleurs.

C'est là que Julian est indispensable.

Une solution aurait consisté à réveiller en pleine nuit le directeur des transports publics de Manhattan, lequel, à son tour, aurait réveillé son chef de la sécurité, lequel aurait ensuite tiré du lit la personne chargée d'archiver l'ensemble des vidéosurveillances sur un serveur spécifique. Ce processus aurait pris des heures. Or nous n'avons pas des heures. Mais nous avons Julian.

— Un moment, le temps de synchroniser tous les timecodes, fait sa voix dans le haut-parleur. De combien de moniteurs disposez-vous ?

Tous de scruter chaque recoin de la salle, mais Pritchard connaît la réponse. Il a passé plus de temps dans les bureaux des JTTF que nulle part ailleurs, pas même dans sa demeure insensée.

— Sept moniteurs, dit-il en approchant la main d'un tableau de contrôle intégré à la table.

Il presse quelques touches et tous les écrans s'allument, logo du FBI sur fond bleu.

— Faites-moi signe quand vous aurez besoin du mot du passe.

Julian se marre. Et me fait marrer. Pritchard n'a manifestement aucune idée de l'étendue des talents de Julian. *Un mot de passe ? Pour quoi faire ?*

En quelques secondes, les sept écrans se remplissent de prises de vues des différentes caméras de Penn Station. Julian a attribué à chaque vidéo une lettre qui apparaît à la suite du timecode.

— Ça, dit-il, c'est avant qu'il arrive au distributeur. Au-dessus, la A, c'est lui qui s'engouffre dans l'entrée principale, à l'extrémité ouest de la 32e Rue.

Tel un commentateur sportif analysant l'action d'un match de foot, Julian cercle l'individu au telestrator. L'homme au bouc marche seul dans la gare, vêtu d'un jean et d'un sweat à capuche zippé jusqu'au col. Il porte un sac à dos en bandoulière sur une épaule.

Nos regards se tournent ensuite vers un autre moniteur. Julian y cercle de nouveau l'individu, que l'on voit maintenant traverser le hall principal en direction de l'agence de la Chase. Sans aucun détour, il se dirige tout droit vers le distributeur.

— Rien d'anormal ne vous frappe ? demande Pritchard.

Hochements négatifs.

— Moi non plus, opine Pritchard.

— Très bien, passons à la suite, enchaîne Julian.

Une nouvelle série d'images s'affiche. Angles identiques, mais quelques minutes plus tard. Julian cercle l'individu qui sort de l'agence, puis qui retraverse le hall vers l'entrée par laquelle il est arrivé. Spontanément, nos regards se tournent vers le moniteur suivant pour le voir quitter la gare, comme on s'y attendrait.

— Attendez. Où est-il passé ? demande Foxx.

Encore une bonne question.

Julian n'a plus personne à cercler. Nous scrutons l'un après l'autre tous les écrans de la salle. L'individu n'apparaît plus sur aucun moniteur, ni le suivant ni les autres. J'interroge Julian :

— Es-tu certain d'avoir synchronisé toutes les vidéos ?

Bien sûr. Par acquit de conscience, il vérifie quand même.

— Tous les timecodes concordent.

Je l'entends se verser un autre whisky et ajouter :

— Rasoir d'Ockham ?

— En effet, sans doute un angle mort.

En clair, toujours privilégier l'hypothèse la plus simple. Mais il est une chose que le moine Guillaume d'Ockham eût été bien en peine d'expliquer. Et Julian pense comme moi.

— Je vais faire une avance rapide. Regardez bien les sorties.

Toutes les vidéos accélèrent à la fois. Les caméras de Penn Station ne peuvent pas couvrir chaque mètre carré de la gare. Mais il est tout aussi impossible qu'une des sorties se situe dans un angle mort.

— Là! s'exclame Elizabeth en bondissant de sa chaise pour pointer l'un des écrans. Près du kiosque à journaux.

— Oui, c'est bien lui, acquiesce Julian.

Soudain, l'homme au bouc est de retour sur l'image. Même jean, même sweat zippé. Il se dirige vers la sortie et…

Oh, zut.

— Est-ce que tout le monde voit ce que je ne vois pas? dis-je.

82

On réveille aussitôt le directeur des transports publics de Manhattan, lequel, à son tour, réveille son chef de la sécurité, lequel tire du lit la personne chargée d'archiver toutes les vidéos de sécurité sur un serveur spécifique. Pas pour les visionner, nous les avons déjà. Pour savoir quelles zones de la gare de Penn Station ne sont pas couvertes par la vidéosurveillance. *Maintenant.*

Le sac à dos. Évaporé.

Dans l'heure qui suit, une petite armada investit la gare. Plus de cinquante agents du NYPD ont été mobilisés pour boucler le périmètre. Quatre heures du matin, ce n'est pas vraiment l'heure de pointe, mais les télés ne vont pas tarder à affluer. Quand la plateforme de transports publics la plus fréquentée du pays est évacuée en pleine nuit, un journaliste ne regarde pas sa montre. Il accourt.

— Ne les laissez pas entrer, ordonne Pritchard. Ni eux ni personne. Bouclez tous les accès.

On dira aux médias qu'il s'agit d'une alerte à la bombe. Même sans le leur dire, ils finiront par voir débarquer l'équipe de déminage. On ne leur cache rien. Pour quelle raison le ferait-on ? C'est pour leur propre sécurité qu'ils sont tenus à distance. Ils ne trouveront rien à redire.

Mais en entendant Pritchard aboyer ses consignes à la chaîne de commandement, j'ai le sentiment que lui et moi pensons la même chose. Quelqu'un va trouver à redire, mais ça sera dans nos propres rangs. Je le sens, aussi sûrement que les chiens qui viennent d'arriver.

— Tous des renifleurs d'explosifs ? demande mon père lorsqu'une première dizaine d'entre eux sont déployés dans la gare.

— Non, seulement une moitié, lui répond le maître-chien. J'ai jugé que cela suffisait lorsque j'ai reçu l'appel.

Mon père approuve de la tête. Avant d'être un excellent chien de chasse, Diamond, son braque hongrois adoré, a été l'un des meilleurs détecteurs d'explosifs et a servi en Afghanistan, au sein des forces spéciales. Depuis lors, l'entraînement de la plupart des chiens détecteurs a changé. Ils sont désormais capables de détecter des odeurs en mouvement, celle d'un explosif à l'intérieur d'une valise dans un terminal d'aéroport ou d'un kamikaze se faufilant à travers la foule, par exemple. Il a fallu s'adapter aux nouveaux modes opératoires des terroristes.

Cette nuit, cependant, nous aurons autant besoin des anciens renifleurs que des nouveaux, si ce n'est plus. Car, où qu'il se trouve, ce sac à dos est immobile.

— Ça rappelle la tactique mise en œuvre avant Times Square, avance Pritchard en examinant le schéma fourni par le chef de la sécurité des transports publics, qui s'est présenté à lui sous le nom de Mac. Ils commencent par repérer méthodiquement tous les angles morts avant de déposer les bombes.

Mac, qui n'a pas eu le temps de se peigner ni d'enfiler tous les passants de son pantalon, a les yeux parfaitement en face des trous. Il a déjà indiqué les zones de la gare non couvertes par les caméras de surveillance.

Qu'un sac à dos soit caché quelque part ne signifie pas qu'il ne puisse y en avoir une demi-douzaine d'autres. Exactement comme à Times Square. La remarque de Pritchard sur les angles morts de Penn Station, si elle est pertinente, implique de les vérifier tous.

— Où sont les démineurs ? s'enquiert Foxx.

— Ça prend plus de temps que l'unité cynophile, répond le capitaine de police de Midtown South. Rappelez-moi qui vous êtes?

— Il est avec moi, répond Pritchard sans lever les yeux du schéma.

— Et vous deux? s'enquiert le capitaine en désignant mon père et moi.

— Ils sont aussi avec moi, s'énerve Pritchard en le fusillant du regard. D'autres questions à la con?

Comme par miracle, l'infortuné capitaine trouve aussitôt quelque chose de plus utile à faire.

Je me tourne vers Elizabeth, certain de la voir réprimer un sourire. De toute évidence, son nouveau boss a un certain franc-parler. *Pas vrai?*

Elizabeth? Mais… où est-elle passée?

Évaporée.

83

Elizabeth, qui s'est éloignée du groupe, se retourne à l'instant précis où je parviens à la repérer. À croire qu'elle a senti que je la cherchais.

Elle ne dit rien. Pas besoin. Son expression, même à quinze mètres de distance, m'apprend tout ce que je dois savoir.

Je me tourne vers le groupe :

— Dites…

Mon père s'est approché de Foxx et Pritchard, penchés sur l'écran d'une tablette que leur a remise un informaticien du service de sécurité des transports urbains et sur laquelle sont transmises en direct les images de toutes les caméras environnantes. Il est ainsi possible de repérer les points aveugles de la gare en vérifiant sur la tablette que l'on peut s'y voir ou non en se déplaçant.

— Qu'y a-t-il ? demande Pritchard.

— Regardez là-bas.

Je les conduis vers Elizabeth, plantée devant une grande poubelle de format carré, dotée d'une porte latérale pour emporter les ordures.

— Qu'y a-t-il, Needham ? demande Pritchard.

— Simple déduction géométrique, répond Elizabeth.

Cette poubelle a la forme d'un cylindre enfermé dans un cube, ce qui offre quatre cachettes possibles d'un volume à peu près égal à celui d'un sac à dos. Pritchard jette un œil à la tablette, puis la brandit à l'attention de tous.

Est-ce que tout le monde voit ce que je ne vois pas ?

Nous ne sommes dans le champ d'aucune caméra, pile au milieu d'un angle mort.

— Un chien ! hurle Pritchard. Un chien, vite !

Sa voix résonne d'un bout à l'autre du hall, tandis que l'auxiliaire canin le plus proche s'avance avec son berger allemand. Elizabeth désigne la poubelle, imitée par nous tous. Il s'y dirige sans s'arrêter.

Mais après quelques secondes, il se retourne en secouant la tête. Son chien n'a rien senti.

— C'est peut-être à cause du métal ? suggère Pritchard. L'odeur y reste captive.

— Pas du tout, répond l'auxiliaire en nous montrant les fentes le long des panneaux. L'air circule.

— Et l'odeur des ordures ? demande Foxx. Est-ce qu'elle ne pourrait pas masquer celle d'un explosif ?

L'auxiliaire réfléchit un instant. Un instant de trop pour Pritchard, qui hurle de nouveau :

— Les chiens ! Tous !

Un défilé de chiens passe devant la poubelle, telle la parade devant Westminster. Des bergers allemands pour la plupart, quelques rottweilers et un berger belge malinois, mais aucun braque hongrois. Je sais à quoi pense mon père : quel dommage que Diamond ne soit pas là.

Nous attendons de voir au moins l'un des chiens s'asseoir – comme ils ont été dressés à le faire lorsqu'ils sentent une odeur d'explosif. En présence de C-4, ils seraient déjà tous assis. De tous les composés, le C-4 est celui qui dégage l'odeur la plus forte. Ensuite viennent la dynamite et le Tovex. Tous les chiens connaissent ces odeurs.

Mais aucun ne s'assied.

— Oh et puis zut, déclare Pritchard en s'avançant. Que tout le monde dégage la zone.

84

Les maîtres-chiens sont aussi bien dressés que leur animal. Tous s'éloignent immédiatement, conformément aux ordres.

Foxx se tourne à demi vers Pritchard et le regarde en coin.

— Peut-on savoir ce que vous fabriquez, Evan ?

— Je vais aller voir moi-même si ce foutu sac est là-dedans ou non.

— Jamais de la vie. Les éléments opérationnels de déminage seront là dans une minute.

Il n'y a que Foxx pour préférer parler d'« éléments opérationnels » plutôt que d'« équipes ». Mais il peut bien dire ce qu'il veut, Pritchard s'en moque.

— Je n'ai pas envie d'attendre, réplique-t-il.

— Je m'en doute, répond Foxx. Comme je me doute que vous n'avez pas envie de mourir.

Tel n'est pas l'argument que j'aurais opposé à Pritchard. Celui auquel je pense relève du dilemme moral qui hante toutes les forces de l'ordre engagées dans la guerre contre le terrorisme. Autant y venir sans plus attendre.

Tic-tac. Ce petit bruit, dans ma tête, ne sort d'aucun sac à dos.

— Il n'y a pas de bombe, dis-je.

Pas assez fort. Ils sont tous captivés par l'absurde face-à-face Foxx-Pritchard. Nouvelle tentative :

— IL N'Y A PAS DE BOMBE !

Cette fois, tous se retournent. *Hein ?*

— Comment pouvez-vous savoir que le sac n'est pas là ? demande Pritchard.

— Oui, renchérit Foxx. Comment?

— Je n'ai pas dit ça. Je dis qu'il n'y a pas de bombe.

Ça ne leur semble pas plus clair. Ni la suite:

— En fait, je suis même prêt à parier que le sac est bien là.

Foxx secoue la tête d'un air affligé que je connais bien.

— Vous accordez trop de crédit à vos intuitions, Reinhart.

Ce n'est pas la première fois qu'il me dit ça.

— Dans ce cas, la suite ne va pas du tout vous plaire, dis-je en m'approchant de la poubelle. Ceux qui veulent prendre leurs jambes à leur cou, vous avez dix secondes.

Le seul qui ne flanche pas est mon père. Je parie qu'il a déjà retourné le problème dans sa tête, peut-être même une fraction de seconde avant moi.

L'indice n'est pas que les chiens n'aient rien senti. Ni que l'individu au sac à dos ait jugé opportun d'utiliser un distributeur de billets avant de déposer une bombe. C'est qu'il se soit permis de passer devant les caméras de la gare sans chercher à dissimuler son sac. Il n'a pas pu commettre la même erreur stupide que les deux novices d'Al-Qaida, auteurs de l'attentat du marathon de Boston. Ces gosses avaient été assez malins pour attendre que les chiens renifleurs aient fini de balayer la zone près de la ligne d'arrivée, mais trop bêtes pour deviner qu'on les reconnaîtrait sur les vidéos avant et après avoir déposé leurs sacs.

Mais nous n'avons pas affaire à des gosses.

De même que Sadira Yavari a fait ses repérages à l'hôtel sans Halo, l'homme au bouc n'a pas imaginé un instant que quiconque regarderait des vidéos de lui *après* son passage. Pourquoi? Parce qu'il s'agissait d'une répétition générale. D'un exercice. Destiné à savoir si ce sac serait découvert ou non avant que tous les sacs aient été déposés. Exactement comme à Times Square.

— À ton avis, quel genre de sacs vont-ils choisir ? Sacs marins ou sacs de voyage ?

Pour le grand jour.

— Sans doute des sacs de voyage, répond mon père. Avec roulettes et poignée rétractable. Modèle standard.

— Pourraient-ils commettre la même erreur que le Lashkar-e-Toiba à New Delhi ?

— Au Karim Hotel ? sourit mon père.

Les islamistes du Lashkar-e-Toiba, organisation terroriste pakistanaise opérant principalement en Inde, avaient tenté de faire sauter le célèbre Karim Hotel. Inexplicablement, ils s'étaient servis d'une demi-douzaine de valises rouges, pas moins. La CIA, en coordination avec l'Intelligence Bureau indien, avait réussi à les identifier. Et les valises rouges avaient permis de les retrouver avec une facilité presque comique.

— D'après toi, nous aurions donc affaire à une cellule un peu plus prévoyante, alors ?

— Ça dépend, répond mon père.

— De quoi ?

— De la présence ou non d'un sac vide dans cette poubelle.

Alors, m'adressant aux autres :

— Bien, les dix secondes sont largement écoulées.

Personne ne recule.

Je m'agenouille pour ouvrir lentement le panneau latéral de la poubelle.

85

Et voilà.

Le sac est bien là, tassé dans un coin, du même côté que les charnières du panneau. J'aperçois le zip et la tirette, juste en face. Il ne me reste qu'à l'attraper. Je lance :

— Besoin de dix secondes supplémentaires ?

J'ignore que, dans mon dos, une paire d'yeux supplémentaire m'observe.

— Bon sang, mais qu'est-ce que vous faites ?

Pour un peu, je le prendrais pour le Jeremy Renner de *Démineurs*. Comme lui, il est harnaché de pied en cap, visière relevée sur le casque. Même baissée, elle n'aurait pas empêché que je sente tomber sur moi son regard lourd de reproche.

Il est tout aussi certain que sa question était purement rhétorique. Il sait parfaitement ce que je suis en train de faire. Ou sur le point de faire.

« Une bonne retraite vaut mieux qu'une mauvaise résistance », dit un proverbe irlandais. Je me lève donc et lui cède la place.

Renner ne cherche pas à savoir qui est qui. Il s'en fiche littéralement. À son idée, nous sommes tous des imbéciles. Il ne laisse pas finir Pritchard, qui tente de lui expliquer la situation, et l'arrête d'un geste de son bras rembourré. *Parle à ma paume en Kevlar...*

— Je me fous pas mal de savoir qui vous êtes, lui répond-il. Faites-moi tous le plaisir d'évacuer, et pas en dix secondes. Immédiatement.

Derrière lui, loin derrière, les hommes de l'équipe de déminage, debout dans des poses diverses, n'ont pas l'air de rigoler. Ces gars-là ont d'autres préoccupations – ne serait-ce que le risque d'être soufflés par l'explosion. Ils n'ont pas besoin qu'un docteur en psychopathologie vienne en plus leur prendre la tête avec ses explications. Ou, presque pire, qu'un autre le fasse à sa place.

— D'accord, fait Pritchard en reculant. En cas de besoin, nous ne sommes pas loin.

— Reculez encore, rétorque Renner.

Pritchard n'insiste pas et lui laisse le dernier mot. À moins qu'il n'économise ses munitions.

L'objection que j'attendais est imminente.

À peine avons-nous traversé la moitié du hall que Pritchard se tourne vers mon père, Foxx et moi, comme si nous étions les trois têtes d'un monstre appelé CIA.

— Je sais ce que vous pensez. Ça n'arrivera pas. Alors sortez-vous ça du crâne.

Je ne peux répondre à la place de mon père ou de Foxx. Je n'en ai d'ailleurs pas besoin. Ce que sous-entend Pritchard me donne suffisamment à penser. Je vais donc droit au but.

— Si vous fermez la gare, vous tuez notre meilleur espoir de les coffrer.

Je m'arrête de marcher, pensant que Pritchard fera de même. Mais non.

— Avancez, me dit-il. Nous sommes encore trop près – à supposer que vous vous soyez trompé.

— Je ne me suis pas trompé. Je ne me trompe pas non plus sur la nécessité de maintenir la gare ouverte, comme si rien ne s'était produit cette nuit.

— Ah oui ? Et si elle reste ouverte et qu'il arrive quelque chose ? Je rassemble les familles endeuillées et vous leur expliquez l'éthique utilitariste de la CIA ? Ou préférez-vous assister aux inhumations une par une ?

Cette fois, Pritchard s'arrête, comme nous tous, devant le comptoir d'une boulangerie Zaro's. Ce qui me rappelle que je n'ai rien mangé depuis un moment.

— Si nous fermons la gare, dis-je, c'est fichu. Ils sauront que nous savons et choisiront une autre cible.

— On les aura coffrés avant, réplique Pritchard.

— C'est ça. Comme vous les avez coffrés avant Times Square.

Moi et ma grande gueule…

86

Je comprends aussitôt que j'ai poussé le bouchon trop loin. Foxx et mon père aussi, qui s'interposent avant que Pritchard ait pu lever la main sur moi. Ils ne sont pas trop de deux à le retenir.

— Pardon. Je n'aurais pas dû dire ça.

— Je ne vous le fais pas dire, répond Pritchard.

— Cela étant, intervient Foxx, il n'a pas tort. Vous savez comme moi que c'est notre meilleure chance. Je comprends que ça vous déplaise, mais ne le niez pas.

— C'est vous qui êtes dans le déni, rétorque Pritchard. Vous minimisez le risque. Qui vous dit que cette gare n'est pas déjà truffée d'une demi-douzaine d'autres sacs ?

— Il n'y a ici pas plus d'autres sacs qu'il n'y a de bombe dans cette poubelle, dis-je.

— C'est ce que nous allons voir.

— Tout à fait. En attendant, voyez-vous un chien assis quelque part ?

Autour de nous, les maîtres-chiens inspectent chaque recoin. Sans rien trouver.

— Même si ce sac est vide et qu'il n'y a rien dans cette gare, vous oubliez une chose, Reinhart.

— Laquelle ?

— Dehors. Les médias. Tout à l'heure, ils ne parleront que de cette alerte à la bombe à Penn Station.

— Non, c'est faux.

— Bien sûr que si. Et aussitôt, cette gare sera l'endroit le plus sûr de la ville. Car *ils* choisiront une autre cible, comme vous l'avez dit vous-même.

— Sauf qu'*ils* n'en changeront pas. Car *ils* n'apprendront pas qu'il y a eu une alerte à la bombe.

— C'est vrai, j'oubliais : les terroristes ne regardent pas la télé, réplique Pritchard en levant les yeux au ciel.

— Je vous le redis : les médias n'en parleront pas. Ni dans les journaux ni ailleurs. N'est-ce pas, Elizabeth ?

Elle met un instant à saisir pourquoi je tiens à l'impliquer dans mon raisonnement. Qui plus est, elle redoute la réaction de Pritchard et marche sur des œufs.

Puis, comme si elle venait soudain de se connecter à mon cerveau, son regard s'allume. Nous ne sommes pas partenaires par hasard.

— Il a raison, répond-elle. Qui peut dire ce qui s'est passé ici cette nuit ?

87

Pritchard écoute. Il n'est pas encore convaincu, tant s'en faut. Mais il écoute.

D'autant plus que je suis interrompu avant même d'avoir pu lui expliquer mon plan en détail. Renner le démineur nous hèle de l'autre bout du hall. Debout devant la poubelle, il tient à bout de bras le sac qui vient d'être passé aux rayons X.

— Vous avez de la veine, hurle-t-il. Des canettes de soda et quelques magazines. C'est tout.

— C'est ça. Une veine de cocu, dis-je à mi-voix, assez fort pour être entendu de Pritchard qui m'adresse un petit signe de tête.

Presque un acquiescement.

— Vous disiez, Reinhart ?

Il me vient brusquement à l'idée de laisser Elizabeth finir l'exposé. Cet appel, tout compte fait, c'est elle qui va le passer. Après tout, il s'agit d'un de ses contacts.

— À toi de jouer. Dis-lui.

Pritchard n'est toujours pas convaincu. Mais il écoute. Vous voulez faire changer d'avis quelqu'un ? Abreuvez-le de paroles.

— Et vous pensez vraiment qu'il va marcher ?

— Marcher ? Mais c'est lui qui va nous dire merci ! rétorque Elizabeth.

Pritchard s'accorde un instant de réflexion. Il reste encore du temps avant de prendre la décision de fermer ou non la gare, peut-être une heure. Ça ne coûte rien de voir si notre idée tient la route, et il le sait.

— D'accord. Réveillez-le et ramenez-le ici fissa.

Elizabeth passe l'appel. Elle et moi savons que nous n'aurons sans doute pas à le tirer du lit. Si Manhattan est « la ville qui ne dort jamais », Allen Grimes et sa rubrique criminelle du *New York Gazette* y sont sans doute pour quelque chose. Une seule inconnue : sera-t-il à jeun en arrivant ?

Quelques minutes plus tard, amené à tombeau ouvert par une voiture de police à l'arrière de laquelle on l'a prié de s'allonger, Allen Grimes est là, qui s'avance vers nous. Et qui hoche la tête en m'apercevant.

— J'aurais dû m'en douter.

Elizabeth s'est bien gardée de mentionner mon nom au téléphone. La dernière fois que Grimes a « travaillé » avec moi, il a failli y laisser sa peau.

— Content que vous ayez pu venir, dis-je.

— Avais-je le choix ? répond-il en regardant autour de lui. Alors, cette alerte à la bombe ?

— Quelle alerte à la bombe ?

— Très drôle. Je n'ai pas mes yeux dans ma poche, je viens de voir les démineurs qui remballaient. Et les chiens.

Il croise les bras, attend une explication. Comme je le fixe sans rien répondre, il nous regarde l'un après l'autre, en commençant par Elizabeth. Ensuite Pritchard, Foxx, mon père – qui ne lui ont pas été présentés. Et qui demeurent impassibles.

— Avez-vous déjà joué la comédie ? Pas de club de théâtre quand vous étiez lycéen ? Des représentations estivales ?

Grimes sourit jusqu'aux oreilles. Lui et moi savons que sa vie n'est qu'un *one man show*.

— D'accord, mais promettez-moi une chose, dit-il.

Lui et moi savons également qu'il est inutile de la formuler. Je sais très exactement quelle est son exigence.

— C'est promis. À la fin de l'histoire, ça sera vous le héros.

88

Derrière la vitre d'un petit bureau de chef de gare faisant office de glace sans tain une fois les lumières éteintes, au niveau supérieur de Penn Station, nous sommes aux premières loges pour assister au spectacle : Grimes protestant et vociférant, « escorté » vers la sortie par deux agents spécialement choisis pour leur physique de footballeurs. Dire qu'ils le malmènent serait un euphémisme. Ils l'évacuent comme on sort les poubelles.

Comme convenu.

— Il ne manque pas de coffre, grommelle Pritchard.

Grimes beugle si fort qu'à plus de trente mètres et derrière une vitre épaisse conçue pour isoler la pièce des bruits de la rue nous l'entendons distinctement. Ses cris ont déjà dû réveiller la population du New Jersey, sur l'autre rive de l'Hudson.

— Je sais ce que j'ai vu ! hurle-t-il. Je sais ce que j'ai vu !

Grimes joue le jeu à fond et, à en juger par les regards ahuris qui l'entourent, tout le monde marche. En particulier ses collègues reporters.

La plupart, bien entendu, le haïssent. Mais ils le respectent à contrecœur. Grimes est un excellent professionnel. Il lève des lièvres que les autres regardent passer, et ses papiers font vendre. Beaucoup de New-Yorkais achètent la *Gazette* uniquement pour sa rubrique, les « Crimes de Grimes ». Quand il tient une histoire, il a la réputation de ne reculer devant rien. Et ce spectacle en est l'illustration. Alors que ses collègues, mis sur la touche, rongeaient leur frein, Grimes semble avoir trouvé le moyen de s'introduire dans la gare.

Que penser du fait qu'on l'ait serré et jeté à la rue comme un malpropre ? À l'évidence, il en a trop vu.

— Ils veulent étouffer le scandale ! hurle-t-il.

Sitôt jeté sur le trottoir par les flics, un cercle se forme autour de Grimes pour écouter sa version des faits. Il a baissé de volume et nous ne pouvons plus l'entendre. Mais c'est inutile. Il s'en tient au script, assurément.

Cette alerte à la bombe était un écran de fumée. Le dessous des cartes est beaucoup moins sexy en termes de gros titres, mais pourrait avoir des répercussions politiques en chaîne. Voilà ce que Grimes leur raconte.

Si la gare a été bouclée, c'est qu'on y a trouvé de l'amiante dans une zone où demeurent des vestiges du bâtiment d'origine, édifié au début du XXe siècle. Cette histoire d'alerte à la bombe a été montée de toutes pièces, spécule Grimes, car la responsabilité de la ville serait engagée, compte tenu du nombre de voyageurs exposés quotidiennement. Quelqu'un de très haut placé, peut-être le maire en personne, s'est enquis de savoir s'il serait possible de désamianter en toute discrétion.

— Vous croyez vraiment qu'ils vont mordre ? demande Pritchard sans lâcher le spectacle des yeux.

— Non, mais c'est ça le plus beau. Ils ne *peuvent pas* mordre.

— Ne m'aviez-vous pas dit…

— J'ai dit qu'ils le croiraient. Mais pour que les rédactions les suivent, ils devront avoir croisé leur source. Ils vont perdre un temps fou à en trouver une autre, en vain. Sans recoupement, c'est comme s'ils n'avaient rien.

— Qui vivra verra. Ou plutôt ne verra pas.

— Mais le temps presse.

— Il a raison, dit Foxx en s'approchant de la vitre. Même si Grimes réussit son coup, ça ne change rien au fait que cette gare est la prochaine cible. Nous devons nous tenir prêts.

Un regard à ma montre. Dans moins d'une heure, les premiers trains de banlieue entreront en gare.

Pritchard me regarde droit dans les yeux. Je lui rends son regard et dis :

— C'est maintenant ou jamais.

89

Donc c'est maintenant.

Sitôt le directeur de la Sécurité intérieure informé par Pritchard, la surveillance de Penn Station est mise en place vingt-quatre heures sur vingt-quatre. En moins d'une minute – et elles sont moins longues à New York –, un essaim d'agents du NYPD et du FBI se déploie.

À un moment ou à un autre, les canettes et les magazines contenus dans les sacs seront remplacés par des explosifs. L'objectif n'est pas seulement de les dénicher, mais de remonter jusqu'à ceux qui les ont déposés. Il s'agit d'empêcher un attentat et d'arrêter des terroristes, mais plus encore de démanteler toute une cellule, voire, avec un peu de chance, toutes les cellules affiliées au Mudir.

Et le Mudir lui-même.

Les civils qui traversent Penn Station ne doivent rien remarquer d'anormal. Les agents impliqués dans l'opération doivent se fondre dans la foule et ressembler à des banlieusards ou à des employés de la gare.

En soutien, des équipes de surveillance additionnelles seront derrière toutes les caméras, y compris celles installées à la hâte pour couvrir les angles morts. Rien n'a été laissé au hasard.

Une seule chose échappe à notre contrôle : le calendrier.

— Je dois admettre que j'étais assez tenté, me dit Foxx sur la banquette arrière de sa Ford Expedition blindée.

Le soleil se lève sur l'East River. Son chauffeur, un jeune agent qu'il appelle Briggs, nous ramène, mon père et moi, à Brooklyn. Foxx doit remettre au plus vite un rapport au directeur de l'Agence et j'ai un besoin urgent de sommeil. Mon père aurait tout loisir d'aller s'écrouler chez Elizabeth ; je n'ai quant à moi d'autre choix que le logement sécurisé. Grâce au Mudir, je suis devenu une cible ambulante et sans domicile fixe.

— Qu'entendez-vous par « tenté » ?

— De laisser Pritchard vous envoyer une droite, répond Foxx en riant.

— Ça ne vous déplairait pas, avouez.

— Vous avez l'art d'emmerder le monde, Reinhart.

— Et alors, il ne faut pas ?

Foxx ferme les yeux pour une micro-sieste. Dans le silence de l'habitacle, je pense à Tracy et Annabelle. Qu'ai-je fait de notre petite famille ? Un désastre, mais avais-je le choix ? Pour couronner le tout, ils ne peuvent même plus rentrer à la maison – à supposer que Tracy veuille rentrer un jour. Dire que je vais devoir l'appeler pour lui dire de ne pas remettre les pieds en ville. Quelle amère ironie, moi qui ne souhaite que leur retour. Or, quand bien même Tracy le voudrait, ce n'est pas envisageable.

Vingt minutes plus tard, je programme l'alarme de mon téléphone. Réveil dans quatre heures.

Bien inutilement.

Après deux petites heures de sommeil, je suis réveillé par un appel de Foxx.

— Nous avons un problème.

90

Foxx n'y va pas par quatre chemins. Pour la simple raison qu'il n'y en a qu'un.

— C'est ce soir que vous deviez dîner avec Sadira Yavari ? C'est annulé.

Ma première question serait « pourquoi », s'il n'avait ce dossier dans sa main.

— Qu'y a-t-il là-dedans ?

— Rien qui vous regarde.

Pas de quoi me surprendre. J'ai toujours admiré ce paradoxe presque comique des agences de renseignement américaines : tout doit avoir un nom de code, rien ne doit avoir l'air de ce qu'il est, sauf une chose, les dossiers eux-mêmes. Quand un document est top secret, c'est quasiment imprimé dessus avec un tampon rouge.

Tel est le cas du dossier que Foxx tient à la main.

— Bon, dis-je en me frottant les yeux. Que *pouvez-vous* me dire, alors ?

Il ne peut pas m'avoir réveillé pour simplement m'annoncer que ce dîner est annulé. En tout cas, il a intérêt…

— Sadira Yavari n'en était pas à son premier assassinat, répond-il. Et il s'agissait déjà d'un chercheur en physique nucléaire.

Je m'accorde quelques secondes pour ingérer l'information. En peser les implications. Quel sens cela peut-il avoir ? Les questions se bousculent.

— Un Iranien ?

— Oui.

— Lié au programme nucléaire de son pays ?

— Oui.
— Agent double, comme Darvish ?
Foxx devient soudain dur de la feuille. Ma question ne portait pas sur le lieu de ce premier assassinat, mais c'est à ça qu'il choisit de répondre.
— C'était il y a trois ans, à Londres. Le gars y passait des vacances.
— Des vacances ?
— Comme je vous le dis.
Foxx marche visiblement sur des œufs, un vrai numéro de claquettes. Se faire griller par un agent double, ça peut arriver à n'importe quelle agence, même à la CIA. Se faire griller deux fois ne s'explique que par un fâcheux concours de circonstances ou par un extraordinaire degré d'incompétence. À moins que l'agence grillée ne soit pas la même. Foxx n'a sans doute pas mentionné Londres par hasard.
— Ne me répondez pas, hochez simplement la tête si vous préférez. Cet autre chercheur travaillait pour le MI6, c'est ça ?
Foxx hésite un instant avant de décider que, oui, il souhaite suivre mon conseil. Il hoche la tête.
— Comme Darvish, retrouvé mort dans un hôtel, ajoute-t-il. Mais un mode opératoire légèrement différent : autoasphyxie érotique. Une ceinture passée autour du cou et nouée à une tringle dans la penderie.
— Et déjà une mise en scène visant à faire croire qu'il était seul, je suppose.
— Oui. Mort accidentelle.
Mais hautement improbable. Les Britanniques ont forcément trouvé ça suspect. Ou bien Foxx lui-même s'est chargé de les éclairer. Sans quoi, lui et moi n'aurions pas cette conversation.
— Savent-ils que c'est Yavari qui a fait le coup ?
— Depuis une heure environ. Elle ne s'est pas servie de Halo, mais d'une bonne vieille perruque et de lunettes. Ils

ont des vidéos d'elle avec l'Iranien dans le hall de l'hôtel. Sur le coup, ils ont pensé qu'elle travaillait pour les services israéliens. Ils ont choisi de faire comme si rien ne s'était passé.

S'ils ont présumé que Yavari était israélienne, c'est que dans le cas contraire elle ne pouvait être que de la CIA. Auquel cas, Langley aurait à tout le moins passé un petit coup de fil au MI6, à défaut de les mouiller tout à fait.

— Et donc vous avez fourni au MI6 une photo de Yavari.

— Celle de l'Université de New York, oui.

— Et puisqu'elle ne s'est pas servie de Halo, ils ont pu confirmer qu'il s'agissait bien d'elle.

— Sûr à 89 %.

Autant dire 100 %, les systèmes de reconnaissance faciale étant ce qu'ils sont et compte tenu de son déguisement.

Mon rendez-vous avec Sadira Yavari était un pari audacieux, mais l'enjeu a changé. Je ne serais plus seul à prendre un risque. Le renseignement interagences est sur le coup. Il y a un dossier. Documenté. TOP SECRET, même.

En d'autres termes, Foxx s'est beaucoup investi. C'est son job, après tout. Je ne vois donc qu'une explication à tout ça.

— Allez, dites-le.

Il le dit :

— Vous êtes un civil, Reinhart. Un putain de civil.

Et, aussi longtemps que j'en serai un, Foxx ne pourra m'autoriser à dialoguer avec Yavari. Peu importe ce que j'ai été autrefois. Pour l'Agence, mes anciens états de service me donnent droit à une pension, c'est tout. Hier, c'était hier ; aujourd'hui, c'est aujourd'hui. Je ne suis rien de plus qu'un civil. *Un putain de civil.*

— Et si je n'en étais pas un ?

Foxx me dévisage.

— Êtes-vous en train de me dire ce que je crois comprendre ?

Cinquième partie

Face au démon

91

— Prêts à tuer ?

Le Mudir a rassemblé ses hommes dans le sous-sol d'une mosquée de Lower Manhattan, la même que la dernière fois. Il a du nouveau à leur annoncer. Le plan a changé. L'attaque aura lieu plus tôt que prévu. Et sera suivie d'autres attaques en plus grand nombre.

Comme toujours, le Mudir choisit ses mots avec le plus grand soin. La perspective de « missions » supplémentaires est capitale pour galvaniser ses hommes. Les généraux livrent des guerres ; les soldats livrent des batailles. Il a lu ça dans une biographie de Patton, lorsqu'il était étudiant à Princeton. Les batailles – et, *in fine*, les guerres – ne sont gagnées que par les soldats qui se pensent invincibles.

Le Mudir est un lecteur vorace. Il a lu Darwin et assimilé la loi de la survie : s'adapter ou périr.

Il a lu Adam Smith, aussi. Il sait qu'ironiquement le terrorisme islamiste antioccidental obéit aux principes mêmes du capitalisme. Quand la demande de kamikazes est supérieure à l'offre, il faut revoir sa stratégie. L'État islamique en Irak et en Syrie (Isis) aura beau recruter à tour de bras et redoubler d'efforts, la demande sera par essence toujours supérieure à l'offre. Surtout sur le sol américain.

En un mot, les martyrs deviennent une denrée rare.

Une nouvelle fois, le Mudir leur indique ses consignes de déploiement dans la gare, insiste sur la stratégie de dispersion, comme sur tout ce qu'ils doivent se rappeler. L'autre changement majeur, hormis le nouveau timing, c'est qu'il participera lui-même au massacre. Car le Mudir veut encore plus de victimes. Encore plus de souffrances.

Cette réunion est la dernière avant l'attaque. Il est arrivé tôt, avant chacun des douze hommes. Il a placé un téléphone jetable sur chacune des douze chaises disposées autour de la table. Puis il a coupé la climatisation. Chaleur et sueur favorisent la concentration.

Cela, le Mudir ne l'a lu nulle part. Il le sait d'expérience. C'est surtout à Islamabad, capitale du Pakistan, qu'il a appris la concentration. Il avait une information à communiquer à un certain Ben Laden : son alias avait été livré par son messager habituel à un interrogateur du camp de Guantánamo.

Mais le message du Mudir ne fut jamais remis à Ben Laden. Deux semaines plus tard, ce dernier était abattu.

— Est-ce que chacun a bien compris son rôle ? demande-t-il.

Leurs visages luisants dégoulinent de sueur. Ce n'est plus un sous-sol, c'est un sauna, mais ils s'abstiennent d'éponger la transpiration qui mouille leurs sourcils. Ils écoutent très attentivement le Mudir.

Au-dessus de leurs têtes, des imams prêchent la paix et l'assimilation. Ils n'ont aucune idée de ce qui se trame sous leurs pieds. Pour eux, l'Occident n'est pas un ennemi.

Des imbéciles, pense le Mudir.

Enfin il les libère en leur recommandant d'avoir leur téléphone jetable toujours à portée de main. Le signal leur sera donné au plus tard dans un jour ou deux, pas davantage. Ils doivent rester sur le qui-vive, armes et munitions prêtes à l'usage. Il les met en garde :

— Vous n'avez pas le droit à l'erreur. Aucune place pour l'imprévu.

Paroles soigneusement calibrées, une fois encore. Car son auditoire s'est élargi : il s'y inclut. Or il a une tâche à accomplir, une affaire à conclure. C'est lui-même qu'il admoneste.

Pas le droit à l'erreur. Aucune place pour l'imprévu.

Mais, pour l'heure, il a un rendez-vous important.

92

Il a choisi un restaurant bondé, intentionnellement. Pour qu'elle ne se sente pas menacée. Du moins, pour le moment.

Il est arrivé tôt, a demandé une table dans un coin, mais avec vue sur l'entrée. Le Mudir veut la voir arriver. Il est certain de comprendre instantanément, lorsque leurs regards se croiseront, si elle sera capable de faire ce qu'il attend d'elle.

En quoi il se trompe. Lorsqu'elle apparaît, qu'il l'aperçoit, il ne sait que penser. Tout ce qu'il peut lire dans les yeux de Sadira Yavari, c'est qu'elle l'a reconnu. Rien d'autre. Elle traverse la salle en soutenant son regard, puis s'assied. Le sien reste indéchiffrable.

Tout bien considéré, c'est peut-être exactement ça qu'il attend d'elle. Se pourrait-il qu'elle lui ressemble au-delà même de ce qu'il se figurait ? Capable de ne rien laisser paraître, imperturbable jusqu'à l'instant final.

Sun Tzu : la surprise sera votre meilleure arme. Le Mudir a toujours un exemplaire de *L'Art de la guerre* sur sa table de chevet. Il l'a lu plus souvent que le Coran.

— Savez-vous pourquoi je vous ai proposé ce rendez-vous ? lui demande-t-il.

Elle fait signe que non.

— Le devrais-je ?

Le Mudir laisse passer quelques secondes, sans la quitter des yeux. *Non, tu ne devrais pas. Sinon, ça voudrait dire que j'ai commis une imprudence. Or je n'en commets jamais.* Il croise ses bras, les appuie sur la table, se penche vers elle.

— Comment se fait-il que vous connaissiez le professeur Reinhart ?

Sadira plisse les yeux, le temps d'assembler les pièces. Elle. Reinhart. Devant le palais de justice.

— Vous m'avez suivie ?

— À bon escient, semble-t-il.

— Nous étions tous les deux convoqués comme jurés.

— Non. Vous seule étiez convoquée. Il avait simplement besoin de vous rencontrer.

— Pour quelle raison ?

— C'est plutôt à vous de me le dire. Il est de la CIA. Du moins, il l'a été.

Sur ces mots, le Mudir étudie Sadira plus intensément que jamais. Il serait quasi impossible à Sadira de cacher qu'elle le savait, si elle le savait. Trop de muscles autour des yeux et de la bouche pour tous les contrôler.

Mais l'expression qu'elle a eue, ce recul de la tête, c'était pur réflexe. Il est convaincu qu'elle l'ignorait.

— Vous en êtes sûr ?

— Certain.

— Est-ce la raison pour laquelle vous m'avez suivie ? Vous saviez que Reinhart chercherait à prendre contact ?

— Je vous ai suivie parce que je n'ai toujours pas en vous une confiance absolue.

— Il n'y a personne sur cette terre en qui j'aie une confiance absolue, rétorque Sadira. Je suppose qu'il en va de même pour vous.

Elle a raison. Le Mudir le lui accorde avec un sourire.

— Disons que je ne vous fais pas assez confiance pour ce que je voudrais que vous fassiez.

— De quoi s'agit-il ?

— Éliminer Dylan Reinhart.

— Je ne suis qu'une petite main…

— Plus maintenant. Plus après que vous aurez pris soin de Reinhart et que vous m'aurez aidé à préparer la suite.

— Comment ça ? Quelle suite ?

Il ne veut pas encore le lui dire.

— D'abord Reinhart. Ainsi je saurai que je peux vous faire vraiment confiance.

— Si vous tenez tant à sa mort, pourquoi est-il encore en vie ?

— Parce que j'ai commis l'erreur de confier cette mission à quelqu'un d'autre. Désormais, Reinhart est sur ses gardes. Mais si c'est vous…

Sadira s'adosse à sa chaise, comme pour évaluer ses options. Mais son parti est pris depuis que le Mudir a évoqué le passage de Reinhart par la case CIA.

— D'accord, dit-elle. Quand ?

93

Devant le palais de justice, Sadira m'avait demandé mon numéro. Elle était censée m'envoyer l'adresse du restaurant par SMS, en indiquant l'heure de notre rendez-vous. Elle pensait à un italien qui vient d'ouvrir dans l'Upper West Side, mais craignait qu'il soit trop tard pour réserver.

« On reste en contact », tels avaient été ses derniers mots.

Depuis, aucune nouvelle. Ni SMS ni appel. Rien. *Qu'est-ce qui a changé ? A-t-elle appris quelque chose ? Voit-elle clair dans mon jeu ?*

Je suis sur le point d'appeler Julian pour qu'il me trouve son numéro lorsqu'on frappe à la porte. Nouvelle visite de Foxx.

Ce matin même, son chauffeur est déjà venu me chercher pour me conduire dans un des bureaux de Midtown faisant office d'antennes de la CIA. Après la destruction du World Trade Center 7, en septembre 2001, où se trouvaient les bureaux new-yorkais de l'Agence, celle-ci a choisi d'occuper différents locaux aux quatre coins de la ville. La salle de conférences où j'avais été introduit était censée appartenir à une compagnie maritime internationale.

Cette fois, Foxx est venu les mains vides. Mais son expression laisse peu de doutes sur le motif de sa visite. Les nouvelles ne sont pas bonnes.

— Elle quitte le pays, m'annonce-t-il.

— Quand ?

— Dimanche. Vol Turkish Airlines pour Téhéran, *via* Istanbul.

— Aller simple, je suppose ?

— Non remboursable. Le hic, c'est que la réservation date d'aujourd'hui même.

— Des appels récents ?

— Aucun vers l'Iran, et à personne que nous n'ayons déjà identifié.

Foxx ne m'en a rien dit, mais je présume que l'Agence a épluché les relevés des téléphones fixe et portable de Sadira. Peut-être même l'a-t-elle mise sur écoute. Certes, la loi l'interdit. Mais le « C » de CIA n'a jamais signifié « conformité »...

Une dernière question :

— Vous l'avez fait suivre ?

Il se peut que Foxx l'ait mise en filature sans m'en parler, comme il se peut qu'il ne s'y soit pas encore résolu. Mais sa réponse vient sans hésitation :

— Je comptais un peu sur vous pour ça. À commencer par votre dîner ce soir.

Foxx regarde sa montre. Il sait que Sadira n'a pas repris contact avec moi.

J'attrape mon téléphone pour voir si je n'aurais pas reçu un message écrit ou audio. Toujours rien. Il est temps de regarder les choses en face.

— Ça marche. On va l'intercepter.

Cette fois, Foxx marque une hésitation.

— On va s'y prendre autrement, finit-il par lâcher.

Je serais tenté de lui répondre que c'était pourtant son plan, si je ne devinais ce qu'il a en tête. Parfois le ton est plus qu'éloquent.

On ne va pas l'intercepter. Non. On va la neutraliser. Pour longtemps.

94

— C'est votre idée ?

— Non, ma recommandation. L'idée, en dernier ressort, c'est le directeur qui l'a eue.

— Ça revient au même.

— Si vous le dites, répond Foxx en haussant les épaules.

Plutôt deux fois qu'une. Le directeur de la CIA est comme le patron d'une équipe de la National Football League. À lui le dernier mot, mais, s'il est malin, il déléguera à l'entraîneur, qui est près de l'action, pour prendre les bonnes décisions. Surtout avec un type comme Foxx, qui est un peu le Bill Belichick[1] des chefs de section. Si Foxx a recommandé que Sadira Yavari ait un « accident malencontreux », on peut être sûr que c'est ce qui se produira.

— Mais pourquoi ?

— Vous le savez bien. Il n'est pas question que son procès ait lieu.

— Et tout ce qu'elle sait, qu'en faites-vous ? Ses contacts ?

— C'est pourquoi j'ai accepté le principe de votre dîner.

— Qu'est-ce qui vous empêche de l'intercepter ?

— Pas après le lapin qu'elle vous a posé.

Façon de dire qu'elle se montrerait moins que coopérative lors d'un interrogatoire. Et allusion à l'absurde ironie de la législation anti-torture, dans un monde où la plus grande part des informations recueillies à Guantánamo et

1. Célèbre entraîneur de football américain (*NdT*).

autres sites lugubres de la planète se trouve être juridiquement non avenue.

Pour dire les choses crûment, éliminer un individu suspecté d'activités terroristes pose moins de cas de conscience à la CIA que de le soumettre à la baignoire.

Je pourrais tenter de dissuader Foxx de prendre une telle décision. Plaider ma cause. Si je ne le fais pas, c'est que j'entends la voix de Tracy dans ma tête. Pas Tracy l'idéaliste. Tracy le réaliste, le diplômé en droit. Mon cas est indéfendable. Sadira évanouie dans la nature, je perds voix au chapitre.

Ding!

Nos regards se tournent vers mon téléphone, posé sur la table. Ce pourrait être un SMS de n'importe qui, mais l'écho de ce *ding*, dans le silence de cette pièce, à cet instant précis, nous inspire la même pensée. C'est elle.

Désolée! Noyée de travail. Toujours OK pour ce soir? Gramercy Tavern @ 8?

Je lis le message une fois, deux fois. Foxx aussi.

— Il y a quelque chose qui cloche, dit-il.

En effet. Qu'elle ait tant tardé à me recontacter met mes neurones en état d'alerte. Mes pouces restent suspendus au-dessus de l'écran, mais je n'ai qu'une envie: lui confirmer notre rendez-vous.

Foxx m'a fait signer le contrat. J'ai même dû lui emprunter un stylo. Depuis tout à l'heure, je suis redevenu un agent de la CIA. Paré à toutes les missions. Mais ce qu'attend Foxx, ce qu'il veut voir et entendre, c'est que je fasse mes preuves. *Dylan Reinhart a-t-il l'instinct du tueur?*

Une seule façon de l'en convaincre.

— S'il le faut, c'est moi-même qui la neutraliserai, dis-je.

Et je confirme notre dîner à Sadira, sous le regard approbateur de Foxx.

— Heureux de vous retrouver, Reinhart.

95

Je voulais être le premier à notre rendez-vous. Je suis arrivé avec vingt minutes d'avance à Gramercy Tavern. C'était trop peu.

Sadira est assise à l'extrémité du bar, un livre dans une main, un verre de vin dans l'autre. À trois mètres d'elle, je me fige en l'apercevant. Sans la foule agglutinée au bar, elle m'aurait déjà remarqué, planté comme un piquet. Encore qu'elle semble absorbée par sa lecture.

J'observe.

Pas elle, les gens qui l'entourent. C'est la meilleure façon de mesurer le pouvoir d'attraction d'une personne. Les regards furtifs. Ceux qui vous détaillent de la tête aux pieds. Sans parler des autres femmes. Les hommes, eux, sont moins discrets. La plupart lorgnent Sadira d'un air stupide.

— Que lisez-vous ? dis-je en m'approchant.

Elle m'a réservé une chaise en y posant son sac et son châle. À moins qu'elle ait ainsi voulu dissuader l'un de ces mâles lourdauds de l'aborder.

— Bonsoir, dit-elle en m'embrassant sur la joue.

Son parfum sent la lavande. Elle retourne son livre pour me montrer la couverture. Une biographie de René Descartes.

— Je vois. Un brin de lecture futile en attendant qu'une table se libère.

— Justement, je me disais que nous pourrions dîner ici même, si vous n'y voyez pas d'inconvénient.

Elle pose son livre et, pour libérer ma chaise, récupère son châle et son sac qu'elle suspend à un crochet devant elle.

— J'ai remarqué que l'on est plus vite servi lorsqu'on est assis au bar.

— J'admire votre présence d'esprit, dis-je en m'asseyant. Ce peut être une bonne chose de ne pas trop attendre les apéritifs, lors d'un premier rendez-vous.

— Parce que c'en est un ?

L'espace d'un instant, elle a paru consternée par ma repartie. Mais je ne suis pas dupe. Elle se paie ma tête.

— Très amusant, professeure.

— Félicitations, répond-elle avec un grand sourire. Vous ne perdez pas la tête facilement.

— Pas plus que d'autres.

Elle fait signe au serveur le plus proche.

— Assez de jus de raisin, annonce-t-elle en repoussant son verre de vin. Passons à la vitesse supérieure.

Je me sens presque dans la peau d'un des voyeurs qui la reluquent en l'écoutant commander deux Blanton's sans douter un instant que je sois amateur de bourbon. Elle est magnifique, intelligente, drôle et un peu portée sur la boisson. Un profil qui tue, pourrait-on dire.

— L'italien où vous souhaitiez réserver était complet ? Rassurez-vous, j'aime beaucoup ce restaurant. Il faudrait être difficile.

Gramercy Tavern est la définition même du terme « iconique » à Manhattan. C'en est le synonyme. Boiseries chaleureuses, tons ocre de la décoration. Service impeccable. Mais surtout, la nourriture. 99 % des restaurants qui ouvrent fermeront sans avoir jamais décroché une médaille James Beard. Gramercy Tavern en a remporté neuf.

— Pour être tout à fait honnête, j'ai laissé tomber l'autre. Après les événements du week-end, les attentats, je me suis rendu compte que je n'avais pas envie de quelque chose de nouveau ou de différent.

— Vous avez préféré la chaleur d'un lieu familier et authentique. Je comprends ça.

On vient de poser les bourbons devant nous.

— J'ai honte de l'admettre, mais je ne peux plus regarder les images. Les funérailles. Toutes ces vies brisées. Je suis un monstre, n'est-ce pas ?

— Pas du tout. Je me souviens d'un article après le 11 septembre. Les gens qui ne sont pas d'ici n'arrivaient pas à comprendre que les New-Yorkais aient repris aussi vite leurs petites habitudes, comme s'ils étaient bizarrement moins affectés que le reste du pays.

D'un geste, je désigne tous ces gens, au bar, qui semblent prendre du bon temps.

— Mais ça ? C'est tout ce qu'il y a de plus humain. C'est lorsqu'on est cerné par la mort que l'on a le plus besoin de se sentir en vie.

Sadira s'empare de son bourbon et le lève à ma santé.

— À la vie, dit-elle.

— Oui, dis-je en trinquant. À la vie.

96

Sadira mène la charge. Nous en sommes au troisième bourbon et n'avons pas encore consulté le menu. Lorsque enfin les entrées nous sont servies, nous en sommes à cinq et visons le sixième. Si Sadira a pour dessein de me tuer, elle a choisi un mode opératoire inattendu : l'intoxication alcoolique.

Le serveur débarrasse nos assiettes – filet de bar pour elle, canard pour moi.

— J'aimerais vous poser une question, dis-je. Est-ce que vous m'avez googlisé après notre rencontre au palais de justice ?

Sourire désolé de Sadira :

— Pourquoi l'aurais-je fait ? Je sais qui vous êtes.

— C'est un « non » qui n'en est pas un.

Sadira se redresse d'un coup, lève la main droite comme pour prêter serment.

— Je jure solennellement que je n'ai pas googlisé le professeur Dylan Reinhart avant de le retrouver dans ce restaurant. Ça vous va ?

— Oui, je préfère.

— Par ailleurs, j'ai pour habitude de me renseigner par moi-même.

— Et qu'avez-vous appris, à ce stade ?

— Que si l'un de nous deux a googlisé l'autre en quittant le tribunal, c'était vous.

— Je plaide coupable.

— Et qu'avez-vous découvert sur mon compte ? Qu'est-ce qu'Internet trouve à dire sur Sadira Yavari ?

— Que vous êtes une professeure de philosophie estimée de l'Université de New York, autrice de nombreuses publications.

— Ah, mais seul l'un de nous deux a publié un best-seller sur les tueurs en série !

— Que vous n'avez sans doute pas lu.

— Qu'est-ce qui vous le laisse penser ?

— Encore une fausse dénégation…

— Il se trouve que j'ai lu votre livre.

— Vraiment ? Qu'en avez-vous pensé ?

— Il y a des passages un peu arides.

Un rire éclaire soudain son visage impassible.

— Mais non, je plaisantais. Je l'ai trouvé passionnant.

— En quoi ?

— Êtes-vous en quête de louanges, ou cherchez-vous à savoir si je l'ai vraiment lu ?

— Les deux.

— J'ai apprécié la façon dont vous révoquez la définition classique de la psychopathie, en particulier dans le cas des tueurs en série. Ils ne cherchent pas à rationaliser leur comportement et c'est en quoi leur démarche est rationnelle. Ils font ce qu'ils croient absolument devoir faire. Ils en sont intimement convaincus, au plus profond d'eux-mêmes.

— Je m'attendais à ce que vous me disiez cela. J'imagine que cela corrobore ce que vous enseignez en épistémologie.

— Oui. Le rôle qu'une croyance légitimée joue dans la société, et qui de nos jours n'a qu'une seule traduction.

— La religion.

Sadira approuve.

— Et, ne craignons pas de le dire, pas *une* religion en particulier.

— Vous voulez dire la vôtre, je suppose ?

— En effet. Le côté positif, c'est qu'être chiite est pour moi une garantie professionnelle. Une authentique musulmane qui décortique la mentalité des terroristes pour le compte d'élites pseudo-libérales : voilà mon boulot, aussi longtemps que je m'en satisferai.

— Cynisme et sarcasme à la fois. Pas de doute, vous êtes une vraie New-Yorkaise.

— Mais plus loin de son pays que Dorothy dans *Le Magicien d'Oz*, en tout cas.

— Vous y retournez souvent ?

— En Iran ? Ça fait un petit moment.

Bref silence. Va-t-elle faire allusion à son vol imminent pour Téhéran ? Pas le moins du monde. Ce trou dans la conversation devient embarrassant.

— Étais-je censée développer ? dit-elle.

Vite, une réponse intelligente.

— Pardonnez-moi. Je retournais la question suivante dans ma tête et je craignais qu'elle ne vous paraisse un peu… sexiste.

— Je crois deviner : vous voudriez savoir comment il se fait que je ne sois pas mariée ou en couple.

— Avec des questions pareilles, les élites de l'Université de New York m'auraient déjà fait la peau, hein ?

— Il faut reconnaître que Yale produit fort peu de William F. Buckley[1], par les temps qui courent.

Bonne remarque.

— Dois-je comprendre que vous ne répondrez pas à ma question ?

Sadira fait un signe au serveur tout en vidant le reste de son sixième bourbon.

— Comprenez que nous allons commander encore un verre. Ensuite, peut-être, je dis bien peut-être, j'aborderai le sujet de ma vie intime.

1. Journaliste et essayiste américain (1925-2008), ancien élève de Yale, figure du maccarthysme, connu pour ses prises de position ultraconservatrices (*NdT*).

Sa main se pose un bref instant sur mon avant-bras, assez longuement toutefois pour brouiller la frontière entre geste innocent et invite suggestive. Sa beauté est sa carte maîtresse, capable de défaire un homme de tous ses atouts.

Ce même homme se dirait sans doute qu'elle porte un bien joli collier.

Pourquoi vous servir de Halo ce soir, Sadira ? Auriez-vous des projets pour moi ?

97

— Sortons.

J'extrais quatre cents dollars en liquide de ma poche – bienvenue à Manhattan – et les coince sous mon verre vide.

— Merci, dit Sadira. La prochaine fois, c'est moi qui vous invite.

La prochaine fois ? Quelle ironie.

Elle ne pouvait pas refuser de m'accompagner dehors. Difficile, qui plus est, de m'éliminer devant autant de témoins. J'ai probablement dû lui ôter les mots de la bouche. *Sortons.*

Mais pour aller où ?

Je lui tiens la porte et nous sortons du restaurant. Au lieu de tourner les talons, elle file droit vers un taxi stationné le long du trottoir. On est toujours sûr d'en trouver au moins un devant Gramercy Tavern.

— Jane Street, sur Hudson Street, lance-t-elle au chauffeur.

Elle m'emmène chez elle, dans le West Village. Ne pas laisser paraître que je sais où elle habite.

— C'est là que vous…

— Que je vis, oui.

Puis, se tournant vers moi pour me regarder en face :

— Ce n'est pas une chose que je fais habituellement.

— Moi non plus.

— Très bien. Nous pourrons donc ne pas le faire habituellement, mais ensemble.

J'en rirais si, à cet instant, elle ne se penchait soudain pour m'embrasser. Ses lèvres se posent délicatement sur les miennes et y restent une seconde, comme un avant-goût de ce qui m'attend. Elle ne me laisse pas le temps de l'embrasser en retour, mais c'est le but de la manœuvre. Je pourrais également prendre l'initiative d'en rester là, mais c'est elle qui a la main. Pas moi.

Très bien. Parfait. Tout se passe comme tu veux, Sadira ?

Le reste du trajet se déroule sans un mot. Passé Union Square, elle se rapproche et prend simplement ma main. Devant chez elle, enfin, elle desserre les lèvres.

— Laissez-moi au moins payer la course, dit-elle en sortant son portefeuille.

J'aurais parié le prix du dîner et même un peu plus que Sadira n'habitait pas une résidence avec gardien. Sinon pourquoi porter un collier Halo ? Je m'attendais donc à pénétrer dans une maison en brique. Ce à quoi je ne m'attendais pas, c'est que la maison entière lui appartienne.

— Ils vous paient combien à l'Université ? dis-je pour plaisanter en la suivant dans le vestibule.

De là, nous accédons à un immense salon, ouvert sur une cuisine à faire pâlir d'envie Martha Stewart[1]. Voilà pour le rez-de-chaussée.

— Fortune familiale, répond-elle sans ambages.

Possible. À moins qu'elle mente effrontément. Comment le savoir ? Rien de certain avec cette femme. Qu'y a-t-il de vrai dans tout ça ? Pas grand-chose, je le crains. Mais elle est diablement convaincante.

Depuis le début, j'ai la nette impression que Sadira est une excellente comédienne et je n'ai pas changé d'avis. Jusqu'à maintenant.

C'est désormais plus qu'une impression. C'est devenu une certitude. D'une façon ou d'une autre, je vais enfin savoir la vérité.

---

1. Créatrice du magazine de confort domestique *Martha Stewart Living* (*NdT*).

En l'observant qui se débarrasse de son sac et de son écharpe, il ne fait plus de doute qu'elle m'a amené exactement là où elle voulait que je sois. Elle joue maintenant à domicile.

— Montons à l'étage, dit-elle.

98

Il y a dans la vie un certain nombre de choses que l'on n'a pas besoin d'apprendre. Par exemple, si quelqu'un cherche à vous tuer, la dernière chose à faire est de lui tourner le dos.

— Après vous, dis-je en tendant le bras vers l'escalier.

Au premier étage, nous empruntons un petit couloir menant à ce qui ne peut être que sa chambre, à en juger d'abord par sa taille. Sur une table de chevet, une pile de livres aux pages cornées. C'est bien l'endroit où elle dort. Entre autres.

Sadira ôte ses escarpins et baisse les lumières. *Que croit-elle que nous allons faire ?*

Elle ne pouvait guère, quand elle m'a embrassé dans le taxi, être plus explicite. Cette fois, les choses s'annoncent plus sérieuses qu'un simple baiser. Ou veut-elle seulement me le laisser croire ?

Au poker, il faut parfois attendre avant de bluffer. En d'autres occasions, il ne faut pas cesser de le faire.

— Approchez, dis-je dans un murmure.

Tant pis si ma dernière aventure féminine remonte à ma première année d'université. C'était une façon de vérifier que j'étais bien gay et, autant que je me souvienne, nous avions absorbé autant d'alcool que la farandole de bourbons avalés tout à l'heure à Gramercy Tavern.

— Qui ça, moi ? minaude Sadira.

— Oui, vous. Tout entière.

Elle s'approche lentement, ses yeux plongés dans les miens. Sans ciller, j'en jurerais. Puis, à quelques centimètres, elle se retourne.

— Pouvez-vous me dézipper ? dit-elle en dégageant ses longs cheveux bruns sur le côté.

Je saisis la tirette et la descends jusqu'à mi-dos.

— Et le collier ? Voulez-vous que je vous aide à l'ôter ?

— Non, ça ira. Je m'en occupe. C'est un peu délicat.

Tu m'étonnes…

J'attends qu'elle se retourne pour me faire face. Au lieu de quoi, elle se dirige vers son dressing.

— Je ne serai pas longue, lance-t-elle en s'éloignant.

Puis elle ferme derrière elle. Sortie ! Alors que j'étais censé ne pas la perdre de vue. Impossible de savoir ce qu'elle fabrique.

Cela dit, l'inverse n'est pas moins vrai.

Une minute passe et elle réapparaît à la porte du dressing, vêtue d'une robe de chambre en peluche blanche, en tout et pour tout apparemment. Disparu, le collier Halo.

— Ôtez vos vêtements, me dit-elle.

Mais sa demande n'a rien de sexy. C'est dit sans un sourire. Enfin, je crois.

Je suis trop préoccupé par le pistolet qu'elle braque devant elle.

99

— Je ne plaisante pas, dit-elle en étreignant la crosse de son Makarov de fabrication russe, augmenté d'un silencieux. Déshabillez-vous.

L'arme était cachée dans son dressing. Elle veut vérifier que je n'en cache pas une aussi sur moi.

— À quoi jouez-vous ? dis-je en feignant l'étonnement.

Aucune réponse. Pas tant que je n'aurai pas commencé à me dévêtir. Sadira reste immobile devant moi, son pistolet pointé sur ma poitrine.

Très bien, comme tu voudras. Pour le moment…

J'ôte ma veste sport, la jette sur le lit et lui montre mes flancs. *Tu vois. Pas de holster.*

Au tour de la chemise. Je feins de me débattre avec les boutons.

— Plus vite.

Je l'ignore.

— Je sais qui vous êtes. Je sais qui vous avez déjà tué. Et nous sommes plusieurs à le savoir.

— Vous croyez tout savoir de moi, hein ?

— Qu'y a-t-il d'autre à apprendre ?

— Rien sans doute. Vous avez raison, j'ai déjà tué. Et je tuerai encore s'il le faut.

Du bout de son arme, elle désigne ma chemise.

— Plus vite !

Assez joué avec les boutons. La chemise valse en trois secondes. *Tu vois. Aucun fil.*

Ma ceinture prend le même chemin, bientôt suivie de mon pantalon. En apparence. Je ne descends la fermeture qu'à moitié et écarte imperceptiblement mes pieds, de façon à ouvrir mes jambes.

Aussi naturellement que possible. Le pantalon doit tomber pile comme il faut.

— Quel joli collier vous portiez ce soir, dis-je. Comment vous êtes-vous procuré Halo ?

Elle ricane.

— J'ignore de quoi vous voulez parler.

— Vraiment ?

— Tout à fait.

— Et mon téléphone, j'en fais quoi ?

— Quel téléphone ?

— Celui qui est en communication avec la camionnette garée de l'autre côté de la rue.

Et voilà. Je désigne, sur une commode, le téléphone que j'ai posé debout sur une boîte à bijoux, objectif pointé dans sa direction. La caméra ne tourne pas et il n'y a pas de véhicule de surveillance de l'autre côté de la rue, mais c'est sans importance. Je n'ai cherché qu'à la distraire un instant.

L'espace d'une seconde, ses yeux se posent sur mon téléphone. J'en profite pour laisser tomber mon pantalon et, plus vite que la gravité, pour plonger la main sur le Glock fixé sur mon mollet droit. Nous sommes désormais deux à nous trouver au mauvais bout d'un canon.

— Ces préliminaires commencent enfin à m'amuser, dis-je. Pas vous ?

100

— Lâchez ça, Reinhart !

— Ce n'est pas ainsi que ça marche. Soit nous baissons nos armes tous les deux, soit nous ne les baissons pas.

— D'accord. Vous le premier.

Son expérience des impasses mexicaines est manifestement limitée.

— Pourquoi voulez-vous m'éliminer ?

— Je ne le veux pas, répond-elle.

— Tout me prouve le contraire.

— Je voulais simplement m'assurer d'une chose.

— Laquelle ?

— Que *vous* ne vouliez pas m'éliminer.

— Quelle drôle d'idée. Pourquoi ferais-je une chose pareille ?

— Parce que vous ignorez la vérité.

— Et c'est maintenant, avec un pistolet pointé sur vous, que vous voulez me dire la vérité ?

Sadira désigne du regard mon téléphone sur sa boîte à bijoux.

— Il ne filme pas vraiment ?

— Non.

Dans le doute, elle fait quelques pas de côté, ouvre un tiroir et y laisse tomber mon téléphone, le tout sans me quitter des yeux.

— Oui, c'est moi qui ai tué ce professeur du MIT, Jahan Darvish.

— Bon début. C'est aussi ce qu'il a dû penser. Hélas, ça s'est mal terminé. Quant au mode opératoire… Tordu, mais brillant. Quoi d'autre ?

Sadira plisse les yeux. Elle se demande ce que je sais déjà.

— Un autre chercheur en physique nucléaire. Iranien, lui aussi.

— Et le troisième ?

J'essaie d'obtenir des renseignements que je n'ai pas. Mais elle ne mord pas à l'hameçon. Plus probablement, elle s'en tient à la vérité.

— Il n'y a pas eu de troisième. Seulement ces deux-là. Et pour la même raison. Baissez votre arme et je vous expliquerai.

— Encore une fois, ce n'est pas ainsi que ça marche. Les femmes d'abord.

— À une condition. Soyez convaincu que je ne souhaite pas vous tuer.

Cette fois, je la crois. Mais je n'ai pas le droit de me tromper.

— Je n'ai jamais *voulu* tuer qui que ce soit, Sadira. Mais ça ne m'a pas arrêté quand c'était nécessaire.

— Moi non plus.

Et sur ces mots, elle plie les genoux et pose son arme au sol.

J'en fais presque autant. Baisser mon arme, d'accord, mais il est encore trop tôt pour la lâcher.

— Très bien, je vous écoute, dis-je.

— Darvish et l'autre chercheur en physique nucléaire, à Londres, n'étaient pas des agents doubles.

— Qui a dit qu'ils l'étaient ?

— Le MI6, déjà. Votre ancien employeur, ensuite.

— Comment le savez-vous ?

En fait, j'ai plus qu'un soupçon à cet égard.

— Posez-moi d'abord des questions sur Darvish. Sur ce qu'il faisait vraiment.

— En d'autres termes, sur la raison pour laquelle vous l'avez éliminé.

Si elle peut m'expliquer ça, pas besoin de l'interroger sur l'informateur recruté à Londres par le MI6.

— Darvish faisait ce que jamais mon père n'aurait fait. Concevoir la première arme nucléaire iranienne.

— Votre père ?

— Je voulais dire feu mon père. Farukh Rostami.

Celle-là, je ne l'avais pas vue venir.

Rostami était le plus éminent physicien nucléaire d'Iran.

— Vous me faites marcher.

— En ai-je l'air ? Quand mon père s'est opposé au shah, le shah l'a fait assassiner.

— Le shah n'y était pour rien. C'était un coup du Mossad. Les Israéliens ont donné à croire que le gouvernement iranien en était responsable pour mieux se disculper.

— Non. Les Israéliens disaient la vérité. Ce n'était pas un coup du Mossad.

Il n'est pas courant qu'une Iranienne prenne la défense d'Israël. À vrai dire, ça n'arrive presque jamais.

— Comment le savez-vous ? dis-je.

— Mon père m'avait mise en garde.

— Et s'il s'était trompé ? Les Israéliens étaient convaincus qu'il dirigeait le programme nucléaire militaire iranien. Ils souhaitaient sa mort plus que tout.

— Pas plus que son propre gouvernement. Quant aux prétendues preuves que l'Iran a présentées à l'Onu, ces photos impliquant les Israéliens, c'était des faux.

— J'en reviens à ma question : comment le savez-vous ?

— De la même façon que je sais que Darvish désinformait la CIA tout en travaillant toujours plus étroitement à la conception de la bombe. Il n'a jamais eu qu'une allégeance : vis-à-vis de son pays.

Une pause.

— Tout comme moi, en apparence.

Cette pause, suivie de ces mots, tournés de cette façon. *Tout comme moi, en apparence.*

Sadira Yavari est en train de me dire qu'elle est un agent double. Littéralement ou presque. Elle rend compte aux renseignements iraniens, mais elle travaille pour elle-même et pour ses propres motifs.

— Depuis quand ? dis-je.

Depuis quand travaille-t-elle contre son propre gouvernement ?

— Depuis qu'ils sont venus me trouver, après la mort de mon père, pour me convaincre que le Mossad l'avait assassiné. Exactement comme mon père m'avait dit qu'ils le feraient. D'après lui, le contre-espionnage chercherait à me recruter.

— Et, autant qu'ils sachent, ils y sont parvenus.

— Exactement. Je suis une espionne iranienne.

Enfin, pas exactement. Sadira Yavari est une espionne iranienne qui n'a de compte à rendre à personne. Solitaire et sans scrupule. Altruiste, dangereuse, absolument machiavélique.

Je savais bien qu'il ne fallait pas se fier aux apparences...

101

Sadira raconte. Tout. Son recrutement. Comment elle a séduit un membre du gouvernement iranien et dérobé des dossiers démontrant les activités réelles de Darvish et du chercheur en physique nucléaire qu'elle est allée trouver à Londres. Jusqu'à l'origine de son pseudonyme, qu'elle s'est choisi lorsqu'elle a pris la nationalité américaine : Yavari était le nom d'un glacier de Téhéran où son père l'emmenait lorsqu'elle était enfant.

Le gouvernement iranien a cru tirer parti de son feint ressentiment vis-à-vis d'Israël et de l'Occident, et elle lui a laissé croire qu'il y était parvenu. Mais elle poursuivait son propre objectif. Personnel et déterminé. Au nom et en mémoire de son père, Sadira s'est faite guerrière, afin d'empêcher ce qu'il redoutait le plus : que l'Iran se dote de l'arme nucléaire.

— Et maintenant ? dis-je.

— Maintenant, je vais vous tuer.

— Pardon ?

— Vous m'avez demandé comment j'ai appris que vous aviez travaillé pour la CIA. Vous vous rappelez ?

— Oui. Qui vous l'a dit ?

— La même personne qui m'a demandé de vous éliminer ce soir.

Le seul et l'unique.

— Le Mudir.

— J'ai compris qu'il était dans votre viseur. Comme vous êtes dans le sien.

— Mais alors, si vous étiez en contact, cela signifie…

— Je n'étais pas au courant pour Times Square, si c'est ce que vous sous-entendez.

Bien supposé.

— Donc vous ne faites pas partie d'une de ses cellules ?

— Non. Je me suis portée volontaire pour lui servir de courrier, après l'attentat. J'ai dit à mon officier traitant du ministère du Renseignement que je souhaitais concourir au prochain.

— Afin de l'empêcher.

— Oui. De l'empêcher et de neutraliser le Mudir. Mon but est de l'éliminer. Mais auparavant, je dois d'abord le convaincre que vous êtes mort.

— Comment comptez-vous vous y prendre ?

— J'ai mon idée. Mais peut-être pourriez-vous commencer par remonter votre pantalon ?

— Pourquoi ? dis-je en souriant. Mon caleçon ne vous plaît pas ?

M'étant exécuté, je m'approche de Sadira et ramasse son arme. Elle et moi venons de faire beaucoup de chemin en très peu de temps. Mais la croire est une chose, lui faire confiance en est une autre. Nous n'en sommes pas encore là.

Et le Mudir non plus, d'après ce qu'elle m'en a dit.

Elle lui a donc servi de courrier, lui a fourni de faux passeports fabriqués en Iran. Maintenant, il veut l'impliquer dans un nouvel attentat.

Mais auparavant, il veut être certain de pouvoir lui faire confiance. Surtout depuis qu'il a découvert que j'avais manigancé ma rencontre inopinée avec elle au palais de justice. Une très sérieuse alerte pour lui, mais aussi une opportunité. Il désire ma mort, mais il sait qu'il court un risque, puisque je m'y attends. Tandis que je ne suspecterai pas forcément Sadira. Si elle parvient à m'éliminer, il pourra faire confiance à cette tueuse froide en talons aiguilles. D'une pierre deux coups.

— Que savez-vous de la prochaine attaque ?

— Presque rien. Les informations dont je disposerai sont conditionnées à votre mort. Le Mudir ne m'a dit qu'une chose, c'est qu'il sera plus sûr de prendre un avion ce jour-là.

— Alors la cible est Penn Station.

Cette fois, je ne doute plus que Sadira ne m'a dit que la vérité. Sa réaction, l'expression horrifiée qui vient de se peindre sur son visage ne sont pas feintes.

— Si vous le savez, vous êtes donc préparés à le déjouer ?

— C'est le plan. Maintenant, parlez-moi du vôtre. Comment comptez-vous convaincre le Mudir que vous m'avez éliminé ?

— Il attend des preuves concrètes dès ce soir. Et il ne se contentera pas d'une photo.

— En d'autres termes, nous allons devoir filmer quelque chose.

— Exactement. Il ne veut pas vous voir mort, il veut vous voir mourir.

Elle se dirige vers la commode, ouvre un tiroir, en sort…

— Vous plaisantez, j'espère ?

Sadira me lance un gilet pare-balles.

— Il est en Kevlar, doublé de plaques en titane. C'est ce qui se fait de mieux.

— À condition de bien viser.

— Soyez sans crainte, je ne vous louperai pas. Tâchez seulement de ne pas trop remuer au moment du second tir.

— Quel second tir ?

— On tâche de convaincre ou pas ?

102

Les morts parlent.

Quelques heures plus tard, je raconte toute l'histoire à Foxx. Il m'écoute sans un mot en mangeant une omelette blanche entre deux gorgées de café. Même sans rien à mâcher, je veux croire qu'il ne m'aurait pas interrompu. Il veut avoir digéré les moindres détails de ma soirée avec Sadira avant de m'interroger. Nous sommes installés dans un box, au fond d'un snack grec ouvert vingt-quatre heures sur vingt-quatre, à quelques rues du logement sécurisé. Il est 5 heures du matin, l'endroit est quasi désert. Il y a moins de clients que de photos d'Anthony Quinn sur les murs. Ce que j'ai à dire ne peut être entendu que de Foxx.

— Redites-moi la fin, dit-il après que j'ai terminé mon récit.

— Quand j'ai attendu avec Sadira après l'envoi de l'enregistrement ?

— Non, ça, j'ai compris. Vous souhaitiez être dans les parages si le Mudir la contactait aussitôt.

Mais le Mudir ne s'est pas manifesté. J'ai attendu avec Sadira une bonne partie de la nuit, mais il n'a pas réagi à la vidéo de mon exécution. N'y a-t-il pas cru ? Impossible de le savoir. Mais il n'y a aucune raison qu'il ait soupçonné une supercherie. Sadira avait raison : le second tir donnait le change – à peu près autant que moi. Si l'on devait remettre un Oscar de la fausse mort violente, j'aurais toutes mes chances. Et en une seule prise, s'il vous plaît. Il est vrai que ce genre de scène ne souffre pas de seconde prise.

Avec ça, je ne sais toujours pas ce que Foxx voudrait réentendre.

— Quand nous sommes dans la chambre d'hôtel ?

— Non. Ça aussi, j'ai compris. Si elle vous avait tué chez elle, le Mudir lui aurait demandé comment elle s'est débarrassée du corps. Tandis qu'elle pouvait simplement quitter l'hôtel en laissant l'écriteau « ne pas déranger » sur la porte et gagner ainsi deux bons jours avant que le corps soit découvert.

Aucun détail de mon récit n'a échappé à Foxx, il a même complété ce qui était sous-entendu.

— J'abandonne. Quelle partie vous manque ?

Il écarte le reste de son omelette et croise ses bras sur la table en s'inclinant. Apparemment, ce qu'il a le plus de mal à croire n'est pas que j'aie autorisé Sadira Yavari à me tirer dessus à bout portant. Et deux fois de suite.

— J'attendais une explication, dit-il mâchoire serrée. Comment se fait-il qu'en ce moment même Sadira soit libre de ses mouvements ?

— Comment ça ?

— Elle a tué deux informateurs, dont l'un des nôtres.

— Deux soi-disant informateurs.

— Dit-elle.

— Oui, comme le fait qu'elle soit la fille de Farukh Rostami. Ça aussi, c'est elle qui le dit. Information confirmée.

Avant de rencontrer Foxx, j'ai demandé à Julian de vérifier ce point. Nul besoin d'être un hackeur, une bonne vieille recherche était amplement suffisante. Un portrait de Rostami était paru dans un magazine iranien quand Sadira était encore adolescente. Elle et sa sœur étaient mentionnées dans l'article.

— Et donc, parce que ceci est vrai, tout le reste l'est aussi ?

— Je crois que vous regardez l'arbre qui cache la forêt.

— Et moi, Reinhart, je crois que vous vous êtes perdu dans cette forêt. Je vous ai connu jadis plus affûté. Vous lui avez lâché que nous sommes au courant pour Penn Station.

— Seulement après qu'elle m'a lâché cette remarque du Mudir, comme quoi il serait plus sûr de prendre l'avion.

— Elle a très bien pu prêcher le faux pour savoir le vrai. Qui vous dit qu'elle ne vous a pas berné ?

— Et qui vous dit qu'elle a menti ? Pardon de vous le rappeler, mais c'est vous qui avez été berné par Jahan Darvish.

— Raison de plus pour laquelle vous auriez dû nous la ramener.

— C'était trop tôt.

— C'est votre instinct qui vous le dit, hein ?

Ce n'est pas une question. C'est une pique. Qui ne m'atteint pas. Je sais d'où parle Foxx. Ma profonde conviction que Sadira n'a pas menti ne suffit pas à tranquilliser un type comme lui.

Ni son boss. Après notre entretien, Foxx devra rendre compte au directeur de la CIA. Lequel aura ses propres questions. À commencer par : *Comment se fait-il que Sadira Yavari ne soit pas dans nos murs ?*

— Puisque vous avez encore des doutes, dis-je, venez donc avec moi l'interroger. Si nous voyons qu'elle est surveillée, je m'éclipse.

Foxx demande aussitôt l'addition.

Son chauffeur, Briggs, traverse Manhattan jusqu'au West Village et nous dépose devant le domicile de Sadira, au carrefour de Jane Street et d'Hudson Street.

Avant d'avoir foulé la première marche du perron, je comprends que quelque chose n'est pas normal.

103

— Elle a de la visite.

Pas de rai de lumière entre la porte et le loquet, mais je suis certain qu'elle est très légèrement entrouverte. Et pas par inadvertance. La personne qui se trouve avec elle n'a pas été invitée à entrer. Foxx saisit son Glock encore plus vite que moi. Je sais ce qu'il pense. Le Mudir n'attend pas qu'on l'invite et, compte tenu des circonstances, il n'aurait pas été le bienvenu. Mais je ne crois pas que ce soit lui.

Foxx dresse trois doigts. Deux. Un. *Maintenant!*

Nous entrons. Inspection des pièces. Scan à gauche, scan à droite, une fois, deux fois.

Aucun mouvement, mais l'endroit est sens dessus dessous. Les placards ont été fouillés, vestes et manteaux jonchent le sol. Les tiroirs des armoires et des buffets ont été ouverts et vidés. Tout, au rez-de-chaussée, présente les traces caractéristiques d'un cambriolage. Tellement caractéristiques que j'ai peine à y croire.

Le responsable de ce saccage cherchait une chose de valeur, c'est évident. Mais pas de l'argent.

Foxx désigne l'escalier. *On monte…*

Pas d'autre bruit que celui de nos pas sur les marches. Toutes les pièces offrent le même spectacle. Même les matelas ont été retournés.

La chambre de Sadira est au fond du couloir. Connaissant les lieux, je m'y engage en premier. Avancer d'un pas, tendre l'oreille. Un autre pas. Écouter. Toujours aucun bruit. Un silence de mort.

Soudain brisé.

Cela vient de derrière. D'en bas. Panique, course effrénée vers la sortie. On a dû oublier une pièce au rez-de-chaussée, un placard, un sous-sol, que sais-je. *Comment est-ce possible ? Trop tard...*

Fuyons !

Les bruits suivants proviennent de la rue. Nous les identifions mentalement en dégringolant l'escalier.

Le chauffeur de Foxx, Briggs, a donné un coup de klaxon avant de se jeter hors du véhicule. Il a hurlé « Pas un geste ! », a essuyé un tir en guise de réponse et a riposté. Puis rien. Peut-être n'a-t-il pas eu besoin de plus. Ou peut-être arrivons-nous trop tard.

Foxx et moi jaillissons de l'entrée. Briggs est couché sur la chaussée et se tient l'épaule droite, du sang plein les doigts. Foxx se porte à son secours tandis que je me tourne de tous côtés pour apercevoir le tireur.

— Là-bas ! fait Briggs en pointant un doigt dégoulinant vers le bout de la rue.

Ils sont deux, à trente mètres environ. L'un vient d'ouvrir en grand l'arrière d'une camionnette. L'autre y enfourne leur chargement. Malgré la demi-obscurité du petit matin, je parviens à la reconnaître, ligotée et bâillonnée. Elle se tord pour tenter de se libérer. Seul point positif: elle est en vie.

Échange de regards avec Foxx. *Bon, qu'est-ce qu'on fait ?* Je connais la réponse. Vieux réflexes.

— Allez, courage, dit Foxx en aidant Briggs à se relever.

Voilà ce qu'on fait. S'occuper d'abord des nôtres.

— On t'emmène à Raborn.

Raborn est le centre médical d'urgence officieux où l'Agence envoie ses agents ou toute personne jugée digne d'y être soignée en raison de circonstances exceptionnelles – à savoir, une brusque allergie aux rapports de police et aux médias.

— Certainement pas, répond Briggs en haussant son épaule valide. Je vais appeler un Uber.

Un Uber ? Les jeunes d'aujourd'hui…

Mais non, il ne plaisante pas et, au prix d'une grimace, attrape son téléphone dans sa poche. Il souffre, mais ses jours ne sont pas en danger. Impossible d'en dire autant de Sadira.

Là-bas, la camionnette s'éloigne du trottoir. Nous la voyons filer en trombe dans Hudson Street dans un crissement de pneus. Sadira disparaît littéralement sous nos yeux.

Nouvel échange de regards. Toute parole est inutile.

104

Foxx a pris le volant. Moi un fusil de chasse.

La camionnette a une confortable longueur d'avance sur notre Expedition, mais elle n'est pas hors de vue. Si la voie est dégagée, nous l'aurons vite rattrapée. Mais nous entrons dans Lower Manhattan, avec ses petites rues et sa circulation transversale. C'est comme si plusieurs kilomètres nous séparaient.

Pas pour longtemps, décide le pied droit de Foxx.

Il appuie d'un coup sur l'accélérateur, si brusquement que je suis quasiment collé à l'appuie-tête.

— Qui sont ces hommes ? dis-je.

Tout ça ne ressemble pas au Mudir.

— Si je le savais, répond Foxx en doublant un taxi d'un coup de volant, manquant percuter au passage une Jeep stationnée. En tout cas, c'est vivante qu'ils la veulent.

La camionnette s'engage à droite dans Bethune Street, à une rue de nous, et file vers l'ouest. Mais pas pour longtemps car, au bout, on tombe sur la West Side Highway.

— Vous pensez la même chose que moi ? dis-je en me tournant vers Foxx.

Arrivée à la voie rapide, la camionnette ne pourra prendre qu'une seule direction : vers le nord.

Nous n'avons ni perdu ni gagné du terrain.

— Allez.

Foxx braque à droite et s'engage à contresens dans l'étroite 12e Rue. La voiture fonce sur les pavés inégaux et se range à pleine vitesse pour éviter les véhicules qui viennent d'en face en klaxonnant.

— Accrochez-vous, dit-il calmement, pleinement concentré.

Foxx écrase le frein en braquant et s'engouffre à droite sur la voie rapide, entre dérapage contrôlé et queue de poisson. Nous filons vers le nord en slalomant entre les véhicules. Avec trois voies à disposition, Foxx peut pousser le moteur. Je m'incline pour regarder le compteur : malgré la circulation matinale, nous montons rapidement à 130 km/h. 135. 140...

— Là ! Je les vois.

La camionnette est presque devant nous. L'écart s'est réduit. Il s'agit de le réduire encore.

Oh-oh. Nous avons de la compagnie.

Une voiture de police garée un peu plus loin fait hurler sa sirène. Nous la doublons à plein régime. C'est à peine si Foxx lui accorde un regard : il ne veut voir que la camionnette.

— Il faut les forcer à prendre la sortie du pont, dit-il.

La voie rapide ne va pas tarder à prendre le nom pour moi familier de Henry Hudson Parkway, mais le George Washington Bridge est encore loin.

— Pourquoi ?

Foxx ne répond rien. Nous sommes à plusieurs kilomètres de l'accès au pont, par une bretelle sur la droite. J'insiste :

— Pourquoi ?

Nous roulons à 180 et la camionnette n'est plus très loin. Derrière, la voiture de police est à nos trousses. Foxx est couché sur le volant, comme pour fouetter les derniers chevaux du moteur. Il ne m'a toujours pas répondu.

— Réveillez Julian, m'enjoint-il en me tendant son téléphone satellite.

Mon hésitation le fait sortir de ses gonds. Il hurle :

— Tout de suite !

Dans d'autres circonstances, je lui aurais peut-être tenu tête. Mais Foxx a sans doute d'excellentes raisons de me laisser dans l'ignorance et d'attendre le moment idoine pour éclairer ma lanterne.

J'appelle donc Julian et mets le haut-parleur. Ce gars-là ne dort jamais.

Ni bonjour ni formules, Foxx se borne à dire que je suis avec lui et en vient directement au fait.

— J'ai besoin que vous piratiez un compte, dit-il. Dans les deux minutes.

— Lequel ? demande Julian.

— Le mien, répond Foxx.

105

Tout en zigzaguant d'une voie à l'autre pour rester dans le sillage de la camionnette, Foxx indique à Julian son mot de passe. Le reste, en principe, ne devrait être qu'un jeu d'enfant.

L'idée n'est pas tout à fait de pirater son abonnement au Club du livre. Sans que Foxx ait eu besoin de le préciser, j'ai compris de quel serveur il s'agit. Et Julian de même. En tant que chef de la section new-yorkaise de la CIA, Foxx a accès au protocole tactique et opérationnel de l'Agence, y compris aux mesures antiterroristes en vigueur – la plupart conçues et mises en place après le 11 septembre.

Mais l'Agence s'est dotée d'un système d'authentification renforcée, afin de vérifier que Foxx est Foxx et pas un autre. En plus du mot de passe, son empreinte digitale et le son de sa voix sont nécessaires. Julian ne devrait pas avoir de problème avec la voix, puisque Foxx est au bout du fil. Mais l'empreinte digitale, voilà le défi.

— Ton iPhone, Dylan. Donne-moi le numéro de série. Tu le trouveras dans les paramètres.

Je me dépêche de le trouver et le lui dicte. Puis il me demande mon numéro IMEI. Aussitôt, je comprends ce qu'il tente de faire.

— Dis-nous quand tu es prêt.

Le FBI, lorsqu'il veut déverrouiller le téléphone de suspects, en est empêché par les lois sur la protection de la vie privée, sans rien dire du bon vouloir d'Apple. Mais la CIA déteste que qui que ce soit lui dise « non ».

Julian va réinitialiser le Touch ID de mon téléphone, afin de recueillir l'empreinte de Foxx.

— C'est bon, allez-y.

Je tends l'appareil à Foxx, qui donne des coups de volant de gauche et de droite, en m'efforçant de le tenir aussi fermement que possible. Il reproduit chaque changement de voie de la camionnette, slalomant à touche-touche entre les voitures.

— Empreinte…

Son pouce s'écrase sur mon téléphone avant que j'aie pu prononcer « digitale ».

— C'est bon, dit Julian. J'y suis.

Accès autorisé. Mais pour quoi faire ?

— Département de la Sécurité, dérogation des Transports publics, annonce Foxx.

Je n'ai toujours aucune idée de ce que Foxx compte faire. Julian, lui, a compris.

— La rampe de sortie ou à l'entrée du pont ?

— La rampe, répond Foxx.

— Il va falloir être très précis.

— Ne m'apprenez pas ce que je sais déjà.

— Ça vous ennuierait de m'expliquer ? dis-je.

Lancé à plus de 190 km/h sur la voie centrale, Foxx s'approche au plus près du pare-chocs arrière de la camionnette. Puis, comme dans une course de stock-cars, il lui colle au train. La sortie pour le pont n'est plus qu'à quelques centaines de mètres.

Il me jette enfin un regard et demande :

— Vous avez déjà essayé de sortir d'un parking de voitures de location ?

Sans me laisser le temps de comprendre ce qu'il raconte, il se déporte brusquement sur la gauche et se range le long de la camionnette. Les deux véhicules sont plus que proches : ils se touchent à grincer. Tôle contre tôle, Foxx pousse la camionnette vers la sortie.

— À votre signal, fait la voix de Julian.

— Pas encore, répond Foxx. Pas encore…

La camionnette tente de redresser sa trajectoire, en vain. Tel un bélier, Foxx maintient sa poussée à toute force et la contraint à quitter la voie express. La camionnette n'a plus que deux choix : percuter le terre-plein central ou s'engager sur la bretelle.

— Maintenant ! hurle Foxx. MAINTENANT !

106

Tout va ensuite très vite. J'ai à peine le temps de comprendre ce qui se passe.

Vous avez déjà essayé de sortir d'un parking de voitures de location ?

D'abord, les quatre pneus de la camionnette explosent en même temps. Des bandes et des débris de caoutchouc sont projetés dans les airs, suivis de la camionnette elle-même.

Je détourne la tête, tandis que Foxx dérape dans la bande d'arrêt et s'immobilise. Ce qui vient de se produire est-il bien réel ? Juste avant que la camionnette ne s'engage sur la bretelle de sortie et que ses pneus n'éclatent, une herse automatique a surgi de la chaussée comme par magie. Mais rien de magique à cela. Tout est réel.

Voilà pourquoi Foxx n'a rien voulu me dire.

La camionnette retombe sur le flanc dans un épouvantable fracas et va finir sa course contre la glissière, avant de se retourner sur le toit. Les quatre pneus, ou ce qu'il en reste, continuent de tourner à vide dans un nuage de fumée et de poussière tandis que nous accourons, arme au poing.

La voiture de police, qui fermait la marche d'assez loin, manque nous emboutir en freinant d'un coup sec. Les deux flics ont à peine eu le temps d'ouvrir leur portière que Foxx leur balance sa carte.

— Appelez deux ambulances.

Je suis furieux contre Foxx. Non parce qu'il a mis la vie de Sadira en danger, ni parce qu'il m'a caché ses intentions.

Mais au contraire parce qu'il a eu raison et que je suis bien obligé de l'admettre. Il a fait ce qu'il fallait faire.

Ceux qui ont voulu mettre la main sur Sadira ne sont pas des nôtres. Or il ne peut être question qu'elle tombe entre d'autres mains. C'est aussi simple – et catégorique – que cela.

— Je m'occupe du chauffeur.

Foxx opine, contourne la camionnette côté passager tandis que je reste un instant collé au feu arrière, pour le cas où il aurait besoin de renfort.

— Inconscient, annonce-t-il. Mais le cœur bat.

Je m'avance jusqu'à la portière du conducteur – ou du moins ce qu'il en reste. La camionnette s'est retournée si brutalement que la portière s'est à moitié arrachée en percutant la chaussée. Je me penche pour regarder à l'intérieur. Mais personne derrière le volant.

— Venez voir ! fait une voix derrière moi.

C'est l'un des deux policiers. Avant même de me retourner, je devine ce qu'il a trouvé.

Le conducteur a été éjecté, ou plutôt projeté. Il gît sur le dos, sans vie. Et sans visage. Traîné sur la chaussée après l'impact, il a perdu apparence humaine et n'est plus qu'une masse sanglante de chairs déchirées et d'os à nu.

— Bon Dieu, murmure le second flic en nous rejoignant, avant de se détourner avec un haut-le-cœur.

— Donnez-moi vos menottes, dis-je au premier.

Je me précipite vers Foxx, qui vient d'extraire le passager de l'habitacle, l'a allongé au sol et lui donne de petites gifles. L'homme reprend conscience en gémissant. J'entends à peine ses plaintes, couvertes par un concert d'avertisseurs. Un embouteillage compact s'est formé sur le Henry Hudson Parkway, grâce à nous. Et juste à temps pour le rush matinal.

— Son visage vous dit quelque chose ? me demande Foxx en lui passant les menottes.

— Rien du tout.

— Et son acolyte ?

— Sa propre mère ne le reconnaîtrait pas.

— Pas de pièce d'identité ?

Mais je me suis déjà éloigné.

En approchant de la camionnette, Foxx et moi n'avons pas pris le temps de la réflexion. Application des consignes. Priorité des priorités, écarter toute menace.

Maintenant qu'un des deux gars est menotté et que l'autre attend qu'on lui étiquette l'orteil, je n'ai plus qu'une pensée. La porte arrière de la camionnette.

Sadira.

Dans quel état vais-je la trouver ?

107

Encore faudrait-il que je puisse ouvrir.

La portière est bloquée. Les charnières, tordues par le choc, se sont enfoncées dans les montants. Je pose mon arme et tire de toutes mes forces sur la poignée, mais pas moyen.

Sadira était ligotée et bâillonnée quand ils l'ont chargée à l'arrière. Je n'attends qu'un signal de sa part. Un son, n'importe lequel. Je frappe du poing contre la tôle.

— Sadira ? Vous m'entendez ?

Mais c'est à peine si je m'entends moi-même. Au concert de klaxons s'ajoute maintenant le chœur lointain des sirènes.

Foxx, debout près de la camionnette, cherche à me dire quelque chose, mais je n'entends rien.

— Comment ?

Il répète, cette fois en hurlant :

— Partons d'ici !

Cette fois, j'ai entendu. Si l'on peut dire. Mes oreilles ont perçu les mots, mais mon cerveau n'a rien enregistré. Je ne suis tout ouïe que pour Sadira.

Je me remets à frapper en criant son nom. Est-elle consciente ? Est-elle seulement en vie ? Je colle une oreille contre la porte, en m'efforçant d'écouter. Je m'apprête à frapper encore lorsque j'entends enfin un son. C'est très faible, mais c'est elle. D'une voix étouffée, elle essaie de dire quelque chose à travers son bâillon. Deux mots :

— Au secours.

J'appelle Foxx en renfort. En s'y mettant à deux, peut-être réussirons-nous à ouvrir cette porte.

— Venez par ici!

— Non, vous, venez ici! répond-il.

Contournant l'arrière de la camionnette, je le vois hisser le type sur une épaule après l'avoir traîné. Pas besoin d'explication: la fumée s'est transformée en flammes. Le moteur est en feu.

Dans les films, les véhicules explosent lorsque les flammes atteignent le réservoir d'essence et qu'il est à moitié vide. Feu + carburant + air = boum.

— Continuez à l'éloigner, dis-je. Éloignez-vous aussi.

— Où est Sadira? demande Foxx.

— Toujours là-dedans.

Foxx me regarde. Et son regard dit tout. *À vous de décider, Reinhart.*

Mais nous connaissons l'un et l'autre ma décision.

— Je reviens vous aider, dit-il.

— Certainement pas.

Je m'accroupis pour m'introduire par la fenêtre côté passager, tandis que les flammes commencent à jaillir par la ventilation. Combien de minutes, de secondes ai-je devant moi? Le feu peut se propager au tuyau de carburant à tout moment.

Je crie encore une fois le nom de Sadira vers l'arrière de la camionnette qui s'emplit d'une fumée si dense que j'y vois à peine.

Mais je l'entends. Même bâillonnée, elle parvient à donner de la voix.

Je remonte à genoux le plafond de la camionnette et finis par la trouver, allongée tout au fond. Une de ses jambes est manifestement cassée. L'autre saigne par une profonde entaille en haut de la cuisse. Les mains toujours liées dans le dos, elle peut à peine se mouvoir.

Je commence par ôter son bâillon, fait d'un lambeau de drap. Je vois qu'elle veut me dire quelque chose, mais ce n'est vraiment pas le moment de bavarder. Je la coupe immédiatement:

— Plus tard.

Impossible de sortir par où je suis entré. L'avant de la camionnette est maintenant la proie des flammes. L'incendie progresse dans notre direction.

Je me tourne vers la porte arrière. Celle que je n'ai pas pu ouvrir de l'extérieur. Notre seule échappatoire.

J'attrape mon Glock. Les choses à faire et à ne pas faire lorsqu'on tire à bout portant se bousculent dans ma mémoire. Viser droit devant pour éviter les ricochets. Mais ne pas tirer sur certaines choses, telles que les charnières. Trop métalliques. Trop épaisses.

Non, le plus sûr est de viser le loquet. Si je parviens à l'exploser, un bon coup de pied fera le reste.

Protégeant Sadira de mon corps, je vide mon chargeur en demi-cercle sur le bord de la porte. Et maintenant, un énorme coup de talon, aussi vigoureux que possible. Je sens les flammes me griller le dos en prenant position, façon presse à cuisses. Vu la déformation de la porte, je vais devoir viser bas.

À vous de jouer, mes pieds. Je compte sur vous…

108

Juste au moment où je m'apprête à porter le premier coup, un bruit de ferraille. Je ne sais pas ce que c'est, mais je sais qui c'est : Foxx, muni d'un pied-de-biche qu'il enfonce sous une des charnières et fait sauter d'un coup, ouvrant la porte en grand. S'il a toujours fréquenté les salles de gym, ce n'est pas pour s'admirer dans un miroir.

— J'ai failli attendre, dis-je.

— Si vous ne m'aviez pas quasiment tiré dessus...

Mais assez plaisanté. Les flammes envahissent déjà l'arrière du véhicule. Foxx se hâte de m'aider à porter Sadira dans mes bras. Elle souffre énormément, et ce n'est pas en courant que je vais calmer ses douleurs. Mais je n'ai pas le choix. Ni le temps.

Au cinéma, la camionnette exploserait à l'instant exact où nous serions hors de danger. Mais nous ne sommes pas au cinéma.

Parvenu à l'ambulance sans qu'aucune explosion ait eu lieu, je dépose délicatement Sadira sur un brancard et laisse les deux secouristes la prendre aussitôt en charge.

Je me tourne alors vers Foxx, avec un geste en direction de la camionnette, à trente mètres environ. Je parviens même à sourire.

— Incroyable mais vrai, le réservoir était plein.

Boum !

La camionnette a choisi ce moment précis pour se métamorphoser en boule de feu. Un épais champignon de fumée noire strié de flammes s'élève au-dessus de la carcasse.

Je contemple la scène un instant, comme au cinéma, en songeant à ce qui serait arrivé si Foxx et son pied-de-biche étaient arrivés avec un peu plus de retard. Me retournant vers l'ambulance, je vois les secouristes hisser le brancard à l'intérieur. Peut-être ferais-je bien d'accompagner Sadira jusqu'à l'hôpital. Elle est sévèrement blessée, mais ses jours ne sont pas en danger. Elle pourra parler. Nous dire qui étaient les deux types qui l'ont embarquée. Et pourquoi.

Foxx est déjà retourné auprès de celui qu'il a extrait de la camionnette. Son attitude est éloquente : en jeans et sweat noir, il n'est clairement pas disposé à parler.

Un troisième secouriste s'occupe de lui, sous la surveillance des deux flics qui nous ont pris en chasse. Non que le gars risque de s'enfuir : il ne tient même pas sur ses jambes.

— Dylan…

La voix de Sadira est très faible, mais en dépit du tumulte régnant je l'ai perçue distinctement. Elle a dit mon prénom comme on chuchote à l'oreille.

Je grimpe à l'arrière de l'ambulance. Aucun des secouristes ne me demande qui je suis ou ne tente de m'en empêcher. Ils m'ont vu sortir de la camionnette en flammes en la portant dans mes bras. Si ça ne suffit pas pour qu'ils ferment les yeux, alors quoi ?

— Qu'y a-t-il, Sadira ?

Je me rappelle soudain qu'elle a voulu me dire quelque chose dans la camionnette.

— J'allais vous…

Elle s'interrompt, déglutit, encore à court de souffle.

— … vous appeler.

Parler semble la faire souffrir horriblement. Je tente de combler les blancs du mieux que je peux.

— Avant que ces deux types ne fassent irruption chez vous, c'est ça ? Le Mudir s'est manifesté ?

Elle opine.

— Louer une voiture… le retrouver près de la g…

— De la gare, oui.

Qu'il lui ait demandé de louer une voiture semble indiquer une chose :

— Il a besoin d'un chauffeur. Mais avant ou après l'attaque ?

— Après.

Parfait. Reste à connaître le point de rendez-vous. Crucial, dans l'hypothèse où nous parviendrions à empêcher l'attentat, mais pas sa fuite.

— Il vous a indiqué une adresse, n'est-ce pas ? Une rue près de Penn Station ?

J'attends un signe d'approbation. Mais Sadira secoue la tête.

— Non. Pas Penn Station.

Voilà ce qu'elle avait de si important à me dire.

109

Je bondis de l'ambulance et rejoins Foxx à toutes jambes en hurlant son nom.

— Bon sang, qu'y a-t-il ?

— Ça sera à Grand Central !

— Quoi ?

— L'attentat. La cible est la gare de Grand Central.

Foxx laisse décanter brièvement l'information. Ses implications. La logistique. La perte soudaine de notre avantage.

— Bon Dieu de merde…

— C'est pire encore, dis-je en regardant ma montre.

Il est environ 7 h 40. Le Mudir a demandé à Sadira de se présenter dans une voiture de location de couleur blanche au croisement de la 46e Rue et de la 3e Avenue, non loin de la gare, à 8 h 30 précises.

— Ce qui se trame va se produire dans moins d'une heure.

Foxx doit passer sans attendre des appels urgents. Mais devant nous se trouve un type qui en sait long sur Sadira. Sur l'attaque aussi ?

Avec ses cheveux blonds en brosse, il ressemble moins à un terroriste moyen-oriental qu'à un jeune hitlérien, ce qui ne signifie pas qu'il n'ait aucun rapport avec le Mudir. Il pourrait être russe. Il pourrait être n'importe qui. Dans tous les cas, ce serait une faute de ne pas exploiter ce qu'il sait. Il faut le faire parler. Très vite.

Depuis qu'il m'a vu accourir, il m'observe, nuque raide, sourcils froncés. Cette expression m'est familière. Elle a le même sens dans tous les pays du monde, quelle que soit la langue. Il me jauge. Serais-je en train de l'appâter en parlant à Foxx devant lui ? *Ne me crois pas plus idiot que je ne suis, mec...*

Foxx sort son téléphone en me faisant un signe. Le plan est le suivant : répartition des tâches. Il passe l'info à Pritchard, qui campe à Penn Station, tandis que j'essaie de tirer les vers du nez de notre mystérieux camarade.

Sitôt que Foxx s'est éloigné, j'adresse aux ambulanciers un regard qu'ils décryptent parfaitement en s'éloignant à leur tour. Quant aux deux flics toujours présents, leur attitude indique clairement qu'ils ne se rappelleront et ne répéteront pas ce qu'ils seraient susceptibles d'entendre.

À nous deux, mon salaud. Si on bavardait un peu...

Je m'agenouille pour le regarder dans les yeux. Le truc consiste à lui laisser penser qu'il contrôle la situation. Je vais commencer par lui poser des questions auxquelles je sais qu'il ne répondra pas. Il va s'installer dans un rythme, prendre ses aises. Avec un peu de chance, il se surveillera moins et commettra une erreur.

Je lui demande qui il est, pour qui il bosse, pourquoi il a enlevé Sadira. Comme il s'y attendait. Puis, sortie de nulle part, une question inattendue :

— C'est quoi, ce tatouage ?

Ce qu'il y a de beau, de fou, d'imprévisible avec le cerveau humain, c'est qu'il n'en fait parfois qu'à sa tête. Aussi étroit soit le contrôle que vous exercez sur vos gestes et vos pensées, rien ne garantit qu'une impulsion ou un réflexe ne trahira pas votre volonté.

Par exemple, ce très furtif coup d'œil sur son avant-bras. Secoué comme il l'a été lorsque la camionnette a fait son tonneau, il n'a aucune peine à croire que son sweat noir ait pu être troué, laissant voir sa peau.

Seulement, le sweat est intact. Pas un accroc.

Je retrousse sa manche. Il veut aussitôt m'en empêcher, mais les deux flics arrêtent son geste. À l'intérieur de son avant-bras, juste au-dessus du poignet, une croix de Jérusalem. Ça ne dit pas tout, mais c'est un début.

Une intuition :

— Fan d'histoire militaire, hein ? Oui, bien sûr. Vous n'êtes pas sans savoir que le prince de Galles s'était fait tatouer la même lors de son voyage en Terre sainte, dans les années 1860. À la suite d'une déclaration de votre éminent *field marshal* Earl Roberts, qui paraît-il avait souhaité que tous les officiers de l'armée britannique se fassent tatouer l'insigne de leur régiment.

J'interromps ma petite leçon pour être certain d'avoir toute son attention.

— Mais vous n'êtes pas un officier de l'armée britannique. Aussi, pour la dernière fois, qui êtes-vous ?

Il ouvre enfin la bouche pour dire à son tour :

— Vous, qui êtes-vous ?

Ce n'est pas une question. C'est sa réponse.

Mon intuition était aussi absurde que pertinente. Foxx a partagé nos informations sur Sadira avec ses homologues de Vauxhall Cross, mais le plus solide de nos alliés a cédé à sa méfiance naturelle. Le nationalisme crasse est une chose trop sérieuse pour être confiée à des étrangers.

Si Briggs, le chauffeur de Foxx, n'a pas succombé à ses blessures, c'est que les kidnappeurs de Sadira n'avaient aucune intention de l'abattre. Ils ont été assez adroits pour l'incapaciter sans lui brûler la cervelle. Bien des règles ont changé, mais jamais le MI6 ne s'aventurera à éliminer des agents de la CIA. Qui que soit l'occupant de la Maison Blanche.

Foxx vient de reparaître.

— Il ne sait rien, évidemment ?

— Non, rien.

— MI6 ?

— Comment avez-vous deviné ?

— Leur directeur vient d'appeler le nôtre pour présenter ses excuses.

Puis, se dirigeant vers l'agent menotté, Foxx opère un rapprochement audacieux entre son propre poing et la mâchoire du type.

— Excuses refusées, dit-il avant de tourner les talons.

Je le rejoins dans l'Expedition pour nous rendre à Grand Central. J'ai un appel à passer en route.

Elizabeth décroche aussitôt. Elle attendait mon coup de fil.

110

— Attachez votre ceinture, Reinhart…

Nouvelle course-poursuite. Mais, cette fois, contre la montre.

Sirène hurlante et gyrophare, Foxx démarre en trombe, direction Midtown. À contresens sur la bande d'arrêt d'urgence, il s'engouffre sur la voie rapide jusqu'à la prochaine sortie sud, écartant sur son passage les conducteurs inquiets de savoir ce qui les met ainsi en retard pour le travail. À plus de 170 km/h, nous sommes sans doute plus efficaces qu'un spot de prévention de la sécurité routière.

En chemin vers Grand Central, notre veine est d'avoir des nouvelles fraîches de Pritchard. Foxx dispose en effet d'un scanner de fréquences lui donnant accès au canal de commandement dont se sert Pritchard pour coordonner FBI, SWAT, NYPD et sa propre unité des JTTF. Avec de la chance, ils seront sur place avant l'attaque. Sinon, tout est imaginable.

Mais la chance est avec nous. Du moins, jusqu'ici. La gare de Grand Central est calme. Autant qu'elle peut l'être à cette heure matinale où des milliers de banlieusards l'arpentent en tous sens.

Vingt minutes après avoir reçu l'appel de Foxx, et après une cavalcade de Penn Station à Grand Central, Pritchard y a déployé tous ses hommes. Il ne s'agit plus que d'attendre. Ceux qui sont en tenue, des tireurs d'élite pour la plupart, sont embusqués dans les plafonds ou tiennent des positions cachées. Les autres sont mêlés à la foule dans les deux halls.

— Eh, où allez-vous comme ça ?

Foxx s'est arrêté près d'une borne d'incendie, au croisement de la 42e Rue et de Madison Avenue, à une rue à l'ouest de Grand Central. Le moteur n'est pas encore coupé que j'ai déjà un pied sur le trottoir.

— Comment ça, où je vais ?

Question qui n'appelle pas de réponse : j'ai compris. Le Mudir m'a déjà vu. Mon image est sans doute gravée dans son cerveau. Nous ne pouvons pas courir le risque qu'il me reconnaisse. Ça pourrait tout faire foirer.

— À moins que vous ayez une moustache postiche et une perruque dans votre poche, vous ne bougez pas d'ici, répond Foxx.

— Je peux au moins m'approcher.

— Pour quoi faire ?

Bonne remarque. Foxx désigne le scanner. Je pourrai toujours suivre les opérations depuis la voiture.

— Vous avez raison.

Je regrette presque aussitôt d'avoir capitulé si vite. Donner raison à Foxx ? Il ne faudrait pas que ça devienne une habitude.

— Je ne plaisantais pas, Reinhart, dit-il en prenant pied sur le trottoir.

Puis, se retournant et me fusillant du regard avant de claquer la porte :

— Ne bougez pas de cette bagnole.

— Je suivrai le match à la radio, dis-je en montrant le scanner.

Foxx descend ensuite la 42e Rue vers Grand Central. Dix minutes passent à me tourner les pouces. Une éternité. Pritchard a demandé le silence radio. Tous attendent de voir ce que le Mudir a manigancé. On n'entend plus rien. Tout est calme.

Trop calme.

111

— Ça tire !

Ce n'est pas la voix de Pritchard. D'ailleurs, à en juger par le bruit des détonations, il ne doit pas être dans les parages. Mais il est évident qu'elles proviennent du terminal ferroviaire car j'entends un écho.

— Courez !

Cette fois c'est bien sa voix. Aussitôt, l'écho des tirs est recouvert par un tonnerre de cris et de coups de feu. Les gens courent en tous sens pour sauver leur peau.

Pas question de rester là les bras croisés.

Je bondis de mon siège et sprinte vers la gare, sans autre plan d'action que de me rendre sur les lieux. Plus facile à dire qu'à faire.

Les accès de la gare ne sont pas encore en vue que je sens le sol gronder sous mes pieds. C'est comme un tremblement de terre. Le trottoir semble onduler et se dérober sous la trépidation de milliers de jambes. *Plus vite ! Cours plus vite !*

À l'angle du carrefour, face à la gare, spectacle chaotique d'une foule affolée qui se déverse dans la 42e Rue. Sur tous les visages, une même expression : regards terrifiés, bouches hurlantes. Terreur pure. Derrière, on entend la fusillade. Et c'est loin d'être fini.

Tel le saumon remontant le courant vers son trépas, je me fraie un passage dans la bousculade. Je finis par atteindre les accès de la gare et oblique en ligne droite pour longer le mur.

Je suis encore à cinquante mètres du hall principal, mais je progresse déjà plus vite, à l'écart de la ruée. Assourdi par les cris incessants et le martèlement des pieds, je ne me suis pas encore rendu compte que la fusillade a cessé.

Le hall principal est droit devant sur la droite, ainsi que la rampe d'accès au niveau inférieur. Je ne vois pour l'instant aucune victime, aucun corps sans vie, mais je ne puis m'empêcher de penser que, sitôt entré, c'est un autre spectacle qui m'attend.

Raison pour laquelle, sans doute, je ne le reconnais pas d'emblée lorsqu'il passe devant moi, à six mètres tout au plus. Son attitude aurait pourtant dû m'alerter : alors qu'autour de lui tout le monde court en tous sens, il est le seul à marcher.

Et ce visage. Aucun signe de panique. Tout au contraire, une inquiétante sérénité.

Mais en rien différent, à d'autres yeux, d'un banlieusard lambda.

Costume, cravate. Col cassé. En route pour son travail, comme tous les autres, quand soudain l'enfer sur terre s'est déchaîné.

Mais cet homme n'est pas un simple employé de bureau. Il est le cerveau de ce pandémonium. Alors je crie de toute la force de mes poumons :

— Que personne ne bouge !

Le Mudir se fige. Autour de lui, plus un mouvement. Toutes les têtes se tournent vers moi. Mais aussitôt, tous aperçoivent mon arme et se remettent à courir en quête d'un abri. Tous, sauf lui. Immobile, il me regarde. Et sourit.

— Ressuscité d'entre les morts. J'aurais dû m'en douter, dit-il. Ne jamais faire confiance à une femme.

Je me détache du mur, Glock en avant. Il glisse une main sous le revers de sa veste, en travers de sa poitrine. J'aboie :

— N'y pensez même pas !

Il arrête son geste, sans ressortir sa main. Et toujours ce sourire. Je n'ai qu'un désir, lui écraser la tête contre le sol pour effacer ce rictus.

— Lâchez votre arme et levez les mains en l’air.

Mais il y a une chose qu’il souhaite me faire voir auparavant. Une chose que je n’ai pas anticipée.

112

Le regard noir du Mudir se déplace légèrement pour se porter derrière moi. Comme il sait que je ne me retournerai pas, il trouve un meilleur moyen de me faire savoir quel spectacle je vais manquer.

J'étais focalisé sur cette main glissée dans sa veste – et qui s'y trouve toujours –, mais c'est son autre main, le long de son corps, qui attire mon attention une fraction de seconde, le temps pour lui de refermer ses doigts dans sa paume, comme s'il tenait quelque chose.

Cette fois, je me retourne. Car j'ai compris. Il ne cherchait pas d'arme dans sa veste. C'est une détente d'un tout autre genre qu'y a trouvé sa main. Il est venu avec une serviette. Qu'il a déposée au milieu du passage, juste avant de m'apercevoir et de me reconnaître.

Un sourire plus large encore s'affiche sur le visage du Mudir. Pas le temps de dégainer et de tirer. Même pas le temps de crier « bombe ! ».

L'explosion me soulève du sol. La puissance du souffle m'arrache et me projette violemment quelques mètres plus loin. Brûlé, ensanglanté, mais vivant. J'ai même réussi à me saisir de mon arme.

Encore titubant, je me retourne aussitôt pour le chercher du regard. Il faut croire qu'il connaissait le rayon exact du souffle puisqu'il se tenait pile à l'extérieur et qu'il n'est plus nulle part. Disparu !

Je me dirige en courant vers les accès. Dehors, plus personne. Trottoirs déserts. Les explosions ont ce pouvoir de faire le vide. Rien à gauche. Rien à droite. N'est-ce pas ce que l'on apprend aux enfants pour traverser la rue ?

Un dernier coup d'œil à gauche. Il est là, comme surgi de nulle part. À dix mètres de moi. Le Mudir. Il a cessé de sourire. Il vise. Pan droit de sa veste rejeté en arrière, holster vide sanglé sur l'épaule, MP-443 pointé droit sur ma poitrine.

Je dresse mon arme, sachant pertinemment qu'il m'a pris de court. Je n'ai que le temps de le voir presser sur la détente. Puis c'est comme si le monde entier s'effondrait autour de moi. Mon monde.

Je sens une douleur aiguë me transpercer les côtes, le vide se fait d'un seul coup dans mes poumons. Je m'écroule sur la chaussée, sans pouvoir contrôler ma chute. La souffrance est intense. Ma tête tourne, je n'y comprends plus rien.

Que s'est-il passé ?

La réponse prend la forme d'un corps qui se décolle du mien, roule sur le flanc et décoche deux balles sur le Mudir.

Je n'ai pas été touché. J'ai été plaqué.

Le Prophète. Eli. C'est lui qui m'a percuté tel un demi de mêlée et m'a jeté au sol juste à temps.

Nous sommes amenés à nous revoir, m'avait-il dit en s'éclipsant la première et dernière fois que nous nous sommes vus.

Nous regardons tous deux le Mudir s'enfuir en courant et disparaître au carrefour.

— Je crois l'avoir touché, dit Eli. Plus ou moins salement, je ne sais, mais…

Il s'arrête brusquement, secoue la tête.

— Oh merde.

Je le vois baisser le regard sur sa hanche. À trois centimètres au-dessus de la ceinture, un trou dans sa chemise dégorge de sang. Il a reçu la balle qui m'était destinée. Si je ne stoppe pas l'hémorragie, il va mourir. Mais il faut aussi que je prévienne Elizabeth.

Sans quoi elle aussi va mourir.

113

L'épaule gauche du Mudir saigne abondamment, mais il sait que la blessure n'est pas mortelle. Il en est même certain. Les martyrs meurent sur le coup ou ne meurent jamais.

Il vient de perdre une bataille, mais Sun Tzu n'a pas écrit *L'Art de se battre.* La guerre est loin d'être terminée. D'autres attaques sont à venir. Plus massives. Suivies de la plus meurtrière jamais planifiée. L'apocalypse où doit sombrer cette ville maudite.

Sans s'arrêter de courir, se frayant un chemin dans le chaos, le Mudir jette des coups d'œil en arrière pour s'assurer qu'il n'a pas été pris en chasse. Mais il n'aperçoit ni ce fils de pute de Reinhart ni l'intrus qui lui a sauvé la vie, qui qu'il soit.

« Monsieur le professeur Reinhart. » Tu parles ! Il faut plus qu'une veste en tweed pour changer un agent de la CIA.

Pas un instant le Mudir ne doute, sans cesser de courir, qu'il aura sa revanche et qu'il les tuera tous les deux, Reinhart et son sauveur. Ils ne perdent rien pour attendre.

Ce qui ne peut attendre, en revanche, c'est cette femme, Sadira, qui l'a trahi et dont le cas doit être réglé en priorité. Mais comment ?

Le Mudir a la solution.

À condition de la retrouver. Après avoir feint d'abattre Reinhart, l'attendra-t-elle quand même au volant d'une voiture de location de couleur blanche, comme convenu ? Pas impossible. Assez probable, même. Tout dépend du jeu qu'elle joue. Jusqu'à quand aura-t-elle besoin qu'il pense pouvoir lui faire confiance ?

Le Mudir n'a pas dit à Sadira où il souhaitait qu'elle le conduise aussitôt après l'attentat, sa dernière course avant de quitter la ville et de se faire oublier. Reste une inconnue : a-t-elle appris, d'une façon ou d'une autre, qu'il attendait livraison d'une cargaison *via* Viktor Alexandrov ? Car la marchandise a fini par arriver. Pourrait-elle avoir eu le projet de s'en emparer avant lui ?

Le Mudir ne peut qu'espérer le contraire.

Il est tellement plus simple de tuer les gens de sang-froid quand ils ont la courtoisie de se trouver là où vous souhaitez les trouver.

Là-bas, au croisement de la 46e Rue et de la 3e Avenue, le Mudir aperçoit une Ford Taurus blanche. Il s'arrête, tord le cou pour l'observer malgré la cohue.

Par une trouée momentanée, il parvient à la scruter assez longuement. Elle est assise derrière le volant, à attendre. Non, à parlementer. Un flic, debout près de la portière, lui fait sèchement signe de circuler. Elle s'y refuse énergiquement et le lui signifie avec force gestes, tout en réajustant sa casquette de baseball.

Parfait. Elle est distraite. Comme souvent avant de mourir.

114

Elizabeth ne sait que faire de sa main gauche. Elle manipule le rétroviseur extérieur de la Ford Taurus, puis l'intérieur, tripote nerveusement le bord de sa casquette, répète ces gestes mécaniquement, encore et encore, pour canaliser son anxiété et occuper sa main.

Sa main droite, elle, patiente gentiment sur ses cuisses, ses doigts serrés sur la crosse de son G19.

Elle a tout de suite adhéré au plan. Dylan n'a pas eu besoin de le lui vendre. Jouer le rôle de Sadira Yavari. Tendre un piège.

Ses yeux jonglent d'un rétroviseur à l'autre, guettant l'apparition du Mudir au milieu du chaos. Elle ne peut s'empêcher de se jouer la scène mentalement. Ce qu'elle fera lorsqu'il ouvrira la portière. Ce qu'elle lui dira.

Il grimpera à l'arrière, s'assoira sur la banquette, tellement préoccupé par l'échec de l'attentat et par sa propre fuite qu'il ne la regardera même pas et aboiera furieusement : « Démarre ! »

Alors elle se retournera en braquant sur lui son G19. *Dans tes rêves, connard !*

Si tout se passe comme prévu, c'est ainsi que ça se déroulera. Elle n'en doute pas. Jusqu'à ce que retentisse soudain la sonnerie de son téléphone. Inutile de vérifier que c'est Dylan qui l'appelle, elle comprend qu'il y a un problème.

— Sors de la voiture !

— Mais pourquoi ?

— Ne discute pas, sors. Il sait que je suis en vie.

Elizabeth n'a pas besoin qu'il lui fasse un dessin. Si le Mudir sait que Dylan n'a pas été abattu, il sait donc aussi que Sadira n'est pas une personne de confiance.

Or le Mudir tue ceux en qui il n'a pas confiance.

— Est-il seul ? demande Elizabeth.

La question désarçonne Dylan. Au son de sa voix, elle comprend que ce n'est pas le moment de finasser. Tout ce qu'il veut, c'est entendre claquer la portière de cette foutue bagnole.

— Oui, seul. Mais…

— Si j'abandonne la voiture, on le perd.

— Et si tu restes…

Il s'interrompt, découragé.

— Je ne veux pas te perdre, Lizzie.

Jamais il ne l'a appelée ainsi. Jamais. Dès leur première rencontre, c'est elle-même qui lui a dit qu'elle n'aimait pas ce surnom. Mais sur le coup, à cet instant précis, elle ne le juge pas déplacé.

Insuffisant, toutefois, pour la faire sortir de cette voiture.

— On ne peut pas le laisser filer comme ça, dit-elle, avant de lui jouer un tour qu'elle ne lui a jamais joué.

Jamais. Lui raccrocher au nez.

Elle examine encore une fois ses rétroviseurs. Parfaitement orientés, de façon à ne laisser aucun angle mort. Tous les abords de la voiture doivent être visibles.

Oh, non… Dites-moi que ce n'est pas vrai !

Un flic, debout devant la voiture, lui fait signe de circuler, sans ménagement. OK, il ne fait que son job. OK, il doit dégager la rue pour les ambulances et ses collègues des forces de l'ordre. Mais ça ne pouvait pas tomber plus mal.

Chaque seconde qu'elle va devoir lui consacrer sera une seconde perdue pour épier le Mudir. Bien sûr, elle s'empresse de lui montrer son badge. Mais est-ce le reflet du soleil encore bas sur le pare-brise, le policier continue à faire des moulinets. Et voilà qu'il s'approche de la portière.

Elle montre de nouveau son badge. De nouveau, il ne voit rien et lui demande d'ouvrir sa fenêtre. Mais elle ne peut prendre ce risque et le lui exhiber sous le nez. Si le Mudir s'en rend compte, la partie est finie.

Elle baisse un peu plus sa casquette en tirant sur la visière, fait « non » de la tête en lui indiquant son badge, posé sur ses genoux, priant pour qu'il le voie enfin. De toute façon, il est déjà trop tard.

Elle le voit s'encadrer dans le rétroviseur central. Le Mudir s'approche de la voiture, arme au poing. Il a suffi d'un instant de distraction pour qu'il prenne l'avantage. Aussitôt, elle met à jour le scénario qu'elle avait en tête. Il va tuer le flic, puis la tuer elle. Ça ne fait pas un pli.

Elle ouvre sa portière d'un coup, assez violemment pour éjecter le policier de la ligne de tir. À peine celui-ci est-il tombé à la renverse sur la chaussée que la première balle du Mudir fait exploser le rétroviseur extérieur, exactement à l'endroit où se tenait l'agent.

— Restez à terre ! lui hurle Elizabeth en s'arrachant au siège pour repérer le Mudir.

Mais elle ne le voit plus. Disparu. Du moins, hors de sa vue.

Accroupie aussi bas que possible, elle entreprend de longer la voiture. Au niveau du réservoir, une voix derrière elle :

— Lâchez votre arme !

Le flic, pistolet en main. Elle n'a pas le choix. Le temps de se retourner, nouvel instant de distraction, un bras surgi de derrière le coffre l'attrape par le cou.

Le Mudir applique le canon de son arme contre sa tempe.

115

— Lizzie !

Trop tard. Elle m'a raccroché au nez ! Et merde.

Le téléphone coincé entre l'oreille et l'épaule, agenouillé sur la chaussée auprès d'Eli, je déchire sa chemise fiévreusement pour mieux voir par où la balle est entrée dans sa hanche – et par où, il faut le souhaiter, elle est ressortie.

Mais j'ai beau passer ma main dans son dos, je ne sens aucune plaie. Il va falloir l'opérer avant qu'il ne se vide de son sang.

— Elle… est en danger, dit-il d'une voix déjà faible.

— Oui.

— Allez l'aider.

— Non, pas tout de suite.

À quelques rues de là, on entend hurler les sirènes des ambulances. Tout autour de nous, les gens continuent à courir en tous sens pour s'éloigner de la gare. M'entendront-ils ?

Jamais je n'aurais cru qu'un jour je braillerais cette question, encore moins à de parfaits inconnus :

— Quelqu'un aurait-il une compresse ?

À force de hurler ma question, une jeune femme vêtue d'une veste en jean finit par s'arrêter. Je vois son regard se porter alternativement sur Eli et sur moi, avant de se poser sur le sang qui s'épanche entre mes doigts, ma paume toujours appliquée contre la plaie d'Eli.

Avec un bref signe de tête, elle fouille dans son sac et me tend un tampon hygiénique emballé.

— Que puis-je faire de plus ? demande-t-elle.

— Appelez une ambulance. La première que vous trouverez.

Elle se redresse, tandis que je déchire l'emballage et loge le tampon dans l'orifice ouvert par la balle, aussi étroitement que possible. Eli grimace de douleur, mais parvient à esquisser un sourire.

— Bravo. Maintenant allez l'aider.

— Pas encore.

Elizabeth est une tête de mule, inconsciente du danger. Si le Mudir ne la tue pas, c'est moi qui vais m'en charger.

— Là ! Ils sont là ! crie une voix.

C'est la jeune femme à la veste en jean, suivie de deux secouristes. Ils accourent dans notre direction, pressent le pas en apercevant Eli.

Je voudrais noter le nom de cette femme, son numéro, pour demander au maire de lui remettre la médaille de la ville et d'organiser une parade en son honneur. Mais je n'ai que le temps de la serrer brièvement dans mes bras et de la remercier, tandis que les secouristes apportent les premiers soins à Eli. Tous les super-héros n'ont pas une cape. Parfois ils se contentent d'une veste en jean.

Aussitôt je dévale la chaussée comme un fou pour rejoindre Elizabeth. Et plus je m'en approche, plus une sensation m'étreint. Mes jambes me font mal, mes poumons me brûlent, mais c'est autre chose : l'épouvantable sentiment que quelque chose de terrible s'est déjà produit.

Je donnerais n'importe quoi pour me tromper.

N'importe quoi.

Mais je ne me suis pas trompé.

116

Première chose que j'aperçois : la voiture. Une simple tache blanche apparaissant par intermittence derrière une nuée de corps en mouvement, courant en tous sens. Puis, plus distinctement, quelques personnes qui, elles, sont immobiles.

Près de la portière côté conducteur, un flic qui brandit son arme. Il est jeune et, même vu de loin, paraît assez nerveux et ne tient pas en place.

Je suis des yeux sa ligne de tir jusqu'à l'arrière du véhicule. Ça y est, j'ai le tableau complet.

Le Mudir. Il la tient. Son bras gauche serre le cou d'Elizabeth à l'étrangler. Dans sa main droite, un pistolet dont il presse le canon sur sa tempe. Je crie :

— Lâchez-la !

Le Mudir tire Elizabeth à lui comme une poupée de chiffon et, se retournant, me voit marcher vers lui, Glock pointé pile entre ses deux yeux.

Il sourit. Il m'attendait.

— Vous en avez mis du temps.

— Ce n'est pas elle que vous voulez. C'est moi.

Front plissé, clignant des yeux sans arrêt, la tête du flic, comme montée sur pivot, fait la girouette entre le Mudir et moi. Déjà qu'il était sur les nerfs, le voilà complètement interloqué.

— Qui êtes-vous, bon Dieu ? m'apostrophe-t-il.

— Oui, fait le Mudir. Dites-lui qui vous êtes vraiment, professeur.

Inutile. En entendant le mot « professeur », le flic a un déclic.

— Vous êtes l'auteur du livre ? Celui dont s'est servi le tueur en série[1] ?

— Oui, c'est moi. Faites-moi le plaisir de baisser votre arme.

— Pourquoi ?

— Pour éviter les accidents.

Le flic secoue la tête.

— J'entends bien. Mais je ne peux pas.

— Bien sûr que si, répond le Mudir. Dites-le-lui, agent Needham. Nous ne voulons pas d'accidents.

Elizabeth grimace de douleur sous la pression du revolver que le Mudir appuie encore plus fort sur sa tempe.

— Je vous en prie, dit-elle au flic. Faites ce qu'il vous dit.

Du coin de l'œil, je surveille le flic qui continue de danser d'un pied sur l'autre. C'est une danse d'indécision. Il finit par baisser son arme et va se mettre à l'abri devant la voiture. Parfait.

À nous deux maintenant.

— Avez-vous un plan, professeur ?

— Ça dépend. Quel est le vôtre ?

— Je vais monter dans cette voiture avec l'agent Needham et personne ne nous suivra.

— J'ai une autre idée. Vous montez avec moi, pas avec elle.

Aucun de ces plans ne convient à Elizabeth. Elle est terrorisée. Mais aussi excédée.

— Tire, Dylan. Tire !

Elle ne plaisante pas. Le Mudir s'en rend compte également. Changeant légèrement de position, il cache un peu plus sa tête derrière la sienne.

Mais je n'ai pas l'intention de tirer. Au contraire, je vais poser mon arme à terre.

— Je vous le répète, dis-je en m'agenouillant. Ce n'est pas elle que vous voulez. C'est moi.

1. Voir *Jeu de massacres*, L'Archipel, 2019.

Tout doucement, je dépose mon arme sur la chaussée. Elizabeth hurle :

— Non ! Ne fais pas ça !

— Tout va bien, dis-je. Fais-moi confiance.

La haine n'est pas un défaut ordinaire. Elle vous ferait commettre l'impensable. Pire encore, elle vous empêche de penser. Mon plan consiste à prendre le Mudir à son propre jeu. Et parfois le seul moyen de prendre autrui à son jeu est de le convaincre que vous avez perdu la tête.

Je me redresse en levant les bras. Je ne représente ainsi aucun danger pour lui.

— Maintenant, lâchez-la et prenez-moi en échange.

Le Mudir sourit. Je suis en train de me suicider. Il ne peut en douter.

Il en est tellement sûr qu'en détachant son arme de la tête d'Elizabeth pour m'abattre, il n'a pas conscience de commettre la pire erreur de sa vie – ou de ce qu'il en reste.

Vas-y, papa.

Le tir part d'un échafaudage au-dessus d'une pharmacie Duane Reade, à vingt mètres de là. L'écho de la détonation se propage dans la rue, tandis que le corps sans vie du Mudir s'effondre sur la chaussée.

Elizabeth ne pouvait pas se douter que nous avions du renfort. Ni personne. La balle de calibre .44 qui vient de faire exploser la boîte crânienne du Mudir restera aussi intraçable que l'auteur du tir. Du travail à l'ancienne. Anonyme, officieux. Du genre que l'on ne trouve que dans les dossiers estampillés TOP SECRET.

— Ça va, Elizabeth ?

Elle est tétanisée, le corps du Mudir affalé à ses pieds sur l'asphalte gluant de sang. Muette. Sans rien dire, elle s'approche et m'étreint plus fort que personne au monde ne l'a jamais fait.

Je prends cela pour un « oui ».

Épilogue

La vie continue

117

Je n'ai jamais été fou de l'expression : « Ça aurait pu être cent fois pire. » Mais je comprends pourquoi les gens disent ça. C'est une façon parmi d'autres de s'arranger avec la souffrance. Un mécanisme compensatoire. Surmonter une tragédie est plus facile si l'on s'autorise à penser – ou à croire – que, en effet, ç'aurait pu être bien pire.

Si le plan s'était déroulé comme prévu, des centaines de personnes auraient perdu la vie ce matin à la gare de Grand Central. Mais l'attaque a été déjouée et les treize terroristes, Mudir inclus, ont été abattus – non sans avoir tué huit innocents en ripostant aux tirs des forces de l'ordre. On peut donc dire, en effet, que ç'aurait pu être bien pire. Mais je doute fort que les proches des huit victimes y trouvent un grand soulagement. Pour eux, cette journée restera parmi les plus funestes de leur existence.

J'ai voulu faire figurer ces réflexions dans l'e-mail que je me suis décidé à envoyer aux étudiants de mon cours d'analyse des comportements déviants. Ils étaient sans nouvelles de leur professeur depuis la brusque interruption de leur examen final. Je leur devais un épilogue, mais aussi de leur ouvrir des perspectives.

Ils avaient trouvé injuste de n'avoir pu se préparer à l'épreuve. La réalité extérieure est brutalement intervenue pour leur donner une leçon, bien mieux que je ne l'aurais fait. Vous aurez beau vous être préparé à tout, la vie sera toujours là pour vous rappeler que l'on ne fait jamais qu'improviser. Sur ces mots, je leur ai annoncé que tous seraient notés « A ». Même si telle n'avait pas été mon intention, je l'aurais fait malgré tout. Ils ont assez de soucis comme ça. Comme nous tous.

— Comment vous sentez-vous ?

Sur son lit d'hôpital, Sadira esquisse un sourire.

— Comme quelqu'un qu'on aurait ligoté, jeté à l'arrière d'une camionnette qui aurait fait trois tonneaux à 170 km/h.

— Quatre, en fait. Mais quelle importance, n'est-ce pas ?

— C'est vous qui avez eu cette idée ? demande-t-elle. Ce prétendu marché.

— Ça dépend. L'avez-vous accepté ?

— Je lui ai dit que je voulais d'abord vous parler.

Oui, c'est moi qui ai eu l'idée de ce « marché ». Landon Foxx l'a d'abord accueilli avec scepticisme, jusqu'à réception du rapport des renseignements concernant le Pu-239 manquant – du plutonium de qualité militaire – dans une centrale nucléaire d'Iran. L'appartement de Viktor Alexandrov a été retourné de fond en comble dans l'espoir de découvrir quelle marchandise attendait le Mudir, en vain. Pouvait-il s'agir du plutonium ? Impossible à dire.

Mais il y a Sadira.

— Vous n'êtes pas obligée de nous aider, dis-je.

— Pas plus que votre agence n'a le souhait de m'aider, répond-elle. C'est en tout cas ce que votre ami a laissé entendre.

Il y a quelque chose d'assez déplaisant à l'entendre parler de Foxx comme de mon « ami ».

— Il bluffe. Vous juger pour meurtre voudrait dire documents à communiquer et contre-interrogatoire, deux choses que la CIA fuit comme la peste. Par ailleurs, votre seule preuve disculpatoire vous vaudrait un jury sans majorité.

— Pour un professeur, je trouve que vous vous exprimez plutôt comme un avocat.

— J'espère bien. J'en ai épousé un, après tout.
— Attendez… vous êtes marié ? gémit Sadira, feignant d'avoir le cœur brisé. Ne m'avez-vous pas dit que vous ne l'étiez pas, lorsque nous nous sommes rencontrés ?
— Si. C'était une ruse. Le croirez-vous ?
— Je l'ai cru, en tout cas. Donc vous avez une femme.
J'explose de rire.
— Pas tout à fait.
Je lui parle de Tracy, et aussi d'Annabelle.
— Vous avez bien de la chance, Dylan Reinhart.
— J'en ai eu. Mais j'ai tout gâché.

118

Deux jours ont passé quand la vidéo fait son apparition. J'aurais dû m'en douter. Parmi le flot de personnes fuyant la gare de Grand Central, il s'en est trouvé une pour s'arrêter et filmer le Mudir qui venait de prendre Elizabeth en otage.

Par chance, l'enregistrement ne montre pas l'éclatement de la boîte crânienne du Mudir ; mais la balle magique du « tireur inconnu », au moment précis où je venais de poser mon arme à terre, suscite bon nombre d'interrogations dans les médias. Comme ils l'ont fait pour Elizabeth, ils campent devant mon appartement dans l'espoir de glaner des réponses. Et comme Elizabeth, je choisis pour l'instant de vivre aussi loin que possible dudit appartement.

Mais si la presse ignore où me trouver, l'un des spectateurs de la vidéo le sait.

Je reçois son appel en sortant d'une autre visite à l'hôpital, au chevet d'Eli. Après deux heures de chirurgie et l'extraction d'un éclat de plomb dans son abdomen, il se remet plutôt bien.

— Vous transmettrez mes amitiés à Eagle, m'a-t-il dit avec un clin d'œil.

Il ne m'a pas demandé si mon père était l'auteur du tir fatal au Mudir. Sans doute n'en a-t-il pas éprouvé la nécessité.

— C'est bien toi ? dis-je prenant l'appel.

Tracy.

— On se retrouve au parc dans une heure. Tu sais où.

Exact. Je le sais mieux que quiconque.

Une heure plus tard, me voici donc devant l'Aiguille de Cléopâtre, à Central Park, où Tracy aime venir pour réfléchir. Il m'étreint sans un sourire.

— Où est Annabelle ?

— Je l'ai déposée chez Lucinda.

Autant je suis impatient de revoir notre petite fille qui me manque tant, autant je comprends pourquoi Tracy a demandé à notre babysitter de s'occuper d'elle le temps de ce tête à tête.

— Tu as vu la vidéo, je suppose ?

— Oui, et j'ai lu l'article de Grimes. Fais très attention : si tu continues sur cette voie, il finira par décrocher le Pulitzer.

J'ai promis à Allen Grimes un statut de héros. Non seulement il a révélé l'épisode de l'alerte à la bombe à Penn Station, mais il s'est débrouillé pour souligner le « rôle patriotique » qu'il a joué en gardant l'information secrète. Mais le Pulitzer ? Connaissant Grimes, il vise plutôt à avoir sa propre émission sur le câble. « "Les Crimes de Grimes", en exclusivité sur cette chaîne ! »

— Quand es-tu rentré ?

J'avais supposé qu'il avait quitté la ville avec Annabelle et je ne me suis pas trompé. Tracy est allé rendre visite à sa sœur, à Providence. Et je suppose que c'est la vidéo qui l'a décidé à rentrer. Mais je me trompe.

— Avant de partir, je suis allé au courrier. Il y avait une lettre de Mosa. Je l'ai prise, mais je ne l'ai ouverte qu'hier.

L'agence d'adoption nous avait recommandé de ne pas être en contact avec la mère sud-africaine d'Annabelle, mais Tracy et moi en avons décidé autrement. Mosa était en droit de savoir que sa fille était élevée avec amour et recevait tous les soins nécessaires, afin qu'elle ne regrette pas son choix de l'avoir fait adopter en vue d'une vie meilleure. Et c'est pourquoi nous nous écrivons tous les deux ou trois mois.

— Et que dit-elle ?

Tracy contemple un instant l'immense obélisque qui nous surplombe.

— Demande-moi plutôt ce qu'elle ne dit pas. Et qu'elle ne dit jamais. Mosa n'est pas du genre à se plaindre, ni même à mentionner que cette situation lui pèse. Elle se félicite de savoir qu'Annabelle est avec nous en Amérique.

Tracy me regarde. Je sais ce qu'il essaie de me dire.

— Tu avais parfaitement le droit d'être en colère contre moi.

— Je l'ai été, tout d'abord. Mais quitte à paraître sentimental, je n'ai pas cessé de penser aux dangers que tu courais, et au fait que tu ne faisais pas ça pour ton plaisir. Pour cette seule raison, je serais un imbécile de ne pas te pardonner.

Je le prends dans mes bras. Il sourit enfin.

— Merci. Si nous allions chercher notre fille ?

— Allons-y.

Nous nous éloignons de l'obélisque sous un haut soleil de juin. Notre ville, une fois de plus ciblée par des terroristes, a été durement éprouvée. Les New-Yorkais, anxieux, s'attendent encore à de nouvelles attaques. Mais ils ne vivent pas cachés pour autant. Le parc grouille de promeneurs, de joggeurs, de bikers. Certains prennent un bain de soleil, des couples sont assis sur les bancs, les enfants tiennent la main de leurs parents. Tous prennent du bon temps. Occupés à vivre leur vie. Car il n'y a rien de mieux à faire.

« Si je devais résumer en deux mots ce que j'ai appris de la vie : elle continue », disait Robert Frost.

— En un sens, c'est plutôt cool, dit Tracy chemin faisant.

— Quoi donc ?

— D'être marié à un type qui bossait pour la CIA. C'est dingue, quand on y pense. Mon mari, un ancien de la CIA…

Aïe. Ce mot d'« ancien »… C'est reparti pour un tour.

— Marrant que tu dises ça, parce que…

DU MÊME AUTEUR
AUX ÉDITIONS DE L'ARCHIPEL

Run, Rose, run
avec Dolly Parton

Quand le n° 1 du mondial du suspense s'associe avec la diva de la musique country

Quel passé AnnieLee fuit-elle sans se retourner ?

À 25 ans, elle débarque à Nashville avec pour seul bagage un sac à dos. AnnieLee Keyes n'a qu'un rêve : se faire un nom dans la capitale de la musique country.

Mais les secrets qu'elle tente de dissimuler ont tôt fait de la rattraper, malgré le soutien de Ruthanna Ryder, la légende de la country, aujourd'hui retirée de la scène.

Alors que le succès se profile enfin, AnnieLee sent la menace se rapprocher… Au point de faire le grand saut depuis la terrasse d'un palace ?

« La maestria de Patterson conjuguée à la connaissance de la face cachée de Nashville qu'a Dolly Parton… Un suspense magistral ! »
Lisa Gardner

« Un duo explosif ! »
Financial Times

ISBN 978-2-8098-4520-4 / 23 €

Insoluble
avec David Ellis

Je ne connais pas la pitié!
Je tue…

Aux États-Unis, des sans-abri sont assassinés sans que personne ne s'en émeuve. Sauf Emmy Dockery, analyste au FBI, persuadée qu'un des plus grands serial killers de l'histoire est aux manettes. Pendant ce temps, Citizen David s'attire la sympathie de l'opinion publique en faisant sauter le siège d'entreprises qu'il estime manquer d'éthique.

Quant à l'ex-agent Bookman, il est chargé par une huile du FBI de surveiller Emmy, son ancienne petite amie, suspectée d'être la taupe qui renseigne la presse.

Mais quelqu'un d'autre surveille Emmy. L'observe, l'épie… Et attend le moment opportun pour frapper!

« Patterson est inégalable! »
USA Today

« Pas de fioritures: de l'action! »
People

ISBN 978-2-8098-4308-8 / 23 €

Diamants de sang
avec Marshall Karp

L'avant-première d'un film à gros budget… Le tout-Manhattan attendu… Alors que la comédienne vedette s'apprête à fouler le tapis rouge, exhibant une parure d'émeraudes et de diamants valant huit millions de dollars, une détonation retentit, suivie du crash d'une Cadillac.

Un crime vient d'être commis. Les bijoux ont disparu… et personne n'a rien vu ! Une enquête cousue main pour le NYPD Red, l'unité d'élite de la police new-yorkaise chargée de protéger les rich and famous.

Des penthouses aux bas-fonds de la ville où le crime ne s'arrête jamais, le détective Zach Jordan et sa partenaire Kylie MacDonald – son ex-petite amie – n'auront guère le temps de chômer. D'autant que le tueur a d'autres cibles en vue…

ISBN 978-2-8098-4055-1 / 15,99 €

Cet ouvrage a été composé
Par Atlant'Communication au Bernard (Vendée)

Impression réalisée par
CPI France
en juillet 2023
pour le compte des Éditions de l'Archipel
département éditorial
de la S.A.S. Écriture-Communication.

Imprimé en France
N° d'impression : 3053399
Dépôt légal : août 2023